# 罪喰い

Baku AKae

赤江瀑

JN171265

P+D BOOKS
小学館

目次

# 罪喰《つみく》い

# 1

西洋には古い死者儀礼で《罪喰い》という習慣があるそうです。葬儀の際、罪喰いを職業とする人間が、棺台の上の死体ごしに、パン一片と一杯のビールを嚥下《のみくだ》して、金銭を受け、死者の生前の罪をすべて一身に引きうけるという習慣です。

日本でも、この種の因習が存在しなかったか、探しています。ご存じの方がありましたら教えて下さい。

——秋村黒人（建築家）

右のような広告記事を私が目にしたのは、全くの偶然という他はない。

私の名は、水野修。京都市北東の山間部に建つU総合病院の精神科に勤務する医者である。たまたま河原町三条の行きつけの理髪店で、順番を待つ間、ぱらぱらめくっていた或る古い週刊誌の〈告示板〉という頁《ページ》の中でだった。各界の有名人が、自身の宣伝広告や近況報告、また右の秋村黒人の一件の如き公開依頼の類いなどを掲載している欄である。

外国版の古いレコードを譲って欲しいという人気歌手と、満州時代の友人の消息を尋ねている某政治家の記事に挟まれて、その広告は載っていた。

秋村黒人という建築家は、私には初めて聞く名前だったし、これは私がその方面の知識に関心がなかったことによるのだが、未知の人物だった。

しかし、にもかかわらず、『罪喰い』という活字と、『黒人』という人名が、ほとんど同時に私の目にとびこんできた時、

（あの青年だ）

と、とっさに私は思ったのである。

二年ばかり前、それはただ行きずりに出会っただけの名も知らぬ若者であったが、彼の顔や姿、服装の色までも、この時鮮明に思い出せたのだから、自分ではすっかり忘れてしまっていたのだが、案外、私の意識下のどこかで、その青年のことは気にかかっていたのかもしれない。

いや、その青年のことはというのは、正確ではない。正しくは、『罪喰い』という言葉と、『黒人』という文字が、私の気がかりの原因だったにちがいない。そう言った方が正しい。

どちらも風変りな、特異なイメージを持った言葉である。人名の方は、おそらく『クロヒト』と読むのだと思われるが、この二つの言葉の記憶が、いきなり私にこの時、蘇《よみがえ》ったというべきだろう。

いずれにせよ、一つの奇怪な死者儀礼を示す言葉と、一つの風変りで或る象徴的な趣きを秘めた人名とが、この物語の発端を起こしたということだけは出来る。

私は、その週刊誌の表を返し、発行日をたしかめた。すでに、半年前に出たものであった。

何かがやって来る時には、奇妙に重なるもので、秋村黒人に関するもう一つの記事を読んだのは、それから二日ばかり後の新聞紙上でだった。

『建築中のビル、崩壊。爆破か？　秋村黒人氏設計、G化粧堂パレスビル』という、中程度の見出しがついた報道記事であった。

要点は、大手化粧品メーカー・G化粧堂が、四谷に建設中の美容総合センタービル工事現場で、コンクリート打ちを終った段階の地下二階、地上十一階の同ビルが、無人の未明、半壊して崩れ落ちたというのであった。爆破の疑いもあるので警察が捜査中。尚、このビルを設計した建築家・秋村黒人は、

〈構造上に疑問視されるような欠陥問題はない。業者も一流で、工事過程にミスがあったとも思えない。原因は外部からのものだとしか考えられないが、それにしても、わけがわからない〉

という談話を発表していた。

彼が国際的にも名の高い、奇抜な独創性を駆使する著名な建築家であることを、私はこの記事で初めて知ったのである。

そして更に、この事件にはおまけがつき、その翌日の新聞紙面にも、関連記事が出た。

これは、設計者の秋村黒人が、参考人として警察に事情を聴かれたという報道で、彼が最近、或るテレビ番組で喋った会話の内容が問題にされていた。アナウンサーとのやりとりの中で、〈他人がいいと言ってくれても、自分には不満足で、出来の悪い作品もある。建築家も人間だから、そんな作品が半永久的にこの地上に残り、人目に曝《さら》されるかと思うと、全く爆破でもしたい気持になることもある……〉

といった風な意味の発言部分があったらしく、このことがとりあげられていたのである。〈冗談じゃない〉と、彼は憤然として語っていた。〈あのビルには、私なりにかなり満足出来るモチイフが展開してあるし、技術的に幾つかの新しい試みも投げ込んである。私のテレビでの発言が、慎重さに欠けたという批判のようだが、私はクリエイティブな仕事にたずさわる一創造家としての、当然な心情を語ったまでのこと。同じような自覚が一度もない建築家がいたら、その人にこそおめにかかりたい。実に心外だ〉

私が、正確には未知の人、秋村黒人に手紙を書く気になったのは、半分は野次馬根性だったかもしれぬ。だが、『罪喰い』と『黒人』という二つの言葉に、一人の青年のイメージが勃然《ぼつぜん》とまつわりついて、そうせずにはおられなかった事情もある。

いずれにしても、好奇心ではあった。

そして、この好奇心さえ持ち合わさずに済んだなら、今度のような事件にまきこまれることもなかったのだが……。

## 2

一昨年の、萩の花の咲いている季節であった。

初産で里帰りしていた妻の実家を訪ねるために、奈良まで遠出をした折のことだ。帰り際に糠雨《ぬかあめ》となり、門口まで見送りに出た姑が、濡れそぼった空を見上げ、

「萩の花が、これでまた美しなりますわ……」

と言った。その言葉につられ、一人身の無聊《ぶりよう》さもあって、柄《がら》にもなくその気を起こし、帰途、高畑で寄り道をして、新薬師寺の門前に車を停めてみたのだった。

京都にも萩の名所は多かったが、萩といえば、何となく土臭い鄙《ひな》びた奈良の風景の中に置いた方が似つかわしい。平安の花というよりは、飛鳥、白鳳、天平の花とでもいうべきか。とにかく土地柄、花も寺も、身辺にはふんだんにありながら、その気になって訪ねることもせず、別に面白いからやっているわけでもないが、病んだ人間の精神とのつきあいにあくせくと明け暮れる毎日が、ふと苦笑をともなって思い直されるような、そんな久し振りにのんびりした、

静かな、糸雨にけむった午後であった。

境内の萩は、満開にはまだ少し早い時期だった。古い四脚門を潜る時、なぜだか、結婚前、妻と何度かデイトの行き帰りに立ち寄った頃のことなどが、不意に思われ、そのためだったか、或いはここ暫く独り暮しを余儀なくされているせいだったか、その日見た萩の花は、うす桃色の枝垂《しだ》れた低い花のうねりが雨滴を吸い、したたらせているその風情《ふぜい》が、妙に色情的だったのをおぼえている。

色情的といえば、おかしな話だが、創建当時は食堂《じきどう》だったといわれる素朴な天平入母屋《いりもや》建築の本堂に入ってからも、その瓦《かわらじ》敷きの土間の暗がりで、昔、不意の衝動のようにしてつかんだ妻の布地越しの乳房の感触に再び襲いかかられ、私は、なま青ぐさく少年のようにあわてた。柄にもなく風流心を起こすと、忽《たちま》ちこの始末だ。音の絶えた、古代の風情にしっとりと沈みきった周囲の環境が、こんな場合、余計いけない。或る種の神経を、かえって昂《たか》ぶらす。こんな時は、さっさと引揚げ、木屋町あたりで陽気にパアッと飲むか騒ぐかして発散させるに限る。静謐《せいひつ》よりは喧噪《けんそう》だ。そうと決まれば、長居は禁物とばかり、私は仄暗《ほのぐら》い香の匂いのたちこもった土壇の脇を、太い円柱にそって、出口の方へ曲ろうとした。

途端である。その青年を見たのだった。

つまり、かなり私の神経は、その時浮き足だっていたといえる。瞬時だったが、彼にあらぬ疑いをもったのも、そのせいもあったに違いない。

夕暮れ近い堂内には、その青年が一人、佇《たたず》んでいるだけだった。正直にいえば、

(仏像泥棒！)

そんな印象を受けたのである。

というのは、両手に彼が或る物を抱えていたからである。最初、それは木造の人形か何かのように見えた。いやとっさに、私はこの堂内のどこかにあった仏像ではないか、と疑った。

この本堂には、国宝や重要文化財の他にも、堂宇の隅の暗がりに、古い厨子《ずし》やほこりをかぶった仏具、小仏像の類いが散見される。彼が手にしている物が、その中の一つではないとはいいきれなかった。更に注意してみると、長さ四十センチ見当の、やはり古めかしい木像のように見えた。

私はとにかく、いったん柱の陰に身を寄せ、暫く青年の様子を見ることにした。

藍色の少しくたびれた細身のジャケット、洗いさらしたジーンズ、底のちびた運動靴……その足許《あしもと》には、ズックのボストン・バッグが一つ無造作に投げ出してあって、いかにも身なりに構わないといった風がかえって自然に身について率直な感じがし、襟足《えりあし》のさわやかな、長身の青年だった。

古美術研究の若い学徒か、大学生か……そんな雰囲気を持っていた。

しかし、私の懸念に反し、いっこうに彼は動く気配もなく、最初見た時と同じ姿勢で、同じ場所に、身ゆるぎもせず突っ立ったまま、顔をあげて、眼の前の高い宙を睨《にら》みつけるような眼で、いつまでもみつめていた。手にもっている木像も、まるで自分の手がそれを把《つか》んでいることさえ忘れきってでもいるかのようであった。

この時はじめて、彼がその前に立って凝《じ》っと見あげていたものに、私は注意を向けたといえる。

この寺のハイライトともいっていい、天平時代の国宝、十二神将像《じゆうにしんしようぞう》の内の一つ、〈伐折羅大将《ばさらたいしよう》〉の塑像《そぞう》であった。

像高、一六六・一センチ。唐風の甲冑《かつちゆう》をつけ、長剣をつかみ、束なし逆立った髪は文字どおり怒髪《どはつ》天をつき、激しく寄せた眉根はあらあらしく前額に肉をもりあげ、カッとむいた黒玉の裂けんばかりの両眼、大喝怒号の歯をむき出しに開いた口、そのひとつびとつがすばらしい激怒の表情にあふれている、広く世上に有名な忿怒《ふんど》神だ。

この十二神将像は、後々、彼の行動に不思議な影を投じ、私を悩ませる種となった。

十二神将というのは、薬師如来に随従して、『薬師経』の信者を守護する、十二体の夜叉《やしや》神である。

いずれも、凄まじい怒りの形相を顔面にうかべ、足下に奇怪な邪鬼を踏み据え、剣を持ち、矢を構え、鉾《ほこ》を打ち立てして、衆生《しゆじよう》に害なす仏敵を昼夜をわかたず不断の武力で駆逐するという、実に頼もしい守護神である。それぞれ一体が、七千の眷族《けんぞく》をひきいる大将だというから、その偉観は、容貌装束まことに豪壮絢爛《けんらん》、あたりを払う怒りの躍動にみちみちていて、妖魔悪霊をよせつけぬ、いわば性強大な忿怒の化身である。

この新薬師寺堂内にある十二神将は、日本最古で最大の神将像といわれ、高い土の須弥壇《しゆみだん》上に、本尊の薬師如来を中心にして、身の丈一メートル六、七十センチ級《クラス》の神将たちが目白押しに円陣を張ってとりかこみ、立ち並ぶさまは、まさに圧巻だった。

その日、手に古い木像を持った青年が見あげていた〈伐折羅大将〉は、この十二体の内の第二神で、美術的にも最もすぐれた作だといわれる神将である。

剝落《はくらく》した天平彩色の黒まだらの跡が、白泥の顔面をいろどる黒炎のような効果をあげ、ふと歌舞伎化粧のクマドリを想わせたりもする。と、いえば、想い出す人も多かろう。いたるところのパンフレットやポスター、写真集、宣伝紹介文などには、必ずといっていいほど顔を出す、あの有名な像なのである。

青年の眼は、終始、その忿怒にもえる顔面から離れなかった。

無論、私の関心は、彼の手の中の古ぼけた木像の方にあったから、私は、思い切って彼の傍まで近づいてみることにした。強い眼光とも、放心の態《てい》ともつかぬ不思議な彼の視線には、近寄ると、妙に冷めた沈着さがあった。

(或いは、仏像調査の人間か。保存修理の係員ででもあるのか……)

私は、そんな気にさえなっていた。

手の中の問題の品は、やはり間違いなく一見して時代物とわかる、木像であった。

それも古さのひどい木彫で、見たところ仏像というよりは、男性の裸身立像という感じがした。左腕がなく、肩の付け根から欠損していた。右腕も、前にまわした肘《ひじ》のあたりでもぎとられたように千切れている。材質の磨滅のせいか、木目が浮きあがり、幾条か深い干割《ひわ》れとわかる亀裂も走っていた。

更に覗きこむようにして確かめかけた私に、青年はこの時やっと気づき、いくらか怪訝《けげん》そうな眼で振り向いた。たじろぎのない眼の色だった。私の視線に気がついたのか、すぐにああ、といった表情になり、

「ご覧になりますか?」

と、彼の方から先に言った。言いながら、その木像を私の前へ差し出していた。

「え?」

「いいですよ。どうぞ。でも、注意して下さい。かなり脆《もろ》くなってますから」

私は完全に機先を制せられた形で、ちょっとどぎまぎし、何となくそれを受けとる格好となった。表情を動かさない青年であった。

「面白い木彫でしょ？　お好きですか、そういうの」

「え？　あ、いや……」

「そうだ」

と、彼は私の反応などには全く頓着《とんちゃく》なく、急に言った。

「ちょうどいい。意見を聞かせて下さい。どう思いますか。その木彫の顔……似てると思いませんか？」

「似てる？」

「ええ。あの伐折羅大将にです」

「え？」

「あの伐折羅大将です」

と、彼はもう一度正確を期しでもするように、繰り返した。

「よく見て下さい。そして、正直なところをきかせて下さい」

しかしそれは、ちっとも私の答えなど期待した声ではなく、それが癖なのか、いかにも事務的なそっけない声であった。

私は、今でも、時々この時のことを考えると、思わず鳥肌立つ。やりきれない戦慄に襲われるのだ。

自分は間違いなく、何度もあの時、二つの像をはっきりと確認した。その木彫像をこの手にとったことも、この目で見たことも、現実である。だのに、その後何度も、それは夢幻の中の出来事で、私の思い違いではなかったのかと、自分に問いかけ、不信の念《おも》いに駆られる日がやがてやってこようとは……。

しかし、ともかく、実際、いわれてみれば、二つの像はよく似ていた。似ているというよりは、ほとんど相似形をなしていた。

国宝である神将像は、等身大の塑像である。塑像というのは、早くいえば、心木に泥土を塗り固めて彫りあげた彫刻だ。つまり、素材は土だ。

一方、青年が持っていた木彫像の方は、前述した如く両腕のない男性の裸身像で、腰の部分にわずかに原始的な衣類の襞《ひだ》と思われる布彫りがあり、全体にきわめてグロテスクな威嚇《いかく》的な筋肉の誇張がみられる。像高ほぼ四十センチ程度の小さな一木彫刻であった。

この泥と木の二つの彫刻が酷似しているのは、首から上の部分、すなわち顔である。

木彫の顔は、ちょうど人間の拳《こぶし》大の大きさで、その大小の違いはあったが、ほとんど瓜二つと言ってよい忿怒の形相を持っていた。

「ほんとだ……」

と、思わず私は唸った。

「そっくりですね……」

「そうですか」

と、青年はごく当り前のことのように、言った。別に感動した風もなかった。

「あなたもそう思いますか、やっぱり」

それから、半ば独り言のようにして、こう言ったのだ。

「かたや国宝。かたや木偶《でく》。それが瓜二ツ。同じ顔を持ってるんだから、世の中、愉快ですよね」

「デク？」

と、私はよく聞きとれなくて、つい聞き返した。

「木偶と言ったんですか？」

「そうですよ。それは木偶です。少なくとも、今まではそうです……野に埋もれた薪《まき》、雑木《ざつぼく》の類いも同然。日の目も見ずに朽《く》ち木となったんですからね」

ことなげな口調であった。

「ほう……するとこれは、名の有る仏像じゃなかったんですか。私はまた、てっきり、このお寺の所蔵仏か何か……価値のある年代物の美術品だとばかり思ってたんですが……」

「価値がないとはいいませんよ」

と、青年の声は、相変らずそっけなかった。

「いや、そうでしょうな……私には、こうした物はサッパリわからないけれど……ずいぶん古いものなんでしょうね……」

「古いだけが問題じゃありません。例えば、その顔。名もない、朽ち木も同然の木彫の顔が、なぜ天平時代の国宝の顔とそっくりなのか……。これは、立派な一つの価値じゃありませんか」

青年は、私の顔をまともに見た。

「もっと面白いことを教えましょうか」

と、そして言った。

どこかに、たのしむようなひびきがなかったとはいえない。

「その木彫の、裏を返してご覧なさい。そう……背中の真ン中に、何か書いてあるでしょう」

……それは、墨で書いた文字のような跡であった。跡であったというのは、脱色がひどく、背面全体に書きなぐったかなり大きな文字だったにもかかわらず、完全に色褪せ、判読も出来ない記号化した字もあったからだ。

最初の二文字は『二』と『｜』、つまりヨコ一棒とタテ一棒しか残ってはいず、次がどうも『都』という字らしく、次が『美』、その次がわからなくて、また『美』、最後の二つは割りにはっきりと『黒人』と、読めた。

そのまま並べてみると、

『二｜都美□美黒人』と、なる。

私には、全く意味の不明な言葉としか言いようがなかった。

そのことを言うと、「そうですね」と、青年はうなずきながら、私の持っている木彫を、ちょっと覗き込むようにして応えた。

「初めの二字は、僕にもわかりません。五番目は『波』ではないでしょうか」

「ナミ？　ああ、そうか……そう、そういえば『波』だな」

と、言いはしたが、依然として、私には了解不能な文字の連なりであった。

『二｜都美波美黒人』

何のことだか、さっぱりわからない。

「つまり、こうは読めませんか」

と、その時、青年は言った。

「○○都《ツ》美《ミ》波《ハ》美《ミ》黒人《クロヒト》」

「ツミハミクロヒト？」

「ええ。カナのない時代は、そうした書き方をやってましたでしょう？　ということは、この木彫が、そうした時代のものだったということにもなるんですがね……」

「なるほど、そういえば、そう読めますね」

「おそらく、奈良時代のものだと思います」

「奈良時代……」

「僕は、こう解釈するんですがね、『ツミ』は『罪』、『ハミ』は『食《はみ》』。『黒人《くろひと》』は、そのまま読んで、人名だと思います。つまり現代語に直せば、これは『罪食《つみく》い黒人《くろひと》』となるわけです」

「罪食い黒人？　……何だか奇怪な名前ですね……」

「ええ。どういう意味だかわかりませんが、『黒人』という人間の、多分、アダ名か、呼び名みたいなものではなかったんでしょうか」

確かに、そう読めば意味は通った。

〈罪食い黒人……〉

しかし、それにしても〈罪食い〉とは、何と奇怪な呼び名なのであろう……。

深い意味や内容の実体はまるでわからなかったが、それでも言葉の持つ妖しい恐ろしげなひびきだけは、不意に私にも感じられた。と、同時に、一瞬かすかに、私は身じろがざるを得なかったのを憶えている。

(奇怪といえば、この木彫そのものが……まさに奇怪な恐ろしさにみちみちているではないか!)

すると突然、涸《か》れ果てた脆《もろ》い木塊の奥所に、うす冥《ぐら》いえたいの知れない怪異の情念のようなものがよびさまされて、ふと立ち動くような気さえした。私は思わずその木像を握り返し、青年の手に押し返した。

「あなたも、そう思いますか……」

と、彼はまるで私のたじろぎを見すかしでもしたように、呟いた。

「そう。『罪食い』なんて、いかにもこの木像に似つかわしい銘ですよね……こう、何か呪咀《じゅそ》的というか……禍々《まがまが》しい謎を秘めてるというか……ロマンを感じさせますよね、古色神秘な……」

しなやかな若い首が、意外に強靭《きょうじん》なひきしまった肉をもち、青年のその首のあたりに、灰色の昏《たそが》れの外光がさまよっていた。

「するとこれは、この像の作者銘なんですか?」

と、私は、沈黙の気を払いのけでもするように、言葉をついだ。

「さあ」

と、彼は手の木像を静かに眺めたまま、言った。

どこか上《うわ》の空なところがあった。

「……そうかもしれないし、そうじゃないかもしれない……でも、この墨書銘が奈良時代のものだと立証出来れば……僕はそう確信しますけど、ちょっと面白いことになるでしょうね」

「と、言いますと……」

「さあ……」

と、彼は再び言った。

私はこの時、初めてその青年がかすかに嗤《わら》ったのを見た。ほんの瞬《また》きの間のことではあったが、不思議な微笑だった。

「どういうことになるのかな……」

と、彼の声は私に向かってというよりは、もっと他のものへの感じのする口調になっていた。

「この国宝の十二神将には、天平という時代銘は残っているけど、正確な制作年月日や作者銘はない……これ程の出来だから、ただ者の作ではない……そこで一応、官営造仏所の名のある工人の作だろうってことになってるんですがね……この木彫が、(と、彼はその古木の肌を撫でるような手つきをした) 同じ時代にあったとなると、事情は変ってくる……これだけ似てるんですからね。偶然の一致……そうかもしれない。同一作者……それも考えられる。でなければ、模写か……つまり、どちらかが、どちらかの模写を行なったものであるのか……そうでなければ、盗作か……」

「盗作？」

よく考えれば、私には全く関係のないことだったし、別に驚く必要もなかったのだが、その時なぜか、奇妙に深く私はギクリとしたのである。

「そうでしょう？」

と、しかし青年は、むしろ平然とした声で顔をあげ、私を正視した。

「そういう場合だってあり得るでしょ？　奈良時代と一口にいったって、百年の広がりがある。この木彫の方が、伐折羅大将よりも以前に制作されていたとしたら、どうなります？　そしてもし、何等かの理由で、明らかに別人の作だと鑑定されたとしたら……。あの国宝の塑像の方が、この木像の顔を盗んだということになるじゃありませんか」

それは、涼しい声であった。

「そんな……可能性が、あるんですか？」

「さあ。それは、その道の専門家が出す判定です。素人の僕にはわからない」

「するとあなたは……その道の専門に関係している方《かた》じゃないんですか？」

「僕？　僕は門外漢ですよ。たまたま、この木像を手に入れたというだけのね」

「じゃ、これは……あなたの木像？」

「そうですよ。ちょっと掘り出し物でしたがね……」

見たところ、まだ学生風なこんな若者が、そうした骨董《こっとう》価値のある品物を、どんな風にして「手に入れた」のか。ちょっと知りたいという興味もなくはなかったが、特別な関心があったわけでもなく、ついはばかられて、それ以上は口にせずじまいであった。

青年はその木像を、わりに無造作に綿布でくるみ、綿のつめこまれたボストン・バッグの真中を割ってそこへ収めた。立ち去る時、彼はもう一度、眼の前の〈伐折羅大将〉を一瞬、見あげた。それから、

「じゃ……」と、簡単に私に言った。何事もなかったような声であった。

「いや、私も行くところなんですよ」

一緒に堂宇の外に出た私達は、どちらからともなくちょっと立ちどまって、雨の境内を見渡した。

「いいな……」

と、青年は独言のように、言った。

「やっぱり、萩は大和の花ですね……潮風に吹かれて見る花じゃないや」

「潮風？」

私は、別に意味もなく聞き返した。

「ええ。こないだ対馬《つしま》まで行って来ましてね……野萩がたくさん咲いてたんですよ。都会で暮してると、萩なんて忘れちまってるでしょ……感動するんだナ、いきなりああいうのにぶつかっちゃうと……でも、ここのとじゃ勝負にならない」

「対馬の萩か……それもいいじゃないですか。萩はもともと、路傍や原野の花なんだから」

「そうですね」

と、青年は素直にうなずき、

「それじゃ……」

と、私の方を振り返って、それが最後の挨拶で、雨の中へ出て行った。

ズックのボストン・バッグの布地が、はりつめたブルー・ジーンズの若い股の肉を叩きながら揺れていたのを、覚えている。後ろ姿の襟足《えりあし》に、やはりまだ幼さの残る青年だった。

あの奇怪な木像と、国宝の忿怒神〈伐折羅大将〉と、そしてこの若い青年と……いったいどんな関わりが糸を綴り合わせているというのか……私には見当もつかなかったことだけに、その時ふと無性に気になり、その後ろ姿にそれを思った。しかし、すぐに、私はやめた。人間は誰もが、何かの、他人にはわからぬドラマをかかえて生きている。或る意味では生きることをやめた筈の、人間の廃墟も同然の、私の患者達の中にさえ、それはあるのだ。——確か、そんなことをその時、私は考えた記憶がある。

いずれにせよ、二年前のことであった。

私はすべてを、いつの間にかきれいに忘れ去っていたのである。

3

『週刊G誌の〈告示板〉を拝見しました』

と、私は書いた。

『あなたが、私の存じ上げている方かどうか、自信が持てぬままペンを執《と》ります。一昨年の萩の花時、奈良高畑の新薬師寺でお目にかかった者です。あの折お別れしてから、ふと私はあることに気がついたのです。《黒人》という人名についてです。万葉集に、高市黒人《たけちのくろひと》という歌人がおりましたね。まさかこの黒人が、あの木彫の銘にあった《黒人》と同一人物ではと思ったわけではないのですが、同じ名前の人間が万葉集にいるということが、何かあの折あなたが言われた《罪喰い黒人》の同時代（奈良時代）存在説に信憑《しんぴょう》性《せい》を与えるような感じがし、大発見でもした如く、翌日早速図書館へとびこみました。お陰で、学生時代を想い出しました。

別に何をどう調べるという当てもなかったのですが、とにかく万葉集の新解体をめくりました。そして、(当然のことですが)歌も題も記述も、すべて原文は漢字の羅列で記述されているこの万葉集に、例の文字、『都《ツ》』も『美《ミ》』も『波《ハ》』も、同じ読みでふんだんに使われていることを確認しました。

まちがいなく、あれは『都美波美《ツミハミ》』と読んでいいのだ、と。

そして今一つ。これは、こんな風にして私が万葉集の頁をめくっているさなか、突然、全くそれは突然に、閃めいたのです。そうだ！　と、ある事柄に私は思い当ったのです。

あなたは確か、あの時、対馬の萩の花のことを話しましたね？　それです。

万葉集にも、対馬にゆかりの深い事柄があるじゃありませんか！

防人《さきもり》です。そうです、防人の歌です。

九州西辺の地に、唐、新羅《しらぎ》の侵入に備え、当時諸国から兵士を徴集し、この防備にあたらせた防人の歌が、万葉集にはかなりの量載っています。

対馬は、この防人兵制の最前線だった筈です。

これは偶然でしょうか。『黒人』といい、『都美波美』の文字といい、対馬といい……。

もしかしたら、あなたは、あの『罪喰い黒人』の木彫を、対馬で手に入れられたのではないでしょうか？

いや、おそらくそうにちがいないといえる根拠を、私は発見しました。このことを、あなたにお知らせしたかったのです。

あの木彫の背にあった意味不明の、不鮮明な最初の二字についてです。

防人の歌を、片っ端から読んでいく内に、私はまるで鬼の首でも取ったような昂奮をおぼえました。あのなにかの記号のように消えかけて残っていた文字の原字が、わかったからです。

ご存じのように万葉集には、歌の後に、その歌を詠《よ》んだ防人の名前を明記したものが何十首かあります。例えば、

――右一首　国造丁長下郡物部秋持

とあり、これは「右の一首は、国造《くにのみやつこ》の丁《よぼろ》、長下《ながのしも》の郡《こおり》の物部秋持《もののべのあきもち》」と、読みます。

こんな風にして、

――右一首　防人山名郡《さきもりやまなのこおり》丈部《はせつかべの》真麻呂《ままろ》

――右一首　助丁《すけのよぼろ》丈部造《はせつかべのみやつこの》人麻呂《ひとまろ》

――右一首　上丁《かみつよぼろ》有度部《うとべの》牛麻呂《うしまろ》

などと記されており、問題はこれらのあたまの二字にあります。

「防人」と書いたのもあるが、大抵「丁《よぼろ》」、「助丁《すけのよぼろ》」、「上丁《かみつよぼろ》」などとなっていて、これらはいずれも防人のことを意味します。

もうおわかりでしょう。例の記号化しているとみえた二字のもと字は、実は二字ではなく一字で、『丁』ではなかったのでしょうか？　他の字はどうにか判読出来るのに、この二字だけが出来なかったのは、離れすぎていたからではありませんか？

すなわち、あの木彫の墨文字は、

『丁都美波美黒人《よぼろつみはみのくろひと》』と、なるわけです。

もし、ほんとうにあなたがこの木彫を対馬で見つけられたのなら、このことはますます現実性を帯びてきます。

〈天平時代の国宝と瓜二つの顔〉〈古代書記体の銘〉〈対馬から出た古木像〉〈丁《よぼろ》〉

こう揃えば、この『罪喰い黒人』なる人物が防人であるということは、疑えません。

ただ、当時防人は、牛馬も同然、有無をいわせず兵役に駆り出された土俗の民百姓ですから、文字など書ける筈はなく、これはおそらく防人部《さきもりべ》の領使が書いたものでしょう。

あの木彫の材質が、千二百年以前のものだという専門家の鑑定さえ出れば、これは立派に、防人である『罪喰い黒人』の作だということが出来ると思います。

さて問題は、この『黒人』と新薬師寺の国宝、十二神将像の作者がどうつながるかということですが、国宝は彩色塑像ですから、高度な専門技術が必要です。『丁《よぼろ》』であった黒人と同一人だと考えるのは、無理でしょう。

となると、後は偶然の一致か（これはあの像を現実に目撃した私には、ちょっと考えられません）……だから、あなたがおっしゃった、模写か、盗作か、の場合が残ると思います。

そこで防人制の行なわれた年代を調べてみました。六六三年あたりから七九五年頃まで、約百有余年にわたって、この兵制は続いています。

あなたもおっしゃったけれど、国宝の〈伐折羅大将〉の制作年は、私も調べてみました。十二体の内の一つの台座の裏桟《うらざん》に、おっしゃる如く天平時代の墨書銘文があるそうですね。それによると、七二九年から七六七年あたりまでの間の作とみるのが妥当だそうです。

勿論、この間《かん》はいずれも、防人の兵士達が諸国から、九州への船が出る難波の港に集結するため、陸路を続々と、入れ替り立ち替り往来していた時期に当ります。

国宝の作者と、『罪喰い黒人』の木像の作者が、どこかで、何等かの事情で、接触し得た可能性はある筈です。

また私は、二、三、知り合いの学者や専門家に、あの新薬師寺の国宝・十二神将像について、尋ねてもみました。

その結果、あの〈伐折羅大将〉が、実に素晴らしい激怒にあふれたその頭部（つまり顔）の見事さに比べ、首から下の甲冑を帯びた部分――つまり胸、腹、剣を握る右手、横に構えた左下腕と開いた掌などの諸部分が、どこかぎごちなくアンバランスで、人体構造学上からいっても不自然な体形を持っている、ということを知りました。早くいえば、顔の素晴らしい迫真力に比べ、首から下は不出来な感じが目立つということです。専門家が認めている事実です。

これらのことは、あの顔に、模写、或いは盗作があったというあなたのご意見に、何かの参考とはならないでしょうか。

国宝を彫った作者は、これもあなたがおっしゃったように、おそらく当時、奈良の都にあった官営造仏所の名ある工人でしょう。彼には（或いは彼等かもしれない）、芸術的にすぐれた高い技術がある。その技術でもって造りあげた像が、その頭部と体全体の姿態のバランスを、微妙に崩している。

引きかえ、あなたが見せて下さった木彫の、あの古木の肌全体から立ちのぼるような奇怪な瘴気《しょうき》。そして、瓜二つの忿怒の顔……。

やはりこの二つの像は、どこかで、何かの、きわめて興味ある接触をもっていたと考えることも、できなくはなさそうです。

あなたは笑うかもしれませんね。単なる行きずりの人間が、こんな風にいろいろとせんさくすることを。

私も、実際、あの木彫を見ていなければ、こんな突飛な想像に、これほどとらわれたりはしなかったでしょう。しかし、あの木彫を見た以上、これらの考えには、確かにどこか捨てがたい現実性があると思います。

そして今、あなたの週刊G誌の広告を読み、『罪喰い』が死者儀礼の名称だったと知り、半ば愕然とし、一層右の観をつよめます。

もし、ほんとうにそんなシキタリがあったとしたら、迷妄《めいもう》な古代を思い、あの木彫がなぜあの顔を持っていたか、何かが氷解し、わかったという気さえします。

あの激怒神の顔は、『罪喰い黒人』の作だと、私には信じられます。

しかし……しかし、それにしても、あなたの名前が、なぜ『黒人』なのですか！

不一

追記。本便は、週刊G誌の編集部宛に送付します』

私はわざと、建築家・秋村黒人を見舞ったビル事件のことについては、一言も触れなかった。

4

一月ばかりして、京都は紅葉の季節に入っていた。精神科のインターホーンが鳴った。

「水野先生にご面会です。秋村様とおっしゃいます……」

秋村黒人は、前庭の葉を落した桜林のまんなかに立っていた。

おやっ、と私は思った。ラグビー選手のようなバネのきいた軀を黒スーツで包み、仁王立ちに彼は市街地を見おろしている。遠くから足音を聴きつけて、機敏に振り返った彼の顔を見て、再び私は立ち停まった。

人違いだった。或いは、記憶違いか……。車寄せを下りながら他の人影を目で探した。そんな私へ、彼の方から近づいてきた。

「失礼ですが、水野先生でしょうか……」

「そうですが……」

「秋村です。ご連絡、有難うございました」

私は、まじまじと彼の顔を見直した。

「いや」と、彼は言った。

「お手紙を受け取ったのが昨夜でして、それでかけつけたようなわけです」

「あの……あなたが、秋村黒人さん……？」

「そうです。お驚きはご尤《もっと》もです。僕も、実は驚いています。そのことで、先生のお話をぜひうかがいたいと思いまして」

完全な別人であった。

精悍《せいかん》な眉の下の眼が、油色の皮膚を鋭くきり裂くように彫りあげていて、迫力のあるやや青みがかった瞳に、成熟した男の色気があった。しかし後でわかったのだが、三十九歳にはとてもみえなかった。

その夜、私の勤務が終る時間にもう一度落ち合う約束をして、鴨川べりの二条大橋西詰にある彼の投宿先、ホテルフジタに私が出向いたのは、すっかり昏《く》れ落ちてからであった。

秋村黒人は、地下のバーの一番奥のテーブルにいた。

深い照明につつまれて、浅黒い皮膚は昼間ほど活力にあふれてはみえなかった。心なしか、ぐったりとした感じさえした。

「奈良まで行ってきました」

と、のっけに彼は言った。

「あそこの十二神将、まだ見てませんでしたのでね」

「そうでしたか……」

と、私は、来る道すがらも考えていたことを口にした。

「どうやら私は、大変な見当違いをやらかしたようですね……失礼をしたことにならなければいいのですが……」

「いいえ、そうじゃありません」

と、彼は急に、真剣なまなざしになって言った。

「とても有難かったんです。正直言って、飛びつくような思いでした」

「?」

「先生」

と、秋村は、一度とりあげていたグラスをシートに返し、改めて私の顔を正面から見た。

「単刀直入にうかがいます。先生は、ほんとうにその木像をごらんになったのですか?」

「え? ええ……見ましたよ」

「どんな木像でした? それを詳しくお話し願えませんか」

「ええ……それは構いませんが……」

「その青年の顔、はっきり覚えていらっしゃいますか?」

「そりゃ、覚えてますよ」

「会えば、おわかりになりますか?」

「わかると思います」

「そうですか……」

秋村はたたみ込むようにして聞いた後、ふっと肩で息を抜いて、

「あ、どうぞ。召し上りながら聞かせて下さい」

と、私のグラスを手でうながした。

事情は皆目呑みこめなかったが、とにかく私は、例の『罪喰い黒人』の木彫について、記憶にあることは一通り話すことにした。

秋村は、時々、こまかな像の特徴や、例えば前に廻した右腕の欠損した肘《ひじ》の残り具合、干割れの走っていた位置、木目の浮き具合、銘の大きさや文字の格好、墨色の褪《あ》せ加減、木肌の色……など、詳細に確かめ返し、そのつど念を押すように質問を挟んでは、また熱心に聴き入るというようなことを繰り返した。ひとまず話し終えた時、彼はまた、奇妙なことを言った。

「失礼ですが今のお話……つまり、先生が、確かにその木像をご覧になったということを証明するデエタ……というか、証拠のようなものはございませんか」

「証拠？　といいますと？」

「例えば、その場に第三者が居合わせたとか……その青年が、先生に像を見せたことが立証されるようなことであれば、何でも構わないんですが……」

「じゃ、私が作り話をしているとでもおっしゃるのですか？」

「いや」

と、やや狼狽気味に、しかし真面目な声で秋村は打ち消した。

「そうじゃありません……どうか、お気を悪くなさらないで下さい。僕はただ……その木像が、現実に存在したということをはっきり確認したいのです。いえ、確認出来る証拠が欲しいのです。それを探しているのです……」

「どうもお話がよくわかりません……私が見たということが証拠にならないとおっしゃるのなら、そういう意味では、残念ながら何もないという他はありませんね……しかし、いったいどういうことなんですか？　よろしかったら話してみてはくれませんか……」

秋村黒人は束の間、沈黙した。頭上をかすかな見えない翳《かげ》が翼をひろげて通り過ぎでもするのを、ちょっと待つような表情を見せた。

「実は……」

と、彼は口ごもった。

何かをためらっている風であった。

「僕も見たのです、その木像を……」

「え？」

「先生のご覧になった木像と同じものです。間違いありません。でも……いつ見たのか、どこで見たのか、それが……僕の場合、全くはっきりしないのです。或る日、気がついたら、記憶のなかにあった……そういうより他に、方法はないのです。どんなに想い出そうとしても、駄目なのです……突然というか、こう、記憶のなかに浮かんでいて……しかも確実に、この目で見たという感じは消えないのです。こんなことって、あるでしょうか」

「………」

「お気づきでしょうが……僕がこの奇妙な体験にこだわるのは、お手紙にもあったように〈黒《くろ》人《ひと》〉という自分の名前です。なぜ、僕の名が〈黒人〉なのか……ばかばかしい疑問でしょ？親がつけたから〈黒人〉なのです。でも……あの木像の背に〈罪《つみ》食《は》み黒《くろ》人《ひと》〉という文字を読んだ時の、不吉な……厭な感じが、頭にこびりついちまって離れないのです……〈罪《つみ》食《は》み〉〈罪《つみ》喰《く》い〉……この言葉を調べました……自分でも書物に当ったし、他人にも聞き漁《あさ》ったわけです。そして、インド哲学の或る大学教授が、耳よりな情報を提供してくれたのです。西洋にはあるそうです。あの週刊誌に書いたような、古い死者儀礼だそうです。その教授は、東西の死の哲学や風俗学に詳しい人なんですけど……日本の古記録には見あたらないし、自分も知らない、という返答でした。

しかし、僕の記憶には、はっきりと〈罪食み〉という言葉が存在するのです。あの木像があるのです。これはどういうことなんでしょうか？　この日本でも、そんな風習があったと考えざるを得ないじゃありませんか……。

あの木像の記憶が、いつ、どこで、どんな風にして僕のなかに植えつけられたのか……僕が、それを知りたいと思うのは、きわめて自然なことでしょう？　無論、先生のお手紙を拝見するまでは、あの木像が、新薬師寺の国宝〈伐折羅大将〉に生き写しで、そんな古美術的な別の謎をはらんだいわくある木彫だなどとは、露ほども知りませんでした……。しかし、今日この眼で確かめて来て、ほんとうによく似ているので駭《おどろ》きました。駭いたと同時に、僕は確信も持ったのです。あの記憶は、単なる僕の妄想ではなかったと。そして現に、先生も、同じ木像を見ていらっしゃる……。

これは、明らかにあの木像が現実に存在したということの証拠です。何よりの証拠です。しかし……僕が、あの木像を見た、という証拠にはなってくれない。いつ、どこで見たのかを解明する手掛かりにはなってくれない……」

この時、堂々たる体軀の、むしろ猛々《たけだけ》しささえその風貌にある男の両眼に、再び、何かに怯《おび》えるような不安の翳《かげ》が翼をひろげ、よぎり去るのを私は見た。

この男にとって、一つの木像が現実に存在したという確証が、今、何かの意味で切実に必要なのであろう。

そしてその時、なぜか脈絡もなく、私は一つの新聞記事のことを想った。

〈建築中のビル、崩壊。爆破か?〉

〈四谷署、設計者・秋村黒人氏を事情聴取〉

記事はあからさまには謳ってこそいなかったが、一時的にせよ、秋村黒人が或る不審の対象とされたことは、うかがえる。自分が設計したビルを、自分が爆破する——誰が考えても、ばかげた、異常なことである。だが、そのばかげた異常な嫌疑を彼がうけたということに、この時ふと私の心は動いたのだ。

(秋村の日頃の言動に、その嫌疑をうけやすくさせるものがあったのではないだろうか)

(もし今、彼が話している相手が、私以外の人間だったとしたらどうだろう。彼を、精神正常、平安穏当な人物だと、みるだろうか……)

「先生」

と、秋村黒人が口を開いたのは、そうした時である。

「僕があのお手紙を読んだ折、一番最初に何を思ったか……先生だから、正直に申し上げます。救われた！　そう思ったのです。僕の記憶が、妄想ではないと証明していただける証人が、精神科の専門医だったとは……ほとんど僥倖《ぎょうこう》だと、とびあがったのです……」

「秋村さん……」

と、私は、つとめて平静な声でさえぎった。

平静ではなかったのである。あの日、あの青年に出会い、あの木像を見たということは、よく考えれば、その青年が見つからない限り、私にも証明することは出来そうにない。そんな気がした。そのことが、ふとえたいのしれない動揺を、理由もなく私のなかに呼びさましていた。

「いったい……いつ頃から、そんな感じが記憶にあるような気がしはじめたのですか？」

秋村は、ちょっと考える風に視線をとめた。

「一昨年の……冬だったか、秋だったか……その頃だったと思います」

「それ以前には？」

「……わかりません。自分ではなかったと思うんですが……気が付かなかっただけなのかもしれません……」

「それから、もう一つ。あなたは先刻から、何度か〈その像を見た〉という表現をお使いになっているけれども……その感じは、どうですか……例えば像は、どこかに置いてあったとか……転がっていたとか……」

「想い出せないのです……今までも何度も考えてみたことなんです……置物のように置いてあったようでもあるし……誰かが持ってたような気もする……」

「背にある文字を、自分であなたは読んだんでしょ？」

「そうです……だから、きっと手にとってもいる筈です……しかし覚えはありません。とにかく何にも想い出せないのに、あの木像だけが、はっきり頭のなかに残っているのです……」

「……あなた、お酒はかなり召し上りますか？」

「強い方です。しかし、中毒じゃありません」

「何か大きな怪我をしたとか……大病を患ったとか……」

「ありません」

と、みなまで言わせず、秋村は即答した。

「健康です。時々肩が凝《こ》るくらいで、別に病気も外傷もありません」

「……そうですか」

とだけ私は言った。

言いながら、すでに、秋村黒人を患者ででもあるかの如く扱っている自分に、一方では狼狽した。

彼も私も、不意に沈黙した。

柔らかいオレンジ色の照明に染まって、秋村黒人はシートに身を沈めていた。

『黒人』という人名に深くとらわれている彼には、確かに問題があった。しかし、もっと問題なのは、彼の記憶の海のなかに、ポツンと浮かんでいるという一体の朽《く》ちかけた奇怪な木彫の方であろう。厄介なことになった、と私は思った。

しかしともかく、一つだけ言えそうなことはあった。

『罪喰い黒人』の木像を見たのは、私も、彼も、ほぼ同じ時期、一昨年の秋だったということである。

その夜、ホテルフジタのバーを出た後、私達はかなり飲み歩いた筈である。が、そのいちいちを、定かには憶えていない。

二人共、泥酔した。

鴨川べりの風の土手でも、ネオンの下でも、女たちの嬌声のさなかに座している時も、私は一つのことを繰り返し言った記憶だけがある。

「対馬だ」と。

「対馬を当ってみることです。今のところ、それしか道はない。対馬です」

5

その年の暮れ、私は、業界新聞の記者だと名乗る男と週刊誌のトップ屋に、相前後して面会を求められた。どちらも、秋村黒人が私の患者であるという言質《げんち》を、私からとることが目的だった。

無論、早々に追っ払った。秋村黒人は、私の患者ではなかったから。だが気になったので、東京の彼の設計事務所に電話を入れてみた。秋村は、講演旅行に出ていて不在だった。

その後、年が明けて、二度ばかり上京する機会はあったが、私は努めて彼のことは想い出すまいとした。何かあれば、彼の方から連絡があるだろうと、むしろ避けて通った形であった。

そして四月。学会でまた上京した際、東京駅の構内で、一枚のポスターを見かけたのである。

それは、私が知らない或る写真家の作品展のポスターだった。

私の足を釘付けにしたのは、画面いっぱいに凄まじい陰影で写し出された、巨大な十二神将〈伐折羅大将〉の顔であった。

その激怒神の顔を背景にとり、画面右下の部分に、背を見せた全裸の若者が一人佇《たたず》んでいる——そんな構図だった。近づいてみて、小さな胸騒ぎは、ほとんど胸全体に粟つぶのように拡がった。少し横向きに首をよじっている仰向き加減の若者は、肩まで垂れる長髪を美しく波立たせていて、決して襟足のさわやかな青年とはいえなかった。が、

(彼だ!)


と、思わせる何かを持っていた。

どこといって確証はなかった。十二神将と若い男というとり合わせが、いきなりそんな印象を作ったのかもしれなかった。しかし私は、そのしなやかな裸身の男に、新薬師寺で出会った青年と重なる印象を持ったのである。

新宿M百貨店六階の展覧会場にも、このポスターの原版となった作品は、大パネルの壁掛けで出品されていた。

私は躊躇《ためら》わずに、受付係の前に立った。

「実は、あの写真のモデルさんのお名前が知りたいんですが……」

係の若い男は、私が指さす作品の方をちらっと振り返り、「ああ、アレ」と、造作もなく応えた。それから、場内をさあっと見廻し、

「先刻までいましたよ……アレアレ……」

と、その首を一巡りさせた。

「奴《やっこ》さん、モウ消えちゃったヨ……しようがねエな。手伝っていくっていってたんだがな」

そして、再び私の方を見た。

「あれね、大江清彦。モデルじゃないですよ。インテリア・デザイナー」

「インテリア・デザイナー?」

私はあわててつけ加えた。

「あの、ここで待ってれば、会えそうですか?」

「さあねエ……なんせ、落着かない男だから……ああソウカ……ここのネ、一階のショーウインドウ、奴さんのディスプレイなのよ。ひょっとしたら、そっちへ廻ったかナ?」

私は急いで一階へ降りてみた。が、その青年を見つけ出すことは出来なかった。

しかしここでも、私は奇妙な発見をして、思わず足をとめたのである。

そのショーウインドウには、商品は一点も飾られていなかった。広いガラス張りの空間に、あるのはただ、ステンドグラスの大集積だった。壁面をおおうばかりの大号数から、粉みじんに打ち砕いた色ガラスの破片まで、大小雑多なステンドグラスの量感を変幻自在に構成して、豪華な独特の空間が造形されていた。古い西洋の貴族の紋章、宗教的な男女の人体、エンゼル、鳥獣、騎士、仮面、花、鎧、楯……それらの無数にちりばめられた、どちらかといえばあくどい焼文様や図柄の板が、淡いふしぎな色彩光線を投射され、透光しあい、みずみずしい萌《も》え立つような春のかがやきを構成していた。

私の眼がすいよせられたのは、そのディスプレイの焦点ともいうべき、中央部の大ステンドグラスの装飾である。何か悪魔的な中世模様で彩《いろど》られ、野獣と農奴と無数の妖精がとび交っているような構図の中心に、深紅の飾り兜をつけた小さな一つの顔があった。

奇怪な顔だった。

明らかに、それは、忿怒《ふんど》の形相にもえる〈伐折羅大将〉の顔であった。

燦然《さんぜん》たる百花の大集団を想わせる華麗なディスプレイのなかにあって、誰もがその顔の恐ろしさには気がつかなかった筈である。いわばそれは、このディスプレイの中心を発し、しかも中心に没していた。その時の私のように、〈伐折羅大将〉に特別な関心を持つ者でもなかったら、おそらく見落してしまったに違いない。

（大江清彦……）

ほとんど間違いなく彼だ、と、私は確信した。

もう一度、六階の写真展の会場にとって返し、先刻の受付係に尋ねた。

「あの……大江さんの住所、わかりませんか？」

鸚鵡《おうむ》返しに、若者は、

「わかりません」

と、ケロッと言った。

「でもどうしてもってンならねエ……そうだナ、十一時位になっかナア……今夜ねエ、三光町の《バラエ》ってスナックでね……ほら、薔薇の絵ネ、漢字で書くの……そう……そこでこの展覧会の打ち上げやるから、奴さんも顔出すと思うよ。そっちへ行ってみたら？」

若者は《薔薇絵》の所在地を、ていねいな地図で書いてくれた。

デパートを出て春の雑踏に呑み込まれる時、私はもう一度ショーウインドウの前で立ちどまった。胸が、異様に波打っていた。

《薔薇絵》は、入った所がJ字型のカウンターで、奥に長く拡がった店だった。

大江清彦は、三段に区切られた一番奥の絨毯《じゆうたん》のコーナーにいた。天井からカボチャに似た大きな布製のシェードで飾った照明器具がぶらさがり、薔薇色のセメントを噴きつけたような凹凸の壁面で半円状にとり囲まれた、洞窟を想わせるコーナーだった。十四、五人の、えたいのしれない服装をした連中がそこでてんでに群れ、ひらひら金魚のように泳いでいた。

真紅色のぴったりとした天鵞絨《ビロード》のスーツを身につけた大江清彦は、カールした長髪の頭をふり乱し、レーサーのような身なりのヘルメットをかぶった男を相手にして、激しいリズムを踊っていた。ガクガクと折れる首。「ウウッ」と、相手の男が呻《うめ》く。えび反りになって、リズムを追う清彦。男がはげしく腰を突き出す。引く腰を「ハアッ」と叫んで攻め込む清彦。その傍で、仔鹿のような感じのする少年の唇に、アスパラガスを突っ込んでやっている男もいた。派手な身振りで言い争い、喋っては体に触れあっている男女もあった。また電動計算機を膝にかかえて、何やら帳簿みたいなものと首っ引きの男たちもいた。

私はものの二、三十分、とっつきのカウンターに腰掛けて、水割りを飲みながら、そうした連中のやりとりを眺めていた。

啞然としていたのである。奈良の新薬師寺で見た青年の面影は、真紅の背広を花のようにはためかして踊る大江清彦のどこにもみつけられなかった。彼であったが、彼ではなかった。

その時、私の横の電話が鳴り、「大江ちゃん、お座敷イ!」と、マスターが叫んだ。

清彦は髪を掻きあげながら、「ホーイ」と、汗のにじんだ血色のいい額をかがやかせて、私の傍までやってきた。

「ちょっと失礼」

彼は私の顔をチラッと見て、受話器をとった。まるで気付かない様子だった。長い指に縁どりのないルビーの指環がきらめいていた。

短い電話だった。彼は「はい」と「ではまた」という言葉しか使わなかった。電話を切った後、もう一度、意味もなく私を見た。やはり、見知らぬ人間を見る眼であった。

「先生だろ?」

と、マスターが、おしぼりを出しながら言った。

「そう」

と、清彦は答え、そのおしぼりで手と顔を無造作に拭った。

マスターが、言った。

「ご難続きだよね、あの人も」

「どうして?」

「だって、誰だか言ってたよ。こないだまたトラブルがあったんだって? どこだかの体育館って言ったかな……屋根だか壁だかに、ヒビが入ってるんだって? 設計ミスだって喋ってたよ。雑誌社の連中だけどさ」

「地獄耳」

と、清彦は、ちょっと首をすくめてみせた。

「でも、どうってことないんだろ。天下の秋村黒人だもの」

大江清彦は、軽く言い残して、また、薔薇色の洞窟に似たコーナーへ戻っていった。

私は暫く、わが耳を疑った。

6

一時間後、私達は、深夜の新宿の街を歩いていた。

大江清彦は最初、彼の席に歩み寄った私を見あげ、きょとんとしていたが、すぐに「ああ」と声を発し、「あの時の……」と想い出してくれた。その限りにおいては、ごく自然な、奇遇を驚く態度であった。

精神科医の肩書きを刷り込んだ名刺を渡し、

「先日、秋村さんが訪ねてみえましてね……」

と、私はさりげなく切り出してみた。

清彦は瞬時、名刺と私の顔を、不思議そうに見比べていたが、

「河岸《かし》を変えましょう」

と言って、立ち上った。

《薔薇絵》を出て、春のほの温い夜気のなかを歩きながら、私は、なぜ今夜《薔薇絵》に自分がいたかを、これまでのいきさつを一切つつみ隠さずぶちまけて、説明した。

「そうですか……」

と、清彦は黙って聞いた後、ひどく静かな調子で言った。

「あなただったんですか、京都の某精神科医というのは」

「え?」

「いや、ちょっと以前、赤新聞が妙な記事をバラ撒きましてね……秋村さんが、窃《ひそ》かに精神科の治療を受けているという噂が流れたんですよ。ご承知のように、建築家には人命の安全が託されてるし、社会的な責任がありますからね」

私は、いつか業界紙の記者だと名乗って訪ねてきた男のことを不意に思った。

「しかし、世の中、奇妙だな。あなたとこんな風に再会するなんて……」

清彦は別に驚いている風もなく、話題を変えるように言った。

話していると、奈良で初めて出会った時の青年の感じが、少しずつ戻って来るような気がし

ないでもなかった。

「それにしても……」と、私は言った。

「秋村黒人さんとあなたがお知り合いだとはね」

「僕の昔のボスですよ」

と、彼は何のためらいもなく言った。

「つまり、僕の現在を作ってくれた人です。恩人です」

大江清彦は、その折、簡単に自分の略歴を話してくれた。それによると、彼は私の想像よりも四、五年は齢を食っていた。

T美大を出た後、奨学金を受けてアメリカ留学し、著名なゴードン・シュナイダー事務所で実習につき、ヨーロッパを実地見学して、三年目に帰国。大手の建設会社設計部に所属した。この時期に、秋村黒人に見つけ出され、彼の設計事務所に引き抜かれたのである。

「仕事の肌合いが合うんでしょうかね……」

と、清彦は言った。

秋村黒人がI県の依頼を受けて建てたI県庁舎のロビーのインテリアに、当時無名の清彦の設計を起用したのだ。受賞男の秋村にとっては、さして珍らしいことではなかったが、この作品はその年の建築家協会賞を得た。

清彦にとっては、絶えず大物建築と取組み、脚光を浴び、その大胆な着想と技術で話題をまきちらす秋村黒人に見込まれたことは、またとない幸運であった。銀座のど真ン中に建てられたS電気ホール、T国立競技場、N県のカトリック教会堂、H市記念会館……など、秋村の建築が話題になる度に、その内部デザインを設計した清彦の仕事も、ついでに世に紹介されるということになり、インテリア・デザイナー・大江清彦の名は、秋村黒人の名声に便乗して、次第に大きくなった。

U金属ビル・ショールーム、Y生花会館屋上の構成作品、E外国航空・東京営業室、Oホテル・プレスクラブ、B近代美術館展示室など、清彦が秋村の手を離れて単独で設計したインテリアの代表的な仕事も目に見えて増《ふ》え、間もなく大江清彦は、独立した。

「それが一昨年です」

と、清彦は言った。

つまり、私が奈良で初めて彼に会ったその翌年には、もう独立していたわけだから、新薬師寺でまだ学生風にさえ見えた彼は、すでにあの時、新進インテリア・デザイナーとして、秋村の翼下で世に売り出していたのである。

「すると、あの『罪喰い黒人』の木像を秋村さんに見せたのは、……あなたなんですか？」

「そうですよ」

と、清彦は簡単に、言った。

「だから僕も、今お話を聞いて駭《おどろ》いてるんですよ。どうして秋村さん……そんなことをあなたに言ったのかなあ……だって、あの木像は、僕があの人にあげたんだもの」

「何ですって?」

私は、思わず声に力がこもるのを、あわてておさえた。

「つまり、プレゼントしたんですよ。僕が独立した時に」

清彦は平然としていた。

「お世話になったお礼代り……といっちゃナンだけど……でもアレ、あなたもご存じのように、かなりセンセーショナルな値打物ですからね。その筋で、見る人が見たら、莫大な値がつくかもしれませんよ。いや、つける筈です」

「じゃ、あなた、あの木像の材質を……」

「ええ、或る大学の研究室に鑑定してもらいました。無論、ちょっと秘密の策を弄しましたがね。千二百年以前の檜材《ひのき》でも、あれよりもっと新しい奴もあるそうです。あの木像、檜だそうですよ」

私はなにか、咽《のど》のあたりに物のつかえるような、ヒリヒリとした昂奮感のなかにいた。あの木像が天平以前の物だと決まれば、国宝の塑像はどうなるのか……。その昂奮もあった。だがもっと打撃的で不審だったのは、あの時の秋村黒人の真剣な、途方にくれた声や、顔や、表情や……それらの事柄についてであった。あれが、すべて偽りだったとはどうしても信じがたかったのだ。

「秋村さん……やっぱり、変なのかなあ」

と、ふと清彦は、呟くようにして言った。

「そういえばあの人……何となく妙なことが目立ち始めたの、あの木像を贈ってからだったし……すると、僕にも責任の一端はあるのかなあ……」

「妙なことって……?」

「ええ」

と、清彦は、ちょっと言い淀んだ。

「こんなこと、誰にも口外したことはないんだけど……ここだけのことにして下さい」

「構いませんよ」

「……僕も、あれほど秋村さんが『黒人』の名にこだわるとは思わなかったんです。磊落《らいらく》な人だし、同名の黒人銘もかえって喜んでもらえるだろうと思って、贈ったんですがね……。或る日、突然こう言うんです。『お前、罪喰いって言葉聞いたことあるか?』って。そりゃ僕が贈った木像だもの、知ってますよ。それが、まるで初めて口にするような聞き方なんです。……

この時、僕はちょっと変だなって気がしましたよ。その内、古い死者儀礼だということを突きとめてきて、『お前、これを調べろ』って言うんです。僕も無論、興味を持ってたことだし、八方手を尽《つく》したけれど、そんな因習、誰も知っちゃいません。日本に在《あ》ったたって確証も事実もつかめない。そしたら、いきなりあの週刊誌の広告でしょう？　とにかく、会う人毎に聞くんですよ。……少し異常だなとは思ったんですけど、まあ、あの木像の正体調査のための……つまり、純粋に古美術的な興味からだろう位に考えてたんです……」

「ちょっと待って下さい。秋村さんは、私の手紙を見るまでは、あれが古美術的な価値のあるものだとは知らなかった、と言ってるんですよ。〈伐折羅大将〉に似てたってことも知らなかったと……」

「だから変じゃありませんか。僕は、古美術的な値打物だから、彼に贈ったんです。〈伐折羅大将〉に似てるからこそ、あれは古美術品として価値があるんじゃないですか」

私は、どちらの言葉が正しいのか、にわかには判断がつかなかった。

「とにかく、その頃でしたよ。あの人が、二、三日、フッと東京から姿を消したのは」

と、清彦は続けた。

「それも、事務所のかなり大きなスケジュール二つもすっぽかしてですよ……これじゃ、僕でなくても、普通じゃないと思いますよ。勿論、どこへ行ってたか、おわかりでしょう？」

「対馬……ですね？」

「そうです。この時は、しかし僕もびっくりしました。あの人には、像の出所を明らかにしてませんでしたのでね」

「じゃ、やっぱりあの木像は対馬で……？」

「ええ。おっしゃる通り、対馬で偶然手に入れたものです。或る理由で、出所は伏せておかなきゃならなかったんです。でも、話さなきゃ、きっとあなたは納得なさらないでしょう？」

「よろしかったら、そうして下さい」

「……僕の高校時代の友達に、実は対馬の漁師に入婿《いりむこ》した奴がいるんです。そいつと、この東京の街ン中でバッタリ出会ったと思って下さい。漁協の積立旅行でやってきたんですがね。お前今どうしてるってことになって、その晩飲んだんです。僕が、秋村黒人の事務所にいるという話を出すと、『黒人《くろひと》？』って、そいつ怪訝《けげん》な顔をするんです。『俺ン所の背戸《せど》にも、黒人ってのがいるぜ』そう言うんですよ。よく聞いてみたら、彼の家の裏にある岩屋の中に古い祠《ほこら》があって、そこに黒人と書いた木像が入ってる、って言うんです。何しろもう何代も手を触れたことのない石の祠なんで、いつ頃からあったのか、家の者も知らないんだそうですがね。ほら、島には迷信ってのが多いでしょう？　そいつみたいに『開けるなと言われりゃ、余計開けてみたくなる』ヘソマガリはいなかったんでしょうね。そいつ、舅《しゅうと》が死んで自分の代になって一番先にしたことが、その中を覗くことだったんです。『何のことはない、不動サンみたいなデク人形が一つ、ゴロンと転がっとっただけよ』彼は笑ってたけど、僕には妙に心に残ったのです……」

「不動サンみたいなというところがですね？」

私はつい、心の中で思っていたことが口をついて出るのを抑えかねた。

大江清彦は一瞬、足をとめて、振り返った。

「いや、続けて下さい。……私はただ、あなたが大変怒《いか》りの顔に興味をお持ちのようなので、ふとそんな気がしただけなのですから」

清彦の瞳が、微《かす》かに開くように動いた。

「その通りですよ」

と、むしろ昂然とした調子で、彼は言った。

「僕は激怒神が好きです。興味を持っています。なぜかといわれても、お答えしないでしょう。お答え出来ないからです。見つめて対《む》い合《か》うと、身内のひき締まるような……激怒にさし貫かれる、あの感じが好きです。でも、なぜそうなのか説明は出来ません。僕に、なぜ大江清彦なのかと質問なさるのと、それは同じです。僕は大江清彦だから、大江清彦という他はない」

この言葉は、後で考えると非常に象徴的な言葉であった。だが、その時私が想い浮かべたの

は、

（なぜ、僕の名が〈黒人《くろひと》〉なのか……ばかばかしい疑問でしょ？　親がつけたから〈黒人〉なのです）

と、言った秋村黒人の同じような言葉であった。

一人は昂然と挑むようにそれを吐き、一人はむしろ自嘲的に、怯《おび》えるようにそれを言った。その対照的な言動が、私の心の底をよぎって行く不審感を刺戟した。

清彦の口調には、どことなく腹を括《くく》って話しはじめたといった感じがあった。

「僕が対馬に出掛けたのは、奈良であなたに出会ったあの年の夏です。『五万でどうだ』と言ったら、『十万出せ』って足許見られましたがね、『どうせ誰も一生何が入ってるのか知りやしないんだから、出所さえ秘密にしてくれれば、売ってもいい。けど、これでもウチの守本尊《まもりほんぞん》だからな』って、釘を刺されてたんです。だから、秋村さんが対馬に行ったというのには、おどろきました。あなたに教わったなどとは知らないから、帰ってくるなり、『おい、罪喰いは防人だ。防人の時代を調べてくれ』と、いきなり言われて、僕は正直面喰らったんです。僕も、あの墨書銘が『丁《よぼろ》』、つまり防人だということは気付いていました。でも、何だか秋村さんの打ち込み様があんまり尋常でないので、喋るのは控えていたんです。……何か、知らせることが変に空恐ろしくて……何かが……つまり、うまく言えないけど……何か悪いことが起こりそうで……だって、そうでしょ？　防人というイメージは、どこか……こう、変に暗いでしょう。虐《しいた》げられて、苦役《くえき》に駆り出された人間達です。〈罪喰い〉〈防人〉……二重に陰惨なイメージが、重なる。秋村さんが、そんなことを気にする人間じゃないと思ったから贈ったのに……この調子だと、僕は彼にひどくよくないプレゼントをしたということになる……それが、心配だったんです。あの人は、対馬は勿論、北九州一帯の土地の古老、地方史の研究家、大学関係などを虱《しらみ》つぶしに当って廻ったようです……しかし倖いに、何の収穫も得ずに帰ってきました。そりゃそうです。防人時代の因習を探せって言われたって、そんな遠い古代の、記録にも浮かびあがってはこない風習を、どうしておいそれと探せますか。あの木像は、そういう……雲をつかむような古代の想像を、謎としてはらんでいるから面白いのです。その面白さに、あの木像の価値があるのです。僕は、その価値を、あの人に贈ったつもりでした。学問的な資料価値もあるでしょう。古美術的には、ご存じのように、きわめてショッキングな或る問題価値を持ってます。だから、彼が血眼になるのも、そうした意味でならわからなくはありません……そして事実、対馬から帰った後、しばらく落ち着いて平常だったので、僕もホッとしたんです。つまらない取り越し苦労だったたってね。

その矢先でした。事務所の方に用事があって電話したら、この二、三日、マンションに籠《こも》りっきりだというのです。設計プランを練《ね》る時は彼はほとんどそうですから、仕事だなと思ったのです。独身だし、仕事に入ったら一切構わない人だから、僕なんかもしょっちゅう泊り込んで身の廻りの面倒をみたものです。コーヒーでも淹《い》れに行くか……って、訪ねたんですよ。ところが、向こうっ気の強い、あの闊達《かったつ》な人が、青い顔をして幽霊みたいにベッドに寝込んじまってるじゃありませんか。『どうしたんですか、一体』って聞くと、『俺……とうとう見つけたよ』って言うんです。『何をですか?』『罪喰いさ。罪喰い村を見つけたんだ』……」

「罪喰い村?」

私は、息を呑んだ。

「そうです」

と、清彦は言下に首肯《うなず》いた。

「はっきりとあの人はそう言いました」

「それは……どういうことなんですか?」

「わかりません」

と、清彦は言った。

「僕にも説明してくれませんでした。でも、青ざめて、ぼんやりした眼でいきなりそう言われた時……こんなこと言っちゃなんだけど……僕は思わず総毛立ちました……」

車道を行き過ぎる車のヘッド・ライトが、清彦の顔面を突然くまなく明るくした。

秋村黒人の言動も意外ならば、この時の大江清彦の無表情な顔面も、私には意外であった。

著名な建築家と売れっ子の室内デザイナー。

どちらも卓抜な技術を持つこの二人の師弟間に、私の知らない何かの深い確執があるのではないか……ということだけが、この時私には信じられた。

悠然と車道を横切ろうとする清彦に、私は背後から問いかけた。

「大江さん……正直に言って、あなたはどうお考えなのですか？　彼には今、精神科医が必要なのでしょうか？」

清彦は、渡りきるまでは黙っていた。渡り終えてから、その先の交差点に面した巨大な仮設囲いの一画を振り仰いだ。工事幕がたれ下り、中の建物は見えなかった。

「これが」

と、彼は、振り仰いだままの姿勢で言った。

「例の、昨年崩壊さわぎを起こしたビルです……あの屋上に、ガラスの尖塔が林立するのです。そのガラスの林をそっくり室内にとり込んだ、す透《どお》しの屋上プールも空中につくられる筈です。来年の夏には完成するでしょう。僕も、室内造形に一枚噛《か》ませてもらってます……この他にも今、秋村さんは大作を幾つか抱えています。変な噂が立ってはいけないのです……僕が、それを怖れていないといえば嘘になるでしょう。まして、今夜あなたのお話をうかがった後ではね……」

清彦の指で、血玉のようなルビーが光った。フゥッと彼はその紅玉に息を吐きかけ、真紅の天鵞絨《ビロード》の上着の胸元で軽くサアッと一撫《ひとな》でした。悪酔いを誘う、場違いな、ひどく花やいだ仕草だった。

「あれもやめるべきだ」

と、そして彼はつけ加えるように呟いた。

「アレ?」

「え?」

と、彼は私の視線を受けとめ、すぐに、不用意に自分が洩らした言葉に気付いたといった顔になった。

「いえ……何でもありません」

「大江さん。ぜひ伺わせて下さい。私も医者の端くれです。秋村さんとこうなったのも、何かの縁でしょう。秘密は守ります」

大江清彦は、なお暫くためらう風をみせ、沈黙した。

「あの人を誹謗《ひぼう》するなどとはとらないで下さい」

と、その後で口を開いた。

「勿論です」

「実は……あの人には、ちょっと独特な性癖があります。セクシャルなクセですがね」

「セクシャル……？」

「ええ。一口でいえば……女を抱く時に、必ず予備軍が要《い》るんです」

「予備軍？」

「つまり、もう一人別の人間が必要なのです。女を抱くあの人のうしろから、激しく背におおいかぶさってくれる人間がね」

「………」

「ピッタリと軀を密着させ、それも強く、粗暴に、必死にでなければ駄目なのです。必死に背後から襲いかかり、あの人を抱き、あの人と同時に動き、あの人を女から引き離そうと激しい膂力《りょりょく》をふるってくれる人間……それがなければ、あの人は快楽の頂きをむさぼれないのです。……今までは、僕がその役をつとめてました」

わずかの間、清彦の眼に、火影に似たものが走った。しなやかな、けものめいた光の跳梁《ちょうりょう》だった。

「いつかあの人は、僕に話してくれたことがあります……終戦直後の……中学生だった頃のことだそうです。中学に往き帰りの通学列車は毎日、デッキも窓も屋根の上まで鈴なりで……はみ出した人間達をぶらさげながら走ってたそうです。手掛り一つ、足掛り一箇所さえあれば、車輛の間や連結器の外は無論、列車の樋《とい》にまでへばりついて通ったと言ってました……。その日、あの人は最後尾の車輛のデッキに、全身を風に曝《さら》して、ぶらさがっていたそうです。誰の手だかわからない手が、そんな時あの人のズボンのボタンを外し……その、つまり、或るいたずらをしはじめたんだそうです。未知の経験で、体中が今まで感じたことのない状態になって、前後不覚になったと、あの人は言ってました……手摺《てす》りをつかんでいた指の力がスウッと抜けていって、もう駄目だ、墜《お》ちるしかないと、その快楽のさ中で思ったそうです。その時だった。横にぶらさがっていた乗客が足場を踏み外して、あの人の背にピッタリとへばりついて来たんです。……あの人は死に物狂いで手摺りをつかみ直したそうです。その間もあの人を嬲《なぶ》る手は相変らず動きつづけていて……遂にあの人は、正体を失くした。気がついてみたら、背後の人間もいなくなっていたんだそうです……。『俺は墜とした。人間を一人蹴落したんだ。あの昂まりの最中にな……』あの人はそう言いました。その時の経験が、忘れられないんだそうです。快楽の頂点で、人が一人背後にいなければならないのです……」

大江清彦は、幾らか嗄《しわが》れた声を呑み込み、太い喉仏《のどぼとけ》を上下させた。疾駆する列車の一つのデッキで、風の中に身を曝し、もつれ合う二つの人間の争う幻影が、ふと私にも生ぐさく迫って、見えた。

「僕が傍にいられる間は、つとめました……。でも、独立してからはそういうわけにもいきません。当然、僕の代りが必要です。あの人は今、事務所の若い技術部員をその代役にしている筈です。でも、あれはやめるべきだ……そう思いませんか？　殊に今、こんな時には」

「そして……」

と、清彦は、やや唐突な感じのする口調で続けた。

「つまらない出生のせんさくなんかは、この際さっぱりと忘れるべきです」

「出生……ですって？」

私は再び聞き咎《とが》めた。

「おや、あの人、喋りませんでしたか？　あの人は、子供の頃、施設から秋村家にもらわれた孤児なんですよ」

私は、意味もなく動転し、清彦から眼をそらした。その視線は行き場を失い、彼の指の血玉のようなルビーの光へ、そのルビーから工事現場の仮設囲いへ、さらにその上の巨大な都会の深夜の空へ、うろたえながら泳ぎのぼった。

新宿はまだ、どこかで眠らず、騒然としているようであった。

## 7

渋谷の高台に建つ秋村黒人のマンションを訪ねたのは、翌日の午後、学会を済ませてからであった。

「嘘だ」

と、秋村は、漆黒のスラックスの膝を震わせ、怒声に近い声をあげた。

「あいつが木像を持っていたって？　僕にそれをプレゼントした？　そんなことはでたらめだ。あの木像を見たのは僕で、ヤツじゃない。僕があいつに話したんだ。相談したんだ」

「しかし、秋村さん……私が奈良で出会ったのは、あの青年です。大江清彦さんなのです」

「そんなバカな……」

秋村は、肘掛椅子《ひじかけ》の袖木を砕かんばかりに拳で握った。

「そんなことが、信じられますか！　じゃ、どこにあるんです。その木像はどこにある。ヤツが僕にくれたというなら、この部屋のどこかにある筈でしょう！　サア、どこでもいい……マンション中をひっくり返して、見つけて下さい。そして僕に……この手に、しっかりとつかませてみて下さい。そうでなければ、そんな話、信用するわけにはいきません」

秋村黒人は猛然と立ち上り、手近のキャビネットにとびついた。その時から屋内は、様相を一変し、乱暴にちらかりはじめた。客室、居間、寝室、仕事部屋、キッチン、バス、廊下、テラス……と、めまぐるしく彼は動き廻り、往来した。狂暴な、荒れくるう猛獣を私に想わせた。少なくとも彼が、必死で、真剣に、その像を求めていることだけは確実だった。そして像は、どこからも出ては来なかった。

秋村はやがて、ぼんやりとその部屋の中央に立った。悪夢はまだ、彼の上を去りきってはいなかった。私は、こんな風にいきなり彼を衝撃の底につき落したことを、後悔した。もっと他に、彼を納得させる方法がありはしなかったかと、そのことが悔まれて、やりきれなかった。

「秋村さん」

私は出来るだけ静かな声で話しかけた。

「……落ち着いて、ゆっくりと考えましょう。何かが、どこか変なのです。大江さんが木像を持っていたことも真実ですが、私は、あなたも決して嘘をおっしゃってはいないと信じています。ほら、よく考えてみて下さい。事態は一つ解決したんじゃありませんか？　あなたの身辺に、あの木像があっても決して不思議ではないということが、逆にはっきりしたんだから……」

「しかし……」

と、秋村は聴こえてはいないような口振りで、独語した。

「大江がそう言っているのなら……もしかして、それは本当かもしれん……僕はヤツから像をもらって……そいつを……きれいに忘れたのかも……」

「秋村さん」

私は、なにがなしに、言葉を呑んだ。

「いえ、先生」

と、彼は遮《さえぎ》った。

「そうしたことはあるんでしょう？　とても不快な……自分には都合の悪い、厭な経験……想い出したくない、忘れたい出来事……忘れたい、忘れたいって感じが、突然昂進して……現実に、実際にフッと、それは記憶から欠落してしまう……消えてなくなる……そうでしょう？　あるんでしょう？」

確かに、たとえば、ヒステリー症候群の一つに〈抑圧《よくあつ》〉という形で、そういったケースはある。だが、本人がはっきり自覚して、そうと知れる類いのものでもないのである。

「どうしたんですか？」

私は、さりげなく問い返した。

「よかったら、話してみて下さい」

秋村は一瞬、苦痛に耐える表情をみせた。

「また一つ、新しい記憶が、増《ふ》えたのです」

「増えた？」

「そうです……想い出したんです。先生を京都に訪ねた、あの後です。僕は……或る葬式の出棺現場に立っているんです……萱《かや》や竹で作った仮門《かりもん》から、寝棺が運び出されているんです……どこか山の中の小さな村のような、農家の庭先です……白い布を着た親族達が沢山いて、バランバランと、棺に米粒を撒《ま》いてました……誰かが黍餅《きびもち》で死体の全身を撫でている……すると、真黒い布を着た男がやって来て、その餅を食べてしまいました……それから、酒を盃一杯飲んで、白い紙の銭包みを受けとりました……僕はそれを傍から凝《じ》っと眺めてるんです……真黒い布を着た男は、僕の父です……」

「秋村さん」

私は思わず呼びかけた。

「どうしてそれが……あなたのお父さんなんですか？」

秋村は、首を振った。

「わかりません。父だという気がしたのです」

「顔は？」

「憶えていません。でも、とても悲しそうな、歪《ゆが》んだ顔のようでした。父はそれから山の中に駈けこんで、咽の奥に指を突っ込み、食べた物をみんな吐き出してしまいました……苦しそうにゼイゼイいって、泪《なみだ》を浮かべて、吐いてるんです。……想い出したのは、それだけですが」

「覚えがあるんですか？　その場所に」

また、彼は首を振った。

「わかりません。でも、父が言った気がします。『さあ、村へ帰ろう』って」

「村？」

「ええ。そんな声が想い出せるんです……」

「声……」

私は、大江清彦の言葉が真実であることを、この時了承せざるを得なかった。

秋村は言った。

「僕は、四歳の時に施設に入った孤児なんです。もしかしたら、それ以前の記憶ではないのでしょうか……？」

「もしそうだとしたら、どうなのです？」

「どうなのですって？　僕の名は、黒人《くろひと》なんですよ。施設に拾われた時、持っていた守袋に記名がはっきりあるんです。『黒人』と。即ち、僕は『罪喰い黒人』です」

秋村は、断定するようにそう言った。

「あの木像が現存する以上、あの木像の《罪喰い黒人》は、僕の祖先か……或いは、僕の村の者達の先祖かであり、罪喰いという職業が、天平時代の頃から現代まで、この国のどこかに実在し、残っているということになるじゃありませんか。おそらく『黒人』という名は、罪喰いの通り名か、俗称みたいなものだったんじゃないでしょうか。罪喰いをすべて『黒人』と呼んだのか……或いは、罪喰いに『黒人』という人名が多かったのか。どちらかだと思います。『罪』からの黒という発想か、黒い衣類を身につけた職業からの由来名でもあったのか……いずれにしても、すべて僕には納得が出来ます。

あの木像の、奇怪な激怒の表情も、僕にはよく理解出来ます。単なる死者儀礼であったにせよ……死人の体に触れた餅を食べるのです。ほんとうにその死人の犯した生前の罪のすべてが、一きれの餅に移し取られて、自分の体の中へ落ちこんでくる気がしたに違いありません。罪喰いの体は、無数の人間の、無数の罪の、捨て溜《だ》めだったんです。それを生業《なりわい》にして生きなきゃならない人間たちに、人にはいえない激怒がなかった筈がありません。あの木像を彫ったのは、罪喰いです。《罪喰い黒人》でなければ、あの木像は彫れなかった筈です。……僕には、よくわかります。罪喰いは……そしていつも、他人が捨てた、体の中の無数の罪に、……怯《おび》えて生きていなきゃならない。その罪の禍《わざわい》を、追い払い、駆逐して、寄せつけない強い守護神が要《い》る筈です。……あの木像は、その守護神でもあったと思います。悪霊に勝つ、強い、烈しい顔が、罪喰いには必要なんです。ほんとうの悪霊を、夜毎、日毎……その生身の上で見る罪喰いにはね……」

秋村黒人は、ほとんど正常な言葉遣いにかえっていた。その抑揚のはしばしには、どこか深く、しみじみとした感じさえあった。

「僕はね、先生」

と、彼は言った。

「一人の防人の姿が、はっきりと目に浮かぶんですよ。肌身はなさず、あの激怒の顔の木像をその身につけて……苦役《くえき》の山野を歩いている防人の姿が……僕には手にとるように見えるんです……」

実際、この時の秋村には、半ば夢幻、半ば現実の交錯する、不思議な説得力があった。一つの激怒の顔を持つ木像さえ見ていなければ、私は、こうまで彼の話に共感はしなかっただろう。だが、あの木像は実在するのだ。実在するからこそ、私の中でも、遠い天平と現代が、微妙に重なり合って、不思議な生々しい現実音をたてるのだった。

秋村黒人は、不審な記憶の一件さえなかったら、全く私の納得出来る話をしたといえる。私にも、激怒の顔の木像を肌身につけた一人の防人の姿が、この時見えた。

そしてそれは、なぜか大江清彦の若い姿と重なって彷彿《ほうふつ》とした。

(それにしても)と、私は思った。(あの木像は、一体どこに消えてしまったのか……)

「秋村さん……あなたは先刻、確か声が想い出せるとおっしゃいましたね?」

秋村黒人は、散乱した部屋の中を、奇妙に静かな沈んだまなざしで眺《なが》め渡していた。

「もういいのです、先生」

と、そして言った。

「大江がくれたというのなら、僕はもらったのです……僕を、このままにしておいて下さい。いえ、その方がいいのです」

私ははっと、何かに急に思い当る気がした。

「秋村さん……。まさか、あなたは……」

「そうです。このままでいてやりたいんです」

私は、あっけにとられて、秋村を見た。

「僕も……」

と、秋村は言った。

「二番目の記憶が生まれた時、変だなと思ったんです。やはり先生と同じ、声のことです。頭に残っている声の感じが、どうも腑《ふ》に落ちなくて……気になったんです。四歳以前の記憶を今頃になって急に想い出すのも不自然ですし……その中で、声が聞こえるというのはもっと不自然だ。僕が、出生のことを知りたいと思っているのは事実です。それが、急にこんな形で実現するのも、よく考えてみれば出来すぎている……。そう思ったら途端に、そんな気がしました。この記憶は、僕が想い出すのではなく、誰かに想い出させられているのじゃないか……。そうでしょ？　先生も今、それを考えておられたんでしょ？　誰かに作られて、植え付けられたものじゃないか……。僕も、半信半疑でした。つい先刻まではね。プレゼントの話を聞くまでは。いえ、聞いてからも、まだ……そう、今でも、罪喰いの村はどこかに存在するのではないかという気持に変りはありません。しかし、僕の記憶だけは、おそらく作られたものでしょう……」

「その……心当りがおありなんですね？」

秋村は、ふと遠くへあずけるような眼になった。

「先生のご専門の世界には、患者の知らない間に心の中に入り込む方法が、幾つかあるんじゃありませんか？　そして、患者の知らない心の中からいろんなものをつかみ出してくる……」

私は微《かす》かに息を呑んだ。

「あれの、ちょうど逆を考えればいいのではありませんか？　つまり、心の中から引き出すのではなく、逆に心へ投げ込む操作です……催眠術もそうですね。睡眠分析というのもあるでしょ？　僕はよく肩が凝るので、ザルブロやザルソ・グレランの注射をやります。普段、看護婦が来てくれるんだが、忙しい時には自分でやることもある……もっとも、僕は針が苦手だから、そんな時たいてい、大江がやってくれます。ザルソ・グレランの中身が、例えば睡眠薬だったとしたらどうでしょう？」

「しかしそれは違法だし……それに、睡眠薬もただ注射すればいいってものじゃない。完全に睡《ねむ》らせないで、しかも意識の抑制を取り払うのですから、注入には技術が要ります。素人の誰にも出来るってものじゃありませんよ」

「大江の実家は、精神科の医者なんです」

「ええ？」

私は再び息を呑んだ。

「彼にその知識があっても、不思議ではありませんね？　そういえば、一、二度、注射の後、彼が何か喋っているんだが、急に睡くなって憶えてなかったようなことがあります。でも、そんなことって出来るもんですか？」

「それは、患者は、軽い睡眠状態に絶えず置かれているわけだから、傍で話しかけられる事は理解出来ます。うまく暗示にかければ出来なくはないでしょう。ただ、木像を手にとったり、見たということはどうでしょうか……」

私は最後まで、この点に不審を残したが、二度目の記憶の方は、可能かもしれないと思った。

「しかし、それにしてもなぜ、大江さんがそんなことをしなきゃならないんですか？」

「僕の、破局が欲しいのです」

と、秋村はむしろ穏やかな表情で答えた。

「僕を破滅させること……それが、アイツが僕に近づいた理由なんだから」

私は、暗然としながら、黙って彼をみつめていた。

「無論、最初は、彼の才能を見つけ出して僕が起用したんですが、彼にしてみればそれは僥倖だったんだ。おそらく、彼がインテリアの道を選んだのも、将来どこかで僕との接触を持とうという野心からだったでしょうからね。僕がそれに気付いたのは、あいつが僕と同県人で、隣り合わせの市の出身だと知った時でした。精神病院を経営している大江……といえば、僕には忘れられない想い出があるんです。中学時代のことだけど、僕が通学していた列車線で、墜落事故が頻発した時期があったんです。ひどい交通事情だったから、まあ墜ちない方が不思議なくらいではあったんだが……僕も一度、後ろにいた乗客が転落した経験を持ってるんです。そんな頃でした。或る日、事故の加害者扱いをされた中学生が、常習犯の容疑を受けて、汚名を晴らすために自殺したという新聞記事が出た。その少年は、過去に三件ばかり墜落現場を見たという届出をしていて、あんまり度重なるのでかえって容疑者扱いをされる羽目《はめ》になったらしいのだが、……実は、その少年が届出た四度目の事故というのが、僕の後ろの乗客が墜ちた事故だったのです……。少年は、『今度の事故の加害者の名前を自分は知っているが、絶対に警察になんか喋ってやるもんか』という意味の遺書を残して、死んだんです——そんな記事だったんです。驚きましてね……僕が届出なかったのは落ち度だけど……僕の場合は、不可抗力だったんです……でも気が咎《とが》めて、密かに少年の名前を調べた想い出があるのです。その少年が、大江清彦の兄です……」

秋村は、短い間、沈黙した。

「……清彦はおそらく、僕の名前を兄から聞かされている筈です。無論、僕はそのことを彼に尋ねたことはありません。彼も一言も喋りません。彼は彼の実力で現在を作りあげたし、僕もそのバック・アップはしてきたつもりです。……しかし、こんなことになってみると、彼が決して僕を許してなかったんだということがよくわかります。彼の兄は……いわば、僕の罪を肩代りして死んだも同然なのですから……」

私は、小さな炸裂物《さくれつぶつ》が、体中で火の粉を吹いて弾けまわっている感じに耐えた。

「僕は、アイツから逃げたりはしたくない。これまでも、そうしてきたつもりです。アイツにその気さえあれば、いつでも思い通りの報復が可能な機会を、無数に与えてきました。ただ、アイツの方で、今までその機会を活用しなかっただけです。やっと今、アイツは、腰をあげたんだと思います……。独立して、がらっと人柄が変ったような派手な仕事をやりはじめたのも、今から思えば、そんなアイツの意思表示だったんでしょう。……そして確かに、今度のことは……アイツが、長い間待っただけの値打ちはある、アイツらしい見事な報復劇じゃないですか。僕は、完全に引っ掻きまわされたし、……今も、引っ掻きまわされている。あの《罪喰い黒人》という防人の木像を、知ったのですからね……」

秋村黒人は、柔らかい眼で静かに笑った。

「このままにしておいて下さい。あいつの思うようにさせてやって下さい。あいつが僕に狂えというのなら、僕は狂ってやるより仕様がないのです。そして……そうするつもりです」

「秋村さん！　じゃ、あなたは、……建築家の名も、地位も……捨てるとおっしゃるのですか？」

秋村黒人は、ただ黙って、穏やかに笑った顔を私の方へ向けただけであった。

「あの……」

と、私は、とめどもない喘《あえ》ぎのようなものをとめかねて、息を整えながら、言った。

「G化粧堂ビルの爆破事件も、では彼が……」

これにも、秋村は答えなかった。

かわりに、

「あいつをもう虐《いじ》めないでやって下さい」

とだけ、彼は言った。

新薬師寺の十二神将〈伐折羅大将〉の激怒の顔が不意に眼前に浮かびあがった。

名も無い朽ちかけた木像の顔が、それに重なった。

その顔を、天平の泥土を行く一人の防人がぶらさげていた。

防人は、大江清彦にも見え、そして、秋村黒人の姿にも見えた。

(罪喰い……)

その言葉が、私の胸底を音もなく暴れ廻っていた。

その後、《丁《よぼろ》　都美波美黒人《つみはみのくろひと》》の木像が、世に出たという報道も、風聞も、私は聞かない。

時々、その行方を考えてみることはある。

その度に、私はふしぎな昂奮におそわれる。

あの翌年の夏であったか……たまたま上京した折、G化粧堂ビルの下を通りかかったことがある。ゴシック風な、巨大な珊瑚樹《さんごじゅ》をおもわせるガラスの尖塔群は、白日光にきらめいて大都会の空にそびえたっていた。突然、それらの一角が、ゆっくりと崩壊しはじめる幻におびえ、私は目をつぶってその下を駆け抜けた。

今も、そうした恐怖は消えてはいない。

# 花夜叉殺《はなやしやごろ》し

1

一花《いっか》は血刀をさげて歩いていた。

といっても、現実に血のしたたる刃物をぶらさげて歩いていたわけではない。血のりに濡れた鋭利な凶器は、他人の眼からは見えなかった。一花の精神のなかにあった。そこでギラリとひかっていた。人を刺してきたばかりの刃物である。その見えない刃物を掌《て》のなかに握ったまま、彼は初夏の夜の疎水《そすい》通りを北に向かって歩いていた。

東山の山麓を行くこの細長い散策道は、夜に入るとほとんど人の気は絶える。行きちがうのは、大抵肩をよせあったアベックだった。中にはきわどい愛撫に夢中な組も幾組かあった。しかし、一花は見向きもしない。法然院《ほうねんいん》の前を抜け、鹿ケ谷を通りすぎ、彼の足は遅くもなく速くもならず、規則正しく街路灯の青みをおびた光芒《こうぼう》のなかに不意に浮かびでるその坊主頭のガッシリとした顔も、ふだんと変りなく無表情で、少しばかり悲しげにみえる眉根《まゆね》をよせたり、甘い濡れた息をたてるほかは、平静だった。

南禅寺の郷田《ごうだ》邸の庭先をすべり出たのが、もう二、三十分前のことだ。豪壮な邸宅の並ぶ南禅寺町の外れに、郷田邸はある。古い庭師仲間では『花屋敷』とよばれ、花木の夥《おびただ》しい、広大な築山庭《つきやま》をもつ実業家の別宅だ。庭そのものは誰が見ても名園とは言いがたかったが、高い煉塀《ねりべい》に囲まれた屋敷内は、一年中花の香の絶えることがない。取柄《とりえ》と言えば、それが取柄の庭であった。しかし、花の香を絶やさない庭などというものは、別に珍しいものではない。殊《こと》に方々の庭に出入りする庭職人にとってはそうだ。一見、風変りな庭ではあったが、人間一人、魅入られたり、とり憑《つ》かれたりするようなご大層な庭などには、どう見ても見えなかった。

（魔物や。魔物の庭や）

少なくとも、一花にそう思わせる何かがこの庭にあろうなどとは、外見、誰にも思い付けはしない筈だ。郷田邸の庭は、しかし一花にとって、間違いなく魔の庭であった。

……一花の鼻孔にはまだ微《かす》かに、マツリカやニオイロウバイの残香がたちまよっていた。肉質の白い花菓子に似た花弁のゆらぎや、黒紅色の花玉の群のざわめきが、夜道の闇に呼び戻される。そこから逃《のが》れ出そうとでもするように、時々彼は、歩きながら、猛然と右手の拳を宙に振った。まるで、本身の血刀の血を払い落すようなしぐさにみえた。

一花《いっか》が、この見えない刃物を身に呑むようになったのは、いつの頃からだったか。正確にはわからない。或る日俄《にわか》に、知らぬ間に自覚した奇妙な体の感じであり、その日からずっと一花のなかに棲《す》みつくようになった、妖しい正体のない現実感である。

一花は今年十九になる。なりも大きく、体つきも目に見えて引きしまってきて、秘かに大人の匂いをまきちらす年頃にさしかかっていた。だからもう、無論、自分の名をそれほど恥ずかしい思いをして呪ったり考えたりすることは、今ではなかった。だが、昔は決してそうではなかった。

「おまえは庭師の子やねんで。花は、庭師の丹精するものやないか。花一輪。一番花。花の先駆け……つまり言うたら、一の花や。百花撩乱、咲く花の数は仰山《ぎょうさん》あっても、二や三の花やない。一の花や。一番先に咲く花やで。どこが不足や。立派な、素晴らしい名前やないか……」

母はいつもそう言った。

「百花を従えて咲けいう……お父はんの心がこめてあんのえ。おまえを、花やと思うてくれてはるのえ。女々《めめ》しい名前やなんかやあらへん。デーンと胸はって、威張っておいやす」

物心つく頃から一花は、「イチハナ」とか「カズハナ」などと他人に呼ばれることが赦《ゆる》せなかった。そのたびに、体中に青い燐火がもえたつような身震いをおぼえた。表から血まみれで帰ってくる一花の握りしめた拳を、母はそんな時一瞬、哀しそうな眼で眺め、

「さあ、そのゲンコツ、お母ちゃんにお出し」と、言った。「二度とこの手は上げん、このゲンコツつくらへんて誓うた筈やろ。なんべん、お母ちゃんに取りあげさせたら気が済むのえ? 人さんを傷つけるゲンコツがあったら、お母ちゃんをお叩き。それがでけんのやったら、もうゲンコツも捨てておしまい」

だが、一花はやめなかった。やめられなかった。

「妾腹《めかけばら》」「芸者の子」と毒づかれても、それはそれなりにがまんが出来た。そんなに凄惨《せいさん》な心の煮えたちも、怒気もなく、わりに平気で聞きながしておれる自分が、なぜ「イチハナ」や「カズハナ」に、まるで前後を忘れて殺気だつのか。一花には昔から、そのことがよく自分でも合点がいかなかった。

母が父の妻でなかったことも、一花が上七軒《かみしちけん》の芸妓町で育ったことも、実際彼にとってはちっとも苦にはならなかった。だから、一花が十一歳の夏、突然母が子宮癌でのたうちまわってあっけなく死に、鳴滝《なるたき》の父の本宅である錦木《にしきぎ》家に引きとられてからも、義理の母や三人の兄達には使用人同様の扱いを受け、家族の一員とは看做《みな》してもらえなくても、一花は少しも不服ではなく、むしろ母が死んだ今となっては、自分が天涯無縁の境遇におかれるのはそれはそれでかえっていさぎよく、父も含めて錦木の家族をすっぱり他人だと思うことが、子供心にも平気で出来た。

「イチハナ」「カズハナ」とさえ呼ばれなかったら、一花は錦木の家でも従順な、無口で、人に決して逆らわないよく働く少年だった。だが、錦木の家に移ってから、青い燐火のもえさからぬ日はなかった。義兄《あに》達は……殊に二男の槇二と三男の柾三郎は、好んで彼をそう呼んだ。毎日が理由もなく、青みどろの立ちのぼる炎に揺れる日日だった。まだ小学生だった少年には、辛抱の限度というものがあった。

　その日一花は、植溜《うえだ》めの材料置場で雨ざらしになっている手水鉢《ちょうずばち》の溜まり水をかい出したり、鉄鉢型の水鉢に砂をつめこんだりして、言いつけられた仕事を終え、裏口の湯殿《ゆどの》の前を通りかかって、当時高校生だった槇二と柾三郎の声を聞いたのだった。

「辰さんのなア、馴じみのレコにおるのやて……新京極のホステスや言うたけどな……」

「そら傑作や。ほんまにイチハナてか?」

「そうやて。イチハナ言うのやて。西陣新地でな、芸者やっとったコやねんて……それがな、また特別アレの具合がええのやて……」

　辰と言うのは、住込み弟子の庭職人である。

「そやからな、ウチでアイツの坊主頭みるたんびにな、そのコ思い出すのやて……マア火照《ほて》って火照って、仕事が手エにつきまへんワ言うとったで……」

「それでやな。辰さんここんとこ、夜になるといてへんのは……」

「アア……イチハナ、イチハナ……」

　二人は派手な湯音をたて、悩ましげな奇声を発して、身悶《みもだ》えるような笑い声をあげた。

　あの時しかし、一花がどうしてそんなことをしてしまったのか、彼自身にもわからなかった。

　裏木戸を走り出て、気が付いた時には植溜めの林の中に立っていた。手に砕石《さいせき》用のハンマーを握っていて、目の前の石灯籠の笠の上にめった打ちに振りおろしていた。庭師の植溜めには、商品の樹木と一緒に、石灯籠、水鉢、石塔、庭橋……それに大小さまざまな飾り石や飛石など、いずれも商品である造園材料が野ざらしの格好で乱れ置きに据え放ってある。自然にさらして風韻や古びをつける意味あいもあった。

一花が砕いた灯籠は、時代物でこそなかったが、時価七、八万はつく善導寺型の一基だった。部厚い笠の蕨手《わらびで》が一個所根こそぎもぎとられているのをみた父親は、一瞬一花を沈痛な眼で黙ってみつめ、それから横なぐりに殴りとばした。

「このっ、ひねくれもんがっ……」

頰が切れて、前歯がとんだ。

多分一花が、狂暴な、目に見えない刃物を身に帯びるようになったのは、この一瞬からではなかったろうか……。だがそれは、本当はもっとずっと以前から、一花の五体の内にひそんでいた凶刃であったかもしれない。

とにかくその時、はっきりと一花にわかったことは、植溜めの土をかぶってはじきとばされた自分の手が、不意に何かを把《つか》んでいるという実感だった。刃物のような……人を害する鋭い血走ったものである気がした。奇妙な幻の把握感であった。

それ以来一花は、他人には目に見えない、だが一花にだけは確実に手のなかに存在する、刃物を帯びた少年となった。

（お母ちゃん、何でや……）と、一花は、時々問いかけるように考えてみた。（何でおれは、あない「イチハナ」が厭やったんやろ……）

けれどもその心の裏で、必ずこうも訴えた。

（何でや。なんぼ芸者の子やいうたかて、おれは男や。男やで。色街の女の匂いのする名つけんかて、ほかになんぼでもあったやろ。太郎でも一郎でもええ。ジョンかてジャックかてかまへんねん。ポチでもええねん！）

しかし、一花はもう十九である。昨年高校を出、京都でも名のある庭師錦木の家の、今では若い仕事衆《しごとし》の一員として一人前に働く身になっていた。「イチハナ」と呼ばれても、もう動ずるような年頃は無論すでに過ぎていた。

……暗い疏水通りを右に廻って、一花は上り勾配の坂道に出た。左手にいきなり交番の赤い門灯が見えた。彼は、反射的に血刀の手をかばうようにジーンズのポケットの底におしこんだ。そして、急に歩調を早めた。両側に土産物屋や飲食店のたち並ぶこの急坂は、昼間なら京都でも最も人出でごった返す有名な門前通りの一つだったが、今はそれが嘘のようだ。無人の夜道の行きどまりは、東山の森だった。その黒い森を背に、木立をかぶった山門の輪郭が迫ってみえる。

銀閣寺である。

血刀をさげた一花の足は、その閉ざされた門扉の前ではじめて停まった。ピタッと吸いつくような停まり方だった。瞬時呼吸を整えでもするように、肩で軽く息を吐いた。甘い花粉で染まったような息であった。猛《つよ》い眼が左右に動いた。次の一瞬、一花の身は地を蹴っていた。脇門の塀にとりつき、身を持ちあげたかと見る間もなく、アッという間に銀閣寺の深い闇の向う側へ消えた。

手なれた早わざを見るような身ごなしだった。

門内は暗かったが、一花は音もなく椿の高垣塀にそって間道を走り、中門からその奥の庭先へ出た。池の鯉が激しく大きな水音をたてた。八代将軍足利義政が相阿弥《そうあみ》に作庭させたと言われるこの寺、慈照寺《じしょうじ》の名園、銀閣の庭がそこにあった。

一花の黒い影は、いったん牡丹《ぼたん》の薬草壇の前で身をかがめ、あたりをうかがった。それから縄囲いの砂利の通路を、一気に身軽なけもののような速さでよぎり、本堂の低い床下へ吸いこまれた。寺は完全に寝静まっていた。時々、堂宇《どうう》の床をならす不意の物音は、間近な東山、すぐ左手上方につづく月待山《つきまちやま》の繁みを渡る夜闇の風の騒ぎであった。一花はそのままの窮屈な姿勢で息をひそめ、じっと暗黒の庭の面に眼をこらした。切れあがった強い眦《まなじり》に、微《かす》かに涙に似た乾いたしずくの跡があった。長い時間、彼はそうして動かなかった。何かを待っている風に見えた。まるで、何かが起るのを……。

「お母ちゃんな、この庭が一番好きや。いっぺん、夜中に来てみたいねん……」

昔、母の手に引かれてこの庭をはじめて見た時、母は一花を抱きあげながら、庭の中央部をしめる広い有名な白砂の砂盛《すなもり》を見て、そう言った。

「このお庭はな、月の庭言われるのえ。昼間見てもあかん。夜の庭や。見とおみ……砂が美しやろ。月がのぼるとな、この砂がいっせいに輝き出してな……まッ暗なお庭をぱあっと明るうするのやて。どないに美しやろかなあ……きっとお母ちゃん、あの砂の真ん中へとび出して行きとうなるえ……気持ええやろな……何もかも忘れて……ごろごろ転げまわったり、寝そべったり……跳《はね》たり飛んだりな……」

母の眼は、今までに見たことのない光をたたえていた。

「きっと、死にとうなるかもしれへんな……」

「厭や！」

幼い一花は、急に火のついたように叫び、母の腕のなかで身藻掻《みもが》いた。母は駭《おどろ》いたように

「馬鹿やな」と、笑った。

「死ぬもんかいな。お前が一人前の庭師になんのを見るまでは、お母ちゃん、死ね言われたか

て死ねへん……せやから、早う大きになって、こんな立派な庭造ってみせてや」

しかしあの時、一花は、母の死という恐怖にだけ怯《おび》えたのではない。

母が『月子』という源氏名で、上七軒に出ていたせいもあっただろうが、この『月の庭』が一番好きやと言った母に、夜の世界でしか生きてこれなかった母の苦渋《くじゅう》や淋しさが、幼い一花にも突然見え、やみくもに伝わって来る気がしたのである。自分の知ることの出来ない母を垣間見た不安と狼狽であった。明るい、翳《かげ》りのない声であったが、母がしあわせではなかったことを、一花は胸の底に灼きつけた。

中国の西湖《せいこ》の形を模したというその銀沙灘《ぎんしやだん》と呼ばれる砂盛は、いま漆黒《しっこく》の闇の底に沈んでいて、一花のいる床下からはちょうど眼の高さの位置にひろがって見えた。その向うに、もう一つの小さな高い円錐形の砂盛、向月台《こうげつだい》がおぼろに望めた。池中に投ずる月光の姿、波心の形態を表わしたという優美な山形の白砂の塔だ。この砂盛に反射する月光に映え出て、妖しく闇のはざまに出現すると言われる銀閣は、墨色の樹林の奥にとけこんでさだかではなかった。

一花は、この庭をすぐれた庭だとは思わなかった。白砂の工夫も巧妙だとは思えなかった。美しいのは月光の力であり、白砂自体の美であって、庭や砂盛の造形がすぐれているせいではない。月光を砂に奪《と》る美の造形が、この庭のなかで完成されているとは思えなかった。だから、一花が今、銀閣寺の床下に忍んで待っているものは、〈月の庭の類いまれな美しさ〉などでは決してなかった。しかし、月が出なければ、一花が待っているものも、この庭には現われては来ないのであった。

その夜、月は出なかった。

明け方近く、ぐったりと消耗しきって床下を這い出た一花は、力なく両手で把《つか》んだ掌のなかのモノを、銀沙灘の上にかざし、その砂盛に突き刺した。血の匂いが、うすく揺れて漂《ただよ》う気がした。

(お母ちゃん……会《お》うてくれへんのやな)

と、そして話しかけるように呟いた。

(……無理もないわ。おれ、またやってもうた……かんにんな。わかってる。こんなこと続けてたら……いつかはほんまもんの人殺しになる……ほんまに人殺しせんならんようになってまう……わかってるがな。わかってるけど……おれ、あかんねん)

一花は立ちあがりながら、

(これ、置いてくで……かんにんな)

と、砂盛に突き刺さっている見えない刃《やいば》から手を放した。

そして、

(花や。花があかんのや)

と、心に呟いた。

芳香を放つ花木につつまれた郷田邸の庭が、轟然《ごうぜん》と眼先にうかんだ。

（花さえ咲かなんだら……お母ちゃん、悲しませることもあらへんのや。何でや。何でこの世に、花なんかがあるのや……なあ、お母ちゃん！）

花は、一花自身の名でもあった。花になれと生まれて育った筈《はず》の一花であった。一花自身を、彼は虐《しいた》げているのでもあった。暴《あら》い眼で一花は、暁闇《ぎょうあん》の銀閣の庭を立ち去る時、もう一度振り返って銀沙灘をみた。

ほのかな明けのたゆたいのなかで、白砂の砂盛に突き刺さっている、にぶく光る一本の刃がはっきりと見えた。その横にさらに一本、また奥に別の一本……が、あった。乱杙《らんぐい》のように林立して、それらの刃は、折からの明けの光に少しずつ姿を現わし始めてきていた。どれもみな、かつて一花の手が打ち込んだ杙《くい》であった。

一花は、激しく頭《こうべ》を戻し、眼をつぶって走り出した。

やはり、けもののような迅《はや》さであった。

## 2

郷田邸から、錦木《にしきぎ》の家に手間仕事の注文が入ったのは、三年前の春先のことである。誰も、この注文が、錦木の家に大きな異変を持ちこむことになろうなどとは、思ってもみなかった。

錦木では、父の旦造《たんぞう》はすでに卒中《そっちゅう》で亡くなっていて、長男の篠治《しのはる》が跡を継いでいた。まだ独り身だったが、造園、設計、施工、植木の養成、販売……何事によらず腕の立つ、冴《さ》えた頭の、精悍《せいかん》な若い『親方』であった。槇二も柾三郎もすでに所帯を持って別の職業につき、家を出ていた。

「南禅寺の郷田?」

と、先々代の代から家にいる庭職人の芳吉《よしきち》は、切《きり》バシに当てていた砥石《といし》の手をとめ、赤茶けた皺《しわ》の深い顔を篠治に向けた。

「そりゃハルぼん、ちょっと待った方がよろしで」

「何でや」

「あしこは、もう先《せん》、東京の職人が入っとった筈でっせ……それに、言うたらあの庭は、昔、坂本が手ェ入れた庭ですよってな……」

「坂本て、あの福王子の坂本か？」

「そうどす。もっとも、ぼんなんかが生まれはるまだ前の話どすけどな……」

再び、芳吉は切バシを磨《と》ぎ始めた。

「ちょっと騒動がおしてな、出入りが絶えてもうたんどす。そのあと、手ェつけンのみんな渋りもうて、誰も入りよらへん……そんで、東京の庭師呼んだんどす。ウチにも確か……先々代がいてはる時分やったか……言うて来たことがおす。坂本の手前、断らはりましたけどな。そうでンな……東京から手間が入っとるらし聞いたのが……ああ、それでももう、四十年近うは前になりまっせ……」

「その騒動て、何や」

「心中どす」

「心中？」

「無理心中ですがな……もう儂《わし》ら格好のもんでもないと、知ってるもんもおへんやろけどな」

芳吉は、七十歳を遥かに越えている。

その芳吉の話によると、彼がまだ二十四、五歳の頃、当時、同業者である福王子の庭師坂本に、腕のいい若い職人がいて、郷田の築山庭に大幅に手を入れる樹木の植替えをまかされた。

その職人が、特別に花木に強い腕前を見込まれての仕事であった。三年掛りで、郷田邸の築山庭は、現在『花屋敷』と呼ばれるような花木の庭に変貌した。その後、庭の管理、手入れの一切をまかされて出入りする内に、屋敷の女主人と関係が出来、突然或る日、無理心中の凶行に及んだのだと言う……。

「ま、噂やさかい、詳《くわ》し事情はわからしまへんけどな、かなり男出入りがあった女やそうらしンで……旦那と男出入りと……そんなこんなに巻きこまれたんでっしゃろな。心中仕掛けた職人は死んで、女の方もえらい傷やったそうでっせ……」

「そんなら、先刻の電話がその女やろか……」

「まさか……もうかれこれ、五十年も前の話でっせ。それに、そんな女がいつまでも屋敷にいてるわけもおまへんへんやろ」

「何でや。離婚したんか？」

「離婚？　そうやおへんがな。あの屋敷は、二号の屋敷ですがな」

「二号？　ああ、そうか」

と、篠治は至極あっさりと言った。

一花も芳吉の磨ぎ出しの手伝いをして傍《かたわら》にいたが、別にこだわりはしなかった。強《し》いて言えば、花木の庭という話に興味をそそられたくらいのものだった。

「旦那いうのが、鉄鋼企業関係の重役やったか……いや、金貸しやったかいな……とにかく東京の人間どっせ……けど、もう代が替ってますやろな」

「よっしゃ。わかった」

篠治は、機敏に一区切りつけるように言って、立ち上った。

「そんなら、ちょっと坂本に声かけてみるか。あそこも代替りしてるけど、坂本の息がかかったァる庭やとわかってて、黙って入るわけにもいかんやろしな」

「待っとくなはれ。この仕事、受けはるンでっか?」

芳吉は、意外そうに篠治の顔をみた。

「東京モンの尻ぬぐいしはるつもりどすか?」

「その東京モンかて、坂本の尻ぬぐいしたんやろ。坂本がやる言うたら、手を引くまでのこっちゃ」

篠治は、さばさばした声で言った。

庭師の間では、他の同業者が出入りしている客筋には、絶対に手を出さないという仁義がある。京都は土地柄、全国でも最も庭師の数の多い所だ。何代も続く古い名家もあれば、名人もいた。仕来《しきたり》や伝統は根強く残っていた。

しかし一方でまた、造園協同組合などの組織も確立されていて、若い庭師たちの新しい集団や力の台頭も活発であった。

篠治が役員をしている造園青年部でも、植木の剪《き》り方から図面の引き方、庭園学全般にわたって講師を招き、講習会を開いたり、織物、陶器、茶、など他の産業団体との交流、作品発表の交歓会などもしばしば持たれた。国内研修にも出掛けるし、年に一度は市の補助費を得て海外研修に派遣され、外国での庭園展示活動や、技術交流なども行なわれていた。

篠治は、古い錦木の家の当主ではあったが、現代の庭師でもあった。木を剪ったり、手入れをしたりの手間仕事は、新庭を請負ったり、樹木を売ったりするのとちがって、そんなに実入りのいい仕事ではなかったが、だからと言って、イワクつきの庭だからとか、出入りの人間関係にこだわって、二の足を踏んだりはしなかった。筋を通しさえすればいいという行き方だった。

福王子の坂本からは、「どうぞ、やっとくなはれ」という返事がかえってきた。東京の庭師も、老衰で家が絶えたということが判明した。

錦木篠治は、軽い気持でこの仕事を引受けたのである。誰か、庭木向きの職人をやればよいと、簡単に考えたのだ。

だから、最初この仕事に妙に気乗りしない風だった芳吉が、

「儂《わし》がいきまほ」

と、言った時、篠治はちょっと驚いた。

「いいよ。芳さんがわざわざ出向くことあらへん。他のもんやるし。あんたはウチのお目付役や。もう動かんかてええ。好きな時、植溜《うえだ》めでもまわっててくれたらそれでええねん」

「いや、儂をやっとくなはれ。ええ潮や。あしこの庭が、いっぺん見たいと思うてましてん」

「芳さん……」

と、篠治は、再び驚いたように芳吉をみた。

齢も齢だったが、右腕の神経痛がひどかったりして、ここ一年ばかり前から、芳吉は完全に表の仕事をやめていた。旦造の死んだ後、父親代りの職人気質で、若い『親方』篠治の相談役として、陰で錦木の家風を守ってきた老庭師であった。

「坂本の、五郎言いましてな……」

と、その時芳吉は、不意に遠いものを追う眼になって、言った。

「若いけど、凄い職人やった……何をやらかすかわからんようなところがあった……儂らもまだ若かったし、あいつのそんなところが傍目《はため》にもえらい目障《めざわ》りどしてな……口も利いたことはなかったのやが……今思えば、かなわんという気があったんですやろな……。東京モンが間で手ェ入れたかて、あいつの植込みはビクともしてしまへんやろ……あいつのことや、何かをやっとる筈どす」

芳吉はおだやかな顔で笑って、

「鬼の霍乱《かくらん》でっせ、これ」

と、言った。

「死にぎわになって、あいつの仕事の手間を買《こ》うて出るやなんて……人間、わからんもんどすなあ」

篠治が、郷田邸の庭に少しばかり心を動かされたのは、この時だったと言っていい。

頑固に生涯、他人の手掛けた庭には一度も近づこうとはしなかった芳吉の言葉だっただけに、ひどく奇異な気がしたのである。だがそれも、その時はまだ、さほど気になることではなかった。

結局、篠治は、芳吉に一花《いっか》をつけて、郷田邸に出すことにした。一花は定時制高校に通っていたが、昼間は家の仕事に従事していた。

「ええな」

と篠治は一花によく言い含めた。

「今日は先方の按配をみて、無理な手間やったらさせるんやないで。見るだけにして帰ってこい」

「わかってま」

一花は、篠治には従順だった。齢が十歳以上も離れているせいもあったが、篠治にだけは、不思議に昔から辛《つら》い思いをさせられた記憶がない。一花が、錦木の家で腰を据えて庭職人の腕を磨く腹を決めたのも、篠治が代をとってから本気で考えたことであった。口には出さなかったけれど、篠治がどこかで自分を頼りにしてくれていると思える態度が、一花の張りをつくっていたことは確かであった。

芳吉の供に自分をつけたのもそうだ、と一花は内心満足でさえあった。

それに一花は、ふだんおくびにも出さなかったが、おそらく花についての知識だけなら、篠治にも負けない位のものは持っていた。特別に花に執着したり、花を好きだったりしたわけではないが、小さい時から母はよく花の話をしたし、庭師には花は欠かせない素材の一つでもあったから、専門書や図鑑などから折にふれ読み溜め、何となく自然に積もって身についた知識であった。時々、しかし、知らぬ間に花に詳しくなっている自分が、突然たまらなく厭で、不気味にさえ思えることがあった。自然に身につく花の知識が、うす気味悪かった。花にこだわる自分が厭であった。だから、他人には決して気取《けど》らせないできた筈だったが、案外篠治はそのことを見抜いていたのではないかと、この時ふと一花は思った。

いずれにせよ、篠治が自分を心にかけてくれているということは、よくわかったのである。

が……。

郷田邸での最初の事件は、早くも、その日の内に起こった。

芳吉が、クチナシの植栽林にもちこんだ脚立《きやたつ》の足場を踏みはずしたのは、一花がほんのわずかの間、眼を離した瞬間の出来事だった。打ち所が悪かったのか、信じられないことだったが、その夜半に彼は息を引きとった。

死の直前、芳吉は、病院にかけつけた篠治の太い手につかまるようにして、喘《あえ》ぎ喘ぎ何度も言った。

「放っときなはれ、ぼん……」と。

「やめときなはれ……あかん……あの庭に手ェ出したら、あかん……これだけは聞いとくなはれ……儂の我儘《わがまま》とおさしとくなはれ……ええな、ぼん……あの庭にかもたらあかんで……放っとくんやで、ぼん……ええな……」

喘息病《ぜんそくや》みのぜいぜい鳴る喉首《のどくび》を必死に鶴のように伸ばし、芳吉はそのことを繰り返した。死んだ後も、筋ばった鉛いろの手が、暫く篠治をしっかりと把んで離そうとはしなかった。

(行ったらあかん!)

その手が、激しく、必死に叫んでいるようであった。

しかし、錦木篠治が、職人を使わずに、自分で一花をつれて郷田邸の庭に入ったのは、芳吉の喪《も》があけて間もなくしてであった。

ハクモクレンの残花にまじって、ムラサキハシドイ、ヒメモクレン、カラタネオガタマはすでに花芽をふきはじめんとするきざしに充ち、ジンチョウゲの群落は、強烈な芳香を放って咲き乱れていた。

この屋敷の女主人、郷田暉江《あきえ》は、その薄紫と白の小花にけむるような香花の群落を背に、ちょうど庭の中ほどに建つ六角屋根の四阿《あずまや》から、乱れ積みの石段を踏んでおりてくるところであった。

萌葱色《もえぎいろ》の渋い紬《つむぎ》の裾を蹴る白足袋に、清婉な落着いた気品があった。三十代とも、四十を越しているとも言う者もあったが、一花には、最後まで彼女の年齢はわからなかった。

気品のある顔立ちを、微かに何かが崩していた。眼のふちの、うす紅《くれない》に溶けるような妖しいほむらの影のようなものがそうだ、と一花は思った。

(この顔だ)

一花は、一瞬釘づけになり、篠治の背後で身を竦《すく》めた。

芳吉が脚立を踏み外した時、自分が束の間、芳吉から眼を離していたのは、この顔のせいであった。

彼女はちょうど今とは逆に、四阿へ向かって下から登ってくるところだった。何故そんな気がしたのか、一花には不思議でならなかったが、突然、母を見たという気がしたのである。顔形も姿も感じもまるで別人だったのに、母だと思った。しかし、よく見れば、この時の彼女にあった眼のふちの妖しいほむらの影は、母には似ても似つかないものであった。それに気付いて、一花はほっと安堵《あんど》した。

あの束の間の眼さえ奪われていなければ、芳吉の落下は防げたかもしれぬ……。その何度も何度も身を噛んだ疚《やま》しさが、新たに一花の全身に駈け上ってきたのである。

「後家《ごけ》はんやな……」

しかし篠治は、言下に言い捨てた。

そしてもう、彼の眼は庭の植栽の上へ滑り出ていた。

鋭い、敵意にみちた眼のように、一花にはみえた。

3

一口で言えば、それは乱暴な庭であった。

雑然として、無秩序な、『眺め』を無視した庭であった。つまり或る意味では、姿のない庭とも言えた。いや、姿を放棄した庭と言った方がいい。

三百坪はある広大な空間には、確かに池泉《ちせん》もあったし、山岳もあった。流れも、滝も、洲浜《すはま》も、島も、橋も、灯籠も、四阿も……すべてあった。それらを縫って見え隠れに回遊路もめぐらされていた。夜泊石《やはくせき》も飛ばされてあったし、水際の乱杙《らんぐい》も尋常に生《い》けこまれていた。これらのことはこの庭が、もともと確かに古い……と言っても明治に入ってからではあろうが、一応名の通った庭師の手になる築山庭園であったことを物語っていた。

だがちょうど、一枚のカンバスの絵を別の絵柄で塗り潰《つぶ》して消し去るように、その古い築山庭は、景色を無視した奔放な樹木の植込みで蹂躙《じゅうりん》され、踏み荒されて、完全に夥《おびただ》しい庭樹の下に消されてしまっていた。

何よりも篠治を唖然とさせたのは、それらがすべて匂いを持つ花木であり、しかもすべてとりわけ高い香気を発する品種ばかりが選びぬかれているということだった。花木の庭とは聞いていたが、それはまさに、香花木の乱立する植溜めを想わせた。

一花は、呆《あき》れたようにただ眺めているばかりの篠治に、すぐ横のゴツゴツした小枝の多い灌《かん》木《ぼく》林を指さして、「この木の根は、切るとメンソレータムの匂いがするて、ほんまですか？」と、聞かでもがなのことを聞いた。

黙っているのが何か不安で、落着かなかった。先刻庭先で見た女の顔が頭の芯《しん》に残っていて、そんな経験のない一花は、それが芳吉の死に結びついて頭を荒らす自責の思いのせいだと信じ、そう思うことで一層いたたまれない気分に駆りたてられていた。

「そうや。ニオイロウバイや」

と、篠治は怒ってでもいるように聞こえる声で、振り返りもせずに答えた。

「花も幹も枝も根も匂う木や。お前のうしろが、マツリカや。印度の聖花や。白い花からジャスミン油をとって、香水にもなる……」

無論、そんなことは、一花はすべて承知であった。「あれがキソケイ……トキワレンゲ……トウモクレン……」と、篠治に指し示されなくとも、一花にはすべて頭に入っていた。ムラサキハシドイ、キョウチクトウ、キンモクセイ、ギンモクセイ、カラタネオガタマ、クチナシ、ヤエクチナシ、ジンチョウゲ……庭木の王者と言われる最も高価なモッコクも、十四、五メートルの大木が、セイヨウボダイジュやハクウンボクの太い繁りと競いあって、庭の外縁を埋めていた。

数えていけば、そのことだけでも、ふと際限のない匂いの谷間に吸いおとされそうな、深い眩暈《げんうん》をよび覚《さ》まされる。芳吉と来た時もそうだった。一花は、眼で数えあげているうちに、怪《け》態《たい》な錯覚の深みに曳きずり込まれ、何度も慌《あわ》てて身じろいだのだ。

これらの木々に、一時に、いっせいに花がひらき、咲き誇ったとしたら……ふと思い付いたその濃密な想像が、彼を急に息苦しくさせ、すると現実でも木々の吹きあげる匂いのもやが目先をおおい、咽《のど》をつぶし、見る間に巨大な嵩《かさ》に膨《ふく》らみあがってきて、彼を呑みこみ、圧殺する幻覚をよんだ。遠い過去にあったという血腥《ちなまぐさ》い心中沙汰が、その時知らぬ間に一花の神経をどこかで妖しく撫でていたせいかもしれない。一花は思わずわれに返り、芳吉の方を見た。

芳吉のこめかみは青かった。青くあぶら汗に濡れていた。

「何てこっちゃ！」

芳吉は、庭をみつめたまま、そう言った。吐き出すような呟きだった。あの時、芳吉は、いったい何をこの庭の中に見ていたのだろうか……。

同じ位置に今、篠治が立っていた。苦虫を嚙みつぶしたような顔であった。

この型破りな、ふんだんな花木の氾濫を怒っているのか。少なくともここ三、四年は人手の入った形跡のないこの庭の、荒れさ加減が腹に据えかねるのか。花木の常識も、用途も、姿も、こともなげに切り捨てられ、巨大な雑木の束さながらに扱われている、その無知とも、あるいは無頼とも言える、これみよがしな無法な庭の傲岸《ごうがん》さが許せないのか。それとも……この庭で死んだ、いやこの庭が殺したも同然の芳吉の死に、改めて腹を立てているのだろうか。こんな庭をみるために、老いた芳吉をわざわざ差し出した自分自身に、篠治は怒りを感じているのではあるまいか……。

篠治の手は、腰にさしたなんばんをしきりに弄《もてあそ》んでいた。無意識に指が、その鉄バサミをかちかちと鳴らしていた。彼も落着かないのだと、一花は思った。

芳吉も、そうだった。胼胝《たこ》で歪んだ骨ばった指でハサミを抜くと、芳吉は最初、池の手前のロウバイ林に近づいた。林には、最も品質の高いソシンロウバイも無造作に交《まじ》っていた。落花の後だったが、徒長枝や胴吹きが無惨だった。芳吉は、ハサミを捨て、急にカマをとりかけて、何故かやめた。何かをためらっている風にみえた。しばらく林の前を立ち去りがたなげに往《い》ッたり来たりした。それから急に、四阿へのぼり、まっすぐにカラタネオガタマの前まで歩いた。三、四メートルの高さの半円形の繁木だった。中国産の、高価で珍種と言われる庭樹である。五月の頃、紅いふちどりの黄白色の小花を開き、バナナに似た濃厚な香気をくゆらす。

芳吉は、ここでも一度諦めかけ、再び諦めきれぬといった風に樹間を見あげた。背後の厚いクチナシの植栽が、オガタマの枝間をおおわんばかりに密生枝の手をひろげていた。芳吉は、苛立たしげに地下足袋の足を何度かふみかえ、曲った腰をたてなおし、首のだるさを持ちなおしては、そのクチナシの植栽を仰いだ。その度に、歪んだ背骨がぐるりと反転し、きしみをあげて鳴るような気が一花にはした。

「脚立……」

と、芳吉は不意に言った。

一花が足場を支えるのももどかしげに、彼は馴れた動きで梯子《はしご》をのぼった。「ゼゼ、ゼゼ……」という奇怪な芳吉の咽の音が、一花の顔前を通り過ぎる時、はっきり聞こえた。

「大バサミ、とっとくなはれ……」

一花の頭上で芳吉の声を聞いたのは、それが最後だった。ハサミを渡してすぐであった。葉むらを鳴らし、五、六メートルの足場を落下した芳吉の体は、一度坂道を反転して、それからとまった。

ちょうど曄江がその坂道をのぼってくるところだったが、一花には、まるで庭が、手を入れられるのを拒《こば》んだような気が一瞬したのである。

(ほっときなはれ、ぼん……)

と、言った芳吉の声が、庭樹のざわめきのなかをしきりにおりてきた。

篠治も今、それを聴いているにちがいない、と一花は思った。

(あの庭に手ェ出したら、あかん……ええな、かもたらあかんで……)

その声は、何度か手を掛け引っこめして、落着きなく庭樹の周囲をうろうろし、平静を欠いていた老庭師の骨と皮だけのような痩躯《そうく》を、いやでも一花の眼先に蘇らせた。

この庭に、何があると言うのだろうか。

確かに何か……、風変りな、並み外れた庭であるということは、一花にもわかる。だが、庭は庭である。土があり樹木がある。水があり石がある。そのことに変りはない。庭師は庭師に出来る手入れをすればいいのだ。かなり面倒な、手間のかかる庭にはちがいなかったが、手入れをしろという注文なのだから、手を入れればいい。それが出来ないという理由は、いくら見渡しても、どこにもありそうには思えなかった。では、芳吉は一体何を恐れたのか……。自分には見えない何が、老庭師には見えたのだろうか……。

そしてそれは、少なくとも芳吉にとって、決して篠治を近づけたくはなかった何かなのにちがいなかった。

芳吉の、臨終の折の顔がたたえていた深い恐怖のかげが、一花の脳裏にこびりついて去らなかった。篠治もまた、今それを考えているのだと、一花は思った。そのために、この庭に足を踏み込んだのだから。

「脚立」

と、その時、低い篠治の声がした。一花はビクンと跳ねあがった。ハサミを握って、篠治はもう歩きだしていた。何かやみくもな、有無を言わせぬ後ろ姿であった。

一花も……動き出すより他はなかった。

# 4

郷田邸の庭は、間もなく、少しずつその本性を現わしはじめた。

だが一花も、篠治も、それを庭のせいだとは気付いていなかった。

庭の手入れは、一朝一夕、集中的にかためてやってそれで片付くというものではない。樹木の剪定《せんてい》一つにしても、時期により、季節によって、また樹木の性質により、剪定出来る木とそうでないものがある。一年中、ほとんどどこかで花香を発しているこの広大な庭は、一通り手を入れ終るだけでも、一年掛りの仕事であった。ひとまず庭から荒れを払い落すことが出来たのは、翌年の秋であった。整姿した早咲きのギンモクセイが、キンの群落に先だって、白い繖《さん》房花《ほうか》をまきちらしていた。

この一年は、表向きには何事もなかったとも言える。主人筋の家庭の内情に立入ってせんさくすることは、庭師稼業のご法度のようなものだったし、また郷田家の方で接触を避けているようなところもあって、一花も篠治もほとんど家人と口をきく機会はなかったと言っていい。

家内はいつもひっそりとしていて、雨戸を閉じた部屋も多く、お茶時に茶菓を持って現われる曄江にも、いつか庭先で見た妖しい彩《いろど》りに揺れる影などは微塵もなく、二言三言あたり障《さわ》りのない挨拶話をして奥へ引っ込む彼女は、静謐《せいひつ》なふかみの水のながれるような、ゆったりとした音の無さを持った女であった。彼女が出て来ない時は、縁先に茶と菓子が黙って置いてあったり、時には七十恰好の老婆が運んで来たりした。その老婆は全く無言で、話しかけても口をきかない。茶を置くと、必ずじろっと庭の面を一瞥《いちべつ》し、点検するような視線を放ってから引っ込んだ。勢《せい》という女で、老婆と言うよりは老女と言った方が、どことなくこの女の感じに近い。

他にこの屋敷内で人影を見たことはなかった。男っ気は皆無であった。一花にも篠治にも、素性《すじょう》のしれない屋敷であった。「後家はんやな」と曄江を見て言った篠治の言葉を、一花は時々思い出し、そうかもしれないと思ってみたりするだけだった。そのひかえめな、しずかな立ち居振る舞いが、自分に母を感じさせたのかと思うことはあるにはあったが、それも似ていると言えるものではなかった。あれは、気の迷いだったと、一花は思った。

芳吉が手入れを恐れた庭は、あらかた手間を終る頃になっても、一向に何事もなく、至極平穏だった。篠治はそのことに苛立《いらだ》ち、庭に入る度に目に見えて不機嫌になって行くのが、一花にもよくわかった。だが、どうすることも出来なかった。

変ったことと言えば、たった一つ、六月の頃だったか。ちょっとした騒ぎがあったくらいのものだった。

立木を植替えようとした時のことだ。池の南側の回遊路のとっつきに、道の真中をさえぎって、ぽつんとかなり大株のモクセイの単木が立っている。この種の無茶な配植《はいしょく》はこの庭には数えきれなかったが、いかにもこの木は目障りだったので、四阿の周囲のモクセイ群に移植しようということになり、根廻しの準備にとりかかった時だ。土を掘り始めたところへ、息を荒げて勢が駈けのぼってきた。

「何をしてはるんどすっ！」

彼女はいきなり、呶鳴《どな》りつけると、篠治の持っていた手鍬《てぐわ》を引っさらい、池の深みへ叩き捨てた。

「サア、出て行っておくれやす！」

さすがに、篠治も、かっとして、

「あんさんこそ、何でんねん」と、喰ってかかった。「ちゃんと奥さんの了解とってやってますのんやで」

「あのおひとがどう言わはったか知りまへんけど、このお庭の木はどんな木一本、動かすことは許しまへん！　それが最初のお約束どしたやろ。さあもう、よろし。帰っておくれやす！」

それは凄まじい剣幕だった。ひっつめ髪の額《ひたい》に散ったうすい白毛が、肌にへばりつく白い血の静脈を思わせた。勢が初めて喋《しゃべ》ったのも異様だったが、老いの顔にみなぎる生臭さが一花を総毛《そうけ》立たせた。結局、曄江のとりなしで、木は動かさずに決着はついたのだが、二人の女の間柄に一花は得体の知れないものを感じた。そんな事が、あったと言えばあるにはあった。

だが、庭は平安だった。


その年の秋の或る日。一花は、薬剤液の入ったオート・スプレー器を肩にかけ、築山《つきやま》の裏手の林からのぼってきて、甲高《かんだか》い女の笑声を耳にした。いや、実際には忍びやかなひかえめな声であったが、不意の短い声だったし、絶えて珍しいことだったので、一花にはそんな風に聞こえたのである。

「それにしても、不思議な庭でっせ……」と言う篠治の声が続いた。「昔から一本も枯れてないて、ほんまどっか？」

「お勢さんは、そう言ってるわ……」

曄江の声であった。

「信じられへんな……これだけ強引な配植やって、ゴチャゴチャ花木集めてまくばってたら、庭がもつ筈ないのやけどなあ……それに、職人泣かせのしんどい、いい木も、ぎょうさんおますさかい……」

「でも、もってるんでしょ？　枯れた木は見当らないもの」

「五十年近いんでっしゃろ？」

「そうらしいわね。一本も木を移したり、植替えたりはしなかったそうよ」

「それがおかしおすねん。第一、勿体《もったい》ない。これほどの花木抱えてて、これだけの庭や。もうちょっとマシな景色がつくれまっせ。ま、他人《ひと》さんが作った庭にケチつけるのは厭やけど……あんまりひどい。五十年もたす価値、あらしまへん。折角、植木大事にしはるのやったら、その木を植えて、庭も木も立派に引き立つようにしはらなあきません……」

「そうでしょ？　わたしもそう思ったから、お勢さんに言ったのよ。この庭、何だかとりとめがなくって、変だもの。もっとお庭らしいって感じにしたかったのよ」

「だったら、しはったらええのとちがいますか？　ここのご主人は、奥さんでっしゃろ」

「それが、そうもいかないの」

「なんでどす？　あの人は、婆やさんでっしゃろ？」

「そう……婆やと言えば、婆やにちがいないんだけど……」

一花はその時、何故だか、ひどく奇妙な感じに襲われた。郷田曄江が、こんな風に身近な、くだけた調子で話す女だとは思ってもみなかった。曄江と言葉を交わしたことがなかったせいも無論あるが、曄江の方に、言葉を交わさせない近よりがたさがあった。普段聞く曄江の声は、その近よりがたさを、いつも毅然と秘めていた。床の高価な置物でもみるように、一花はいつも遠くから離れて彼女を眺めていた。彼女の美しさには、そうさせずにはおかないようなものがあった。だから、ブッドレアの繁み越しに不意に聞いた女の声は、一花にはアッという思いがけない感じがした。その戸惑いが、一花の足をひるませた。

「でも、婆やなんて言ったらきっと……」と曄江の声は、どこかに笑いを含んで言った。

「あのひと、頭痛を起こして、ひっくり返って……一週間は部屋にこもって出て来やしないわ。怖いのよ、あのひとが怒ったら。何しろ……この庭の木が植わった最初から、ここにいるひとなんだから……庭の主《ぬし》みたいなつもりなのよ。情が移ったり、愛着があったりするんでしょ……むげにとりあげちゃうのも、気の毒でしょ？　だって、あなた方に来てもらうのだって、そりゃあ、大変だったのよ。なまじ、玄人の知ったかぶりの手が入ると……ご免なさい、あのひとが言うんだから……」

「いいえ、かましまへん」

「つまり、玄人の職人さんを入れたら、かえってこの庭はだめになる……壊《こわ》されてしまうって言うの。この庭のよさなどわかりはしない職人を入れる位なら、放っておいた方がいいって……」

「そんな無茶な……」

「そうでしょ。だから、わたしもそう言ったの。せめて庭樹の手入れだけでも頼まなきゃ……虫がついたり、花が咲かなくなったりするんじゃないのって。そしたらあのひと、その位の手入れだったら自分で出来ますって言うの。もう何十年って、私はそうしてきたんだからって……」

「しかし、職人が入ってましたんでっしゃろ？　東京の……」

「ええ。四、五年前までは一年に一ぺん、そうだったらしいわよ。でも、お勢さんに言わせると……その職人さんにも、この庭に馴れてもらうまでが大変だったらしいのね。高い所に登ったり、男手仕事はやってもらったけど、庭の面倒をみたのは自分だって腹があるの。生かじりの玄人は、二言目には姿、姿って言う。見てくれの姿しか見えない職人なんか、いくら入れたって、この庭のためにはなりゃしないって……そりゃあもう、とにかく頑固なの。終いにはわたしも意地になっちゃって、強引にあなた方を呼んじゃったのよ」

「こんなこと……聞いてもかましまへんか？」

と、篠治の声は言った。

「あの婆やさんて、このお屋敷の……一体、どんなお人です？」

瞬時、曄江の声には沈黙があった。

「女中……と言っても、それも変ね。ただの女中ともちがうわね……さあ、何かしら……」

曄江の声には、一花のわからない、じゃれて嫐《たの》しむようなひびきがあった。

「あれですな……」と、篠治が言った。「お見かけしたところ、このお屋敷には……他にお人もいてはらへんようですし……」

「そうよ。わたし達、二人っきりよ。一昨年、わたしが移ってくるまでは、あのひと一人だったのよ」

「この広いお屋敷にですか？」

「ええ。一人っきりで住んでたの。だから……そう、言ったらこの家の留守番ね。父が時々、気まぐれにここを使ったりすることがあったから……その面倒やなんかもみてもらえるし……」

「あの……」と、篠治の声には奥歯に物のはさまったようなためらいがあった。「すると……ご親戚とか、何か繋がりのある……」

「いいえ。赤の他人よ」

と、曄江は無造作に言ってのけた。

「父が亡くなった時、この屋敷も処分するつもりだったんだけど……お勢さんも一人、わたしも一人でしょ……あの齢で路頭に迷わすのもねえ……だから、思い切ってわたしの方が東京を引きはらって、こっちへ移ったの」

「ほんならあの、他にご家族は……」

「ないの。わたしは父の一人娘。母も早く亡くなったし」

「……そうどすか」

「あなた」

と、その時、曄江は幾分はすっぱな声で言って、一花を再びドキリとさせた。

「もう一つ聞きたいことがあるんじゃない？」

一花には、二人の姿は見えなかったが、篠治のたじろぐ気配が、よくわかった。

実際、後になってからも、一花には、何度考えなおしてみても、この時の郷田曄江が、全く理解出来なかった。ひどく軽薄で、口数が多く、急にたしなみを忘れきったという感じの、安直な女に思えてならなかった。今まで匂わせもしなかった屋敷内の事情を、この日突然、まるで堰《せき》でも切ったようにさらけ出してみせたその信じられない程の豹変ぶりが、尋常ではなかった。渋い色紬《いろつむぎ》が似合う気品のあるいつもの容姿は、どんなにしても想い浮かばなかった。

「いいのよ」

と、曄江は言った。

「構わないからお聞きなさい。昔の事件のことなんでしょ？」

「え？」

「ここで死んだ……この庭を作った、庭師のことが知りたいんじゃない？　庭師と相手の女のことが。そうでしょ？」

短い間があった。

一花は一瞬、催眠術におちた女を連想した。

何かにあやつられて喋り出したとしか思われないような声であった。

「そう。ここは父の妾宅だったの。いえ、妾宅代りに使ってたのよ。女を住ませて……つまり言ったら、態《てい》のいい留守番役ね。管理人代りにしてたのよ」

「まさか……そいじゃ」

と、篠治の、くぐもった声がした。

「あの……」

「お勢さん?」

と、曄江は聞き返した。

そして途端に、はじけるように甲高く笑った。今度こそそれは甲高いと言っていい、嬌声だった。

「あのひとはそうじゃないわ。あのひとは、妹よ」

「妹?」

「そう。父の女は、あのひとの姉さん」

一花はうろたえ、すぐに、自分がうろたえることはないのだと考え直した。だが噴霧器の長い柄《え》を、危うくブッドレアの立株に派手にぶっつけかけるところだった。

繁《しげ》みのなかから顔を引いて、忘れていたブッドレアのむせるような芳香が、急に鼻をついた。

何となくすべてが変で、説明しがたく、とらえどころのない異様な空気が、その日の庭の中にはあった。

濃紫紅色の立った花穂が、眼の前でしきりに揺れて騒いでいた。

ブッドレアの藪《やぶ》の先に、満開のギンモクセイの大刈込《おおかりこみ》があった。

一花がおそるおそる首を出して覗いた時、篠治と郷田曄江は、その刈込の壁を曲って二、三段下の、六角屋根の四阿のたもとにいた。曄江は、吹き通しの四阿の席に腰をおろし、篠治は檜皮葺《ひわだぶき》の四阿の外に立っていた。逞しい腰の上でなんばんのハサミの鉄が、明るい秋の陽《ひ》を吸っていた。

何事もない、平穏な風景だった。

曄江は謐《しず》かな浅葱《あさぎ》の紬がよく似合ったし、篠治は、赤銅色《しやくどういろ》のつやみのある日灼けした首筋を、真直ぐに若いけものめく肩の上に昂然《こうぜん》とたてていた。いくらか不機嫌そうに見えるその顔も、ふだんと変りない顔であった。

……一花は、悪い夢の気《け》につかまって、その手でしばらくなぶられていた気がした。悪い酔いは、四阿の周囲の現実にはなく、自分のなかにあった気がした。すると、今耳にした会話の世界が、いびつにどこか歪んでいたのも、不自然なことではなかったとさえ思われた。

曄江は、やがて立ち上り、わら草履《ぞうり》をきちんとはいた白足袋の清楚な足で、裾《すそ》をひるがえして静かに四阿を降りていった。篠治も、ふと空を見あげ、それから何事もなかったように道具袋を手につかんで、横手の間道へ入っていった。

百舌《もず》が啼いていた。

空を裂いて、走る声だった。

その直後である。一花は、少し離れたキソケイの林の奥にもう一つの動くものを見た。最初、裸木の影が動いたと思った。老女は、篠治たちのいた四阿から眼をはなすと、立ち上った。林を出て、そして、彼女も母屋の方へ消えた。

百舌が、するどく、垂直に落下して啼いた。

5

一花が、その音を聴いたのは、師走の比叡颪《ひえいおろ》しに吹きさらされて、この庭が一年中でほんのわずかこの時季だけ、一時活動を停止する、冬の、殊に底冷えの深い日の午後だった。

朝の内、東山一帯は、雪しぐれが通ってあがった。

一花は、一人で郷田邸の門を潜《くぐ》った。

真木《しんぼく》のアカマツにワラ巻きをほどこす仕事であった。冬の間、木の幹にワラを巻き、マツ毛虫の幼虫をこのワラの内に集めておく。翌年二月、解いたワラごと焼殺してしまうのである。

一花は一度、母屋の裏あたりで足をとめた。

最初、それは気のせいだと思った。

切り揃えた巻きワラを地面に開いて、束をほぐしにかかった時、再び手をとめて顔をあげた。

(変だな……)

と、思いはしたが、そんなことがある筈もなかったので、表においた車に梯子を取りに立ち、しかし念のために勝手口を通りかかった際、ちょっと声をかけてみた。勢の青白いかじかんだ顔が、格子窓から覗いてみえたからであった。

「あの……誰か、庭に入ってはるンですか?」

ぎょろっと、たれくぼんだ皺《しわ》の奥の眼が動いた。一花は、何となくどぎまぎした。

「いいえ。あんさんお一人どす」

老女は無表情に言って、すぐに顔を引っ込めかけた。

あわてて一花は、問いかけた。

「近所にもおまへんわなあ? 職人入れてはるような庭……」

「おへん」

老女の顔は、引っ込んだ。

（そらそうや。おれ一人や……）

と、一花も妙な首肯《うなず》き方をして思い直し、縄玉《なわだま》を解きはじめた。

その時にまた、一花は、はっきりとその音を聴いたのだ。

彼は、庭先へ走り出た。夢中で庭の面を見廻した。築山を登り、木立をめぐり、四阿の森を駈けおりて……庭中をくまなく走った。どこにも、異状はみとめられなかった。

だが、はっきりと一花は、聴いたのだ。

冬木立の庭面《にわづら》を、静まりかえった空気を裂いて、その一つの冴えきった音が渡るのを。

小気味よい、パシン、パシンと枝をはねる、澄みきったハサミの音だった。

冬のかたい、冷えた空に、その音は高く鳴った。美しいひびきで空を切るように、強く鳴った。

（間違いあらへん……おれは聴いた。誰かがいてるのや。この庭に……誰かが入ったある！）

「誰や！　出て来いっ！　隠れたかて、わかったあるで！」

一花は、白い息を吐いて呶鳴《どな》った。応えはなかった。

庭は時々、高い所で梢《こずえ》をゆるがせ、低い地肌で小さなつむじ風を吹き崩して走らせるほかは、寂《しず》かだった。

一花の把んでいた縄切りの鋭い鎌の刃にも、時々思い出したように、地風が幽《かす》かにまとわりついた。

一花は、ぶるっと身震いをした。五体の底が、冷えていた。

その時である。

「聞かはったかいな、あんさんも……」

と、背後で、俄《にわか》に声がした。

一花は反射的に、鎌の手に力をこめて振り返った。すぐ間近に、勢が立っていた。

一花は、この時の勢を想い出す度に、やはりこの日の事は現実ではなかったのだと、しばしば自分に言いきかせた。肉の削《そ》げた血の気のない顔面に、うす青みの骨が透きあがって見える勢の顔は、一瞬この世の外のものを想わせた。

「空耳やあらへん。木ィの手入れをしてはるのや」

と、勢は言った。

「今が一年で、一番この庭の淋しなるときや。花の匂いの無《の》うなるときや。それが淋しゅうて、悲しゅうて……ああして、木ィを剪《き》ってはるのや。早う咲け、早う咲け言うて……剪ってはるのや」

「だ、誰がどす！」

「この花の庭、作らはった職人さんや」

「ど、どこにいてはるんどす！」

「どこにでも、いてはるがな。この庭の……どこにでも」

「やめとくなはれっ！」

一花は叫んだ。

「死んだんでっしゃろ……もうその人は、五十年前に……死んだんでっしゃろ！」

「そうや」

と、老女はたじろぎもせずに言った。

「悪い女に引っかかったばっかりに……命落さはったのや……」

そう言って、彼女はふと、庭の一点を透かすようにして、見た。

一花の背筋を顫《ふる》えが走った。

「悪い女て……」

と、生唾を嚥《の》み下して一花は言った。

「あんたはんの……姉さん……なんでっしゃろ？」

「そうや。わての姉や……性悪の、尻軽女やった。人の妾になるような身で、何様のつもりかしらんが……この庭を、花の匂いでいっぱいにしたい言いだしよった。それをまた、旦はんが……阿呆みたいにきかはって……」

勢は急に言葉を切って、板のように薄い胸をかすかにわななかせて、息をついた。

「可哀相に……あのおひとは、精魂こめて作らはった……あんさんも、気ィついたやろ……あの四阿に坐ってたら、この庭は一年中花の香の絶えん庭や……一年中、花の香でひたるような工夫がこらしてあるからや。何年もかかって、苦心して、作らはった庭や……惚れた女のために、一心打込んでこさえはった庭やねんで。それをどうえ。旦那持ちの身でありながら、さんざんなぶったあげくの果てに、気色悪い、不義言い寄られて困るさかい、手入れの職人は他の者を寄越せと……庭師の親方へどなりこみよった。それだけやったら、まだええわいな。あのおひとかて……悪い夢見たと、諦めもついたやろ。それがどうや。こともあろうに、この庭で、あの女が何をさらしてのけよったか。入れ替り立ち替り、何人の男と痴話狂いよったか……」

勢の声は低かったが眼は赤くもえていた。

「おのれの妹を……女中代りに使うた女や。畜生や。あのおひとが相死《あいじに》しはるような値打のある女やない。あのおひとに、殺されるのさえ勿体ない女や。それを……よう死にもせんとからに、最後の最後まで生き恥さらして！」

「可哀相に……」と、勢は、歯ぎしりの聞こえる声で言い、再び庭の面に視線をさまよわせた。

「離れられへんのや……この庭から……今もまだ、離れられんと……果せへんかった心中を、悲しがってはる……不憫《ふびん》なおひとや。あないむごいことされて……まだ執着《しゅうじゃく》してはる……。あんさんも聞かはったやろ。あのおひとは……この庭にいてはるのや」

一花がそのことに気付いたのは、「あのおひとは、この庭にいてはるのや」と言った勢の口許に、甘い歌うような断定のひびきがただよっていたせいかもしれない。一花は、不意にそう思ったのだ。

(この女も、職人を愛していたのだ)

秘かに心の内で想っていたのだ、と。この女こそ、果せなかった想いに執着して、この庭を離れられずにいるのだ、と。

すると、「不憫なおひとや。あないむごいことされて……まだ執着してはる……」と言う勢の言葉は、そのまま勢自身のことを言っているようにも聞こえた。

(この庭は、この女の生き甲斐だったのだ!)

そして再び、急に新たな恐怖につつまれた。

自分が聴いたハサミの音が現実だとすれば……職人の魂はほんとうにまだ成仏出来ないでいるのかもしれない。この庭から離れられないでいるのかもしれない……。その考えが、一花を深く喘《あえ》がせた。

（もしかしたら、勢の姉は、生きているのではなかろうか……。この屋敷のどこかに、まだ生きているのでは……）

唐突な、思いがけない思念だった。

だが、スッと矢のように心の内に入ってきて、一花を釘づけにした。

（職人の魂が離れられないのは、そのせいなのだ！）

「そうでっしゃろ？」

一花は思わず勢を振り返った。

「その女のひと……まだ生きてはるのと違いまっか！」

勢は、聞こえなかったような、表情の無い顔で一花を見、見なかったような平然とした顔で、背戸口の方へ入って行った。

行き際に、勢は一度立ちどまった。

「男に心中仕掛けられて、よう死にもしいへんと、生き恥さらした女が……めった疵《きず》のどの顔さげて、この屋敷に住んでおれますか。他のひとが許したかて、このわてが許しまへん。生きていようが、死んでいようが……どこで野垂死《のたれじ》にして果てようと、自業自得どす」

「そいじゃ、今……どないしてはるか、わからへんのですか？」

しかし勢は、それには何も答えなかった。音もなく背戸を閉めた。

冬の庭は、再び時雨れてきそうだった。

東山の峰に、雪のさきぶれが騒いでいた。

庭は、もう、物音一つたてなかった。


その後一花は、一度もハサミの音を聴かなかった。

だが、勢にはいつも聴こえているのだと、彼は思った。郷田邸の庭に入る度に、一花はじっと、誰かに見つめられている視線を感じた。そんな時、きまって座敷の硝子《ガラス》戸の奥や、厠《かわや》の陰や、勝手の窓に……ほそい枯木に似た女の姿が動くのを見た。そして彼女が、自分を見ているのではなく、あの音を聴いているのだといつも一花はそう思った。

しかし……何故あの音が、あの冬の日の一日、自分の耳に聴こえたのか。それだけは、どうしても説明のつかぬ経験だった。あの一日のあの一時《いつとき》が、現実ではなかったと思うよりほかはなかった。極寒の、冷えた庭先で見た一刻の短い白昼夢なのだった、と。

そしてそう思えば、そんな気がしなくもなかった。勢はその後、全くあの一日の出来事には触れなかったし、その冬の日の一刻がこの世に存在した気振りさえみせなかった。それはほんとうに、忘れた振りなどしているのではないように思われた。

一花は次第に、あれは現実ではなかったのだと信じるようになっていた。それは彼が、つとめて忘れようとしてそうなったのではない。彼は、自然に忘れ去ったのである。

言いかえれば、忘れさせるような別の事態が、一花の身に起こったと言うことも出来る。

あの冬の日の出来事に限らず、すべてを、一花は忘れたのである。

それが庭のせいだとは、まだ一花は気付いていなかった。

## 6

庭のなかでみる郷田曄江と、母屋や庭以外の場所で接する彼女とが、微妙に別人の如く違ってみえる現象は、秋の日、百舌が走る庭の四阿で曄江と篠治を見かけてから後、急に一花の眼につくようになった不思議な事柄である。

庭以外でみる曄江には、家や年齢や境遇を感じさせる落着いた美しい物さびた感じがあり、主人と雇用人という立場を厭でも思い出させ、気軽に声をかけられる雰囲気はなかった。だが、庭の内で見かける彼女には、時には着衣の下の裸身や肉の動きを露骨に連想させる瞬間があった。そんな時、彼女は二十代にも、いや、少女のようにさえ見えたりした。

一花は、それを篠治のせいだと思った。

実際、庭を歩いている時、曄江は、まるでねっとりと蜜にぬれた眼や肌を持っていた。繁みの道や、木立や林の位置によって、彼女が歩いて行く先々で、その感じは少しずつ変化して、微妙に移りかわってみえた。蜜はういういしく光ったり、朦朧《もうろう》と溶けはじめたり、溢れてながれ出したりした。ある位置では彼女は耀《かがや》き、ある場所では彼女はもやのようにけむっていた。そして彼女が、きまって一番最後にたどりつく場所は、池畔《ちはん》をのぼった樹林のなかの四阿であった。この庭の内で最も多彩な、ふんだんな樹木の種類がそろえられている植込みである。

彼女は四阿にたどり着いた時、いつもほとんどぐったりとしてみえた。それは一見歩き疲れて腰をおろしている風にも思えたが、何かに夢中で耐えている感じもした。春の木洩《こも》れ陽や五月の新葉に青々と染まりおちていたりすると、四阿の畔江は、蜜のほのおで焔《も》えさかっている女にも見えた。

そうした時、一花の苦痛は最も激しく、彼は身の置所《おきどころ》を失った。不意に、眼の前の宙に身悶えている自分の咽《のど》や目や口を見ることがあった。それはまるで、映写幕の上に写し出された映像のように、右に左に揺れていた。独りで果たす快楽をむさぼっている時の、自分自身の顔であった。のけぞった荒っぽい咽や、強い若い眼や、ひらいた口が、いつの間にか、自分が自分を凌辱し、必死で犯し、自分が自分に無理やりに暴行を加えている錯覚を、一花のなかによび覚《さ》ました。幻像の一花は、現実の一花の体の下で喘いでいた。その喘ぐ咽や眼や口の眺めに、一花はたちまち自制の心を失い、翻弄された。

しかし、四阿にいる曄江に妄想を持つのではなく、快楽をむさぼっている自分の姿態に刺戟され、その空想にそそられるのだという苦しい自覚が、一花には、曄江を辱《はずか》しめなくて済む気がし、辛《かろ》うじて自分で自分が赦《ゆる》せるのであった。奇妙な快楽の感覚であった。

曄江は、四阿の辺りや庭のあちこちで、頻繁に篠治と言葉を交わし、話し込むようになった。とめどもなく喋り、人が変ったような下品な言葉遣いもした。仕事に入る度に、一花は、曄江が留守であったり、出て来なかったりすることを祈った。だが、曄江は必ずいつの間にか庭先へ姿を現わした。

そんな時、彼女は完全に雌性の生きものであることを顕示していた。

庭を行く曄江の姿を、仕事の手は休めなくとも、絶えず視野のどこかで追っている牡《おす》の篠治の露骨な眼が、次第に我慢出来なくなり、われに返って動転することもしばしばだった。同じ眼で、自分も曄江を追っている気がして、時々一花は、正体のない逆上感におそわれた。

一花の胸に、篠治への憎悪がよぎるのは、そうした時だった。とどめようのない、魔の矢のようにそれは走った。

四月の半ば、今宮神社の鎮花《ちんか》の行事〈やすらい祭〉の日の夜だった。

花の疫病を鎮《しず》め、無病息災を祈るこの祭は、母が一花の名に因《ちな》んで、子供の時分から参拝を欠かさせなかった春の祭である。鳴滝に移ってからは、その習慣も絶えていたが、その夜、テレビのニュースで境内に舞う花傘をみている内に、急に矢も楯もなく参拝を思い立ち、一花は夜の街にとび出した。

四条大橋を渡った雑沓で、一花は思いがけず曄江の和服姿を見た。彼女は南座の前を横断し、花見小路を北に折れて、祇園の歓楽街へ入って行った。ユタカビルという小さなビルの二階にエレベーターで昇ったところまでは突きとめたが、どの店に入ったのかがわからなかった。一花は、一番奥の〈グレープ・ジャム〉という店の扉を押してみた。会員制のクラブで、入口の女の子に一度断られたが、若いマスターが「いいよ。どうぞ」と入れてくれた。入った途端に、一花は、小銭袋しか自分が持っていなかったことに気づいた。そして、夢中で曄江を追ってきた自分の後先かまわぬ見境《みさかい》のなさに、愕然《がくぜん》とした。小さな狂いの芽を、自分のなかにみた。

厚い仕切りカーテンの奥で、ビートの効いたハイ・ロックが流れていた。爆発音で綴った狂気のリズムだった。「すみません」とマスターに謝って、店をとび出しかけた時である。天鵞絨《ビロード》のカーテンを無造作に割り、トイレに立つ背広姿の篠治が現われたのだ。すばやく扉を閉めながら一花は、熱湯の中に立っている自分を感じた。

その夜、二人がビルから出てきたのは、午前一時を廻った頃だった。二人は一花のひそんでいる路地の前を通り過ぎ、一度もつれ、篠治のたくましい指が曄江の乳房をわしづかみにし、すぐに離れ、そのまま花見小路の角で車を拾った。

……篠治が帰宅したのは、夜明け近い時分であった。

篠治の夜の外出は、青年部の役員会や業者との付合いなどで、ふだんでも決して少ない方ではなかった。だから気にならなかったのだが、注意してみると、かなり頻繁だった。大抵自分の車を使ったので、尾行して確かめることは難しかった。

篠治が外出した夜、一花が、南禅寺の郷田邸の前を張ることにきめたのは、そうした事情からだった。

二日目の夜である。一花は、まだ郷田邸に辿《たど》り着かない手前で、路上に駐車してある篠治の車に出会った。中は無人であった。曄江との媾曳《あいびき》が、当然外で行なわれると考えていた一花は、篠治が曄江を迎えに来たところなのだと思った。時間も宵の口を過ぎたばかりだ。とすると、付近に篠治がいる可能性がある。一花は咄嗟《とっさ》に近くの家の軒先に身を寄せた。郷田邸は四、五十メートル先にある。路上にはそれらしい人影はなかった。二、三十分、そうして待ったが、依然として無人の車に近寄る人影はない。一花は、注意しながら、郷田邸の前まで行ってみた。門柱の灯は消えていて、邸内は静まりかえっていた。門扉も閂《かんぬき》がおりている。この時間、篠治が邸の中にいるなどとは考えられなかったが、一花は高い囲塀にそって裏口へ廻ってみた。押せば、木戸は難なく開いた。微かにムラサキハシドイの香が面をうった。庭園灯は、遠く、庭木立の向う側に一本だけ点《とも》っていた。ほとんど闇も同然だった。だが、一花には目をつぶっていても歩ける庭であった。

一花は庭先へ忍び込んで、座敷の雨戸に耳を当てた。人の気は全く感じられなかった。灯の点《つ》いている部屋もなかった。

引返そうとして、一花が踏み出しかけた足を突然宙でとめたのは、何かがスウッと背筋を撫でてとおったと思ったからだ。正体はわからなかった。だが確かにそれは、背後の庭の闇の宙をスウッととおり抜けて消えたものの気配であった。次の瞬間、一花は急に青ざめた。

(庭が……泣いている!)

そう思った。

幽《かす》かに、庭は泣いていた。スウッと宙をよぎった気配は、それであった。あるかなきかの声であった。糸を曳いて、その声は細く長く地を這っていた。

一花は知らぬまに歩き出していた。音もなくその足は声を追った。築山をのぼり、木立をめぐって、庭の奥みへ奥みへと忍び入った。庭が誘い寄せてでもいるようだった。ヒメモクレン、ジンチョウゲ……またジンチョウゲ、ムラサキハシドイ……と、行く程に闇は濃密な芳香をまぜあいながら、一花の神経を少しずつ麻痺させ、闇の白い脾腹《ひばら》かと見えるライラックの群花の下に身を滑り込ませた時、花の群れに組み敷かれ包み込まれた一花の五体は、血の中まで花の匂いに染めあげられている気がした。

すぐ眼の前の四阿のなかで、庭はすすり泣いていた。退《ひ》く息も、吐く息も、淫蕩のきわみを尽していた。篠治のはだけたシャツのあられもない胸と、夜衣《よぎ》をわった柔らかな女の足とが、最初に眼のなかにとびこんできた。

木の間越しの庭園灯の残光が、すぐにその一花の眼を馴《な》らした。二匹の生きものは、頭も尾も絶えず無く、背も腹も見定めがたくからみ合って、激しくゆるやかに動きまわっていた。

闇を得て姿を見せた、庭に棲《す》むけだものを思わせた。

7

一花は夜がくると、眼の前に千万の闇の花粉がまきちらされて、とめどもなく息苦しく、気がつけば鳴滝の家をすべり出ていて、足は南禅寺へ向かっていた。

篠治はすでに来ていたり、遅くなって現われたりした。

一花は、何度も篠治を刺殺し、自分が代りに曄江の肉にとびかかっていく幻想と闘った。

篠治の胸をさまよう曄江の舌は、花闇の下に身をひそめている自分の腹の上にもおりてきた。

甘い火の感触が篠治の腰へおりていく時、一花は自分の肉置《ししおき》にも濡れた歯形や、血の走り寄るそよぎを感じた。

一花は正体をなくしていた。

彼が、そんなことをしたのは、だから彼自身にもよくわからなかった。

六月に入った挿木時《さしきどき》の蒸し暑い夜だった。一花がいつものように郷田邸の庭先をすべり出て鳴滝の家に帰りついた時、篠治の車はもうガレージに入っていた。黒い昂然としたその車体が、突然一花を狂暴にした。

(何てざまや。芳吉つぁんの死んだ庭で……芳吉つぁんのことも忘れて……うつつをぬかして……連日連夜、乳繰り合うて……それでも、いっぱしの親方か！　よう庭師づらでけたもんや！)

それは積り積った忿懣《ふんまん》というよりも、はけ口のない感情の爆発であった。

一花は、面罵《めんば》しなければ、胸の滾《たぎ》りがおさまらなかった。

篠治の部屋は二階の一番奥にある。まだ明りがついていた。ノックしたが返事はなかった。一花は構わずに中へ入った。篠治は、ベッドの上にいた。大の字に体を投げだして、軽い寝息をたてていた。机上に新庭の設計図、枕許には請負の見積書が拡げたままで放り出されていた。いかにもぶっ倒れたといったその寝ざまが、一花の昂ぶりをさらに煽《あお》った。まっ直ぐに篠治に近づいて、揺り起こそうとした。その時に、それを見たのだった。

篠治のはだかったあらわな胸もとの肉に、その鮮紅色の刺青は、大輪の薔薇《ばら》の花弁のように浮きあがって印《しる》されていた。鬱血《うつけつ》の痕《あと》であった。

一花は、呆然と、その薔薇色の刺青を見おろしていた。曄江の唇が創《つく》った花弁であった。彼女の舌が彫《ほ》り刻んだ刺青であった。一花は見まいとした。だが眼はその上を離れなかった。つい先刻まで、曄江の唇がそこで激しく遊んでいたのだ。そう思うと、もう立っておられなかった。一花は、走り去りたい衝動をおぼえた。だが、一花の足は動かなかった。顔は自然に落ちて行き、曄江の唇の香りをかいでいた。一花は自制心を失った。唇で触れてみた。触れながら、曄江の柔らかな舌の動きを感じていた。もう、とどまれなかった。

篠治の肉はなめらかだった。なめらかで暴《あら》く、猛々《たけだけ》しかった。その猛々しさが、曄江の舌の狂奔を想い出させた。一花は、篠治の胸を吸った。曄江の舌が、唇をおしわけて暴《あば》れこんでくるのをはっきりと感じた。薔薇の花弁は、ぽったりと派手な雫《しずく》のようにしたたりながら、タオル地の奥へと続いていた。一花の手は用心深く篠治のパジャマのボタンをはずしにかかった。鳩尾《みぞおち》から脇腹へと、はなびらの落花の跡は少しずつ現われ出てきた。途中何度かボタンの手をとめ、一花はもどかしげにそのはなびらに唇で触れ、軽く歯で嚙んでみたりした。

一度篠治は寝返りを打ち、すぐにまた打ち返した。以前よりはもっと解放的な姿勢になった。

寝息も深く、篠治の上半身は完全にあらわに開かれていた。一花は再び顔を寄せた。篠治の下腹は熱く、熟れた汗の匂いがした。その匂いをなめていた。曄江が発する汗であった。揺れている一花の鼻先を、大きく波うつ篠治のパジャマのズボン地がくすぐった。微かな洗剤の香があった。その洗剤の香も、一花には、曄江の白い寝巻がたてる匂いだった。その奥に、曄江の狂気の源《みなもと》があった。

微かな間、篠治の寝息がとまった気がしたせいでもあったが、一花は咽が鳴り、胴が震え、手も足もわけもなくバラバラに炸裂しそうな自分の体に、危険を感じた。それ以上はすすめなかった。震えながら、顔をはなした。立ち上らなければ、とそして思った。だが、一花の唇は諦めきれず、ズボンの上から、豊かな膨《ふくら》みへと更におりかけていた。篠治の腰が、突然大きく反転した。寝返りだった。はりつめた強い臀部の隆起が、一花の唇を強引に、曄江の花芯《かしん》から遠ざけたのである。

一花は、なお暫く寝息をうかがっていた。それから、忍び出るようにして、階下の自分の部屋へ戻った。

その夜から、一花は秘密のたのしみを持つことになったのだった。

彼は夜毎、篠治を郷田邸の庭で待ち、篠治よりは先に錦木の家へ帰って来た。篠治は、帰宅してすぐシャワーを浴びることもあった。だがそのまま部屋へ上って、ベッドに倒れ込む日もあった。たいてい彼は、横になるとすぐに寝入っていた。篠治がシャワーを浴びなかった日、一花のたのしみは、急騰した。

曄江の汗や体液にまみれた篠治の肉体全体が、一花には、大きなむさぼりつくせぬ薔薇の蜜の刺青だった。甘いしたたるはなびらだった。曄江の手や、曄江の足や、曄江の肌がはいまわり、さまよいまわった篠治の肉体は、生身の曄江そのものだった。一花はそんな日、自分でも駭《おどろ》くほど大胆だった。もう何度か、煙草くさい篠治の唇には触れていたが、そんな日、一花はそれを吸った。舌をさしいれ、篠治の熱い唇の裏を撫でたりもした。上唇を軽く含み、口の中で弄んだ。篠治は完全に、曄江その人であった。

その夜も、一花は唇をむさぼり、長い間、篠治の胸から下腹のあたりに舌をさまよわせていた。篠治の腕が動いたのを知らなかった。太い掌が、いきなり一花の頭を鷲摑《わしづか》みにしておさえつけた。幻は、その瞬間にとびちった。

「もっと下の方やないのか」

と、篠治は平静な声で言った。

「おまえがほんまに欲しいのは」

そして、パジャマごとブリーフを下へおしさげた。

「曄江の一番好きなとこや」

篠治はぐいと腰を持ちあげ、有無を言わせぬ強い力で一花の頭をおしつけながら、そう言った。

「かまへん。好きなほどやったらええがな」

一花の手が、暫く忘れていた見えない刃物を把んだのは、この時である。

それは恥ずかしさのためではなかった。虫けらを扱うような、事もなげな篠治の態度のせいでもなかった。自分が求めたものが、篠治の体ではなく、『瞱江』だということを、彼に見抜かれていたことが赦せなかった。知っていて、そのことをさんざん楽しんできたに違いない篠治が、赦しておけなかった。

「可哀想な奴っちゃ」

と、言って、篠治は、股間で身藻掻《みもが》いている一花の頭を、大胆に腰を開いたままの姿勢で、突き放した。

「それほどあの女は、ええ女かいな。出戻りやで。腹かて見てくれほどきれいやないで。身寄りが死んで、身一つになったら閑もてあまして、することないさかい、あの勢《せい》言う婆やにでも腹癒《はらい》せして……そんで、虐《いじ》めて娯しんで暮そう思いつくような女やで。あの庭かて、いずれはチビチビ小出しに崩して、料亭でも開こか言うてたさかいな。当分、あの婆やをいたぶるつもりやねんで。親父の恨みや、お袋の恨みを、筋ちがいのあの婆やで晴らしていてる女やねんで。

どこがええのや。けったいな女やないか」

「そ、その女に……」

と、一花はうわずった声をあげた。

この家に来て、初めて篠治に言葉を返す一花であった。

「何で……何でっ……」

「手ェ出したかてか?」

と、篠治は、平然と聞き返した。

「当り前やないか。あの庭、知るためや。芳吉を殺した……あの庭、知るためや。何で芳吉は、あの庭にかもたらあかん言うたんや? 何で手ェ出したらあかへん言うたんや? 一ぺん見て、芳吉にわかった庭が……何でおれにわからへんのや。豪勢な花木ぎょうさん使うて……そやけど庭としたら、下《げ》の下《げ》のそのまた下《げ》の庭や。花木の吹溜《ふきだ》めか、吹寄せや。そんな庭が、何であない芳吉を慄《ふる》えあがらせたんや? 花木の他に、何にもあらへん。そやったら、花木に何かあると思わな、しょうがないやろ。え? あの花木に何がある?」

（匂い）

一花はその時、小さな戦慄をおぼえた。不意に何かが、影のように脳裏を走った。だが具体的にそれが何だったか、解らなかった。

と、彼が思ったことは、確かである。

「そして、あの家には、誰がおる?」

と、篠治は言った。

「女が二人。主人と女中や。五郎いう坂本の若い庭師が、五十年前あの庭作った時、あの邸に誰がおった? 女が二人や。主人と女中や」

一花は、小刻みに体が震えた。

「芳吉は、よう言うてたやろ。庭はなんぼ名園やっても、住んどる者とつり合わん庭は、ほんまの庭やない。まず先に、住んどる者をよう見て作れて。どうや? 芳吉が、あの庭に入って、まず一番先に見たもんは何やと思うたらええ? 女が二人。主人と女中。これや。え、そやないか? それも、おまえを骨抜きにしてしまうほどのええ女や。芳吉は何を考えた? 女と庭や。その庭が……わからへん。女に当るより手ェないやないか。その女が何をした? 庭師と出来たんや。庭師がなにをした? 女に惚れた。三年掛かりで惚れ抜いて、あの庭を作ったんや。わからなんだら、やってみるより仕方ないやろ」

「それで……」

と、一花は、喘ぐようにして言った。

「それで……何がわかったんどす!」

「お前かて、わかったある」

「わかってしまへん！」

「わかったある」

と、篠治は断定するように言って、裸のまま立ち上った。

煙草を一本口で抜きとり、残りのケースを机の上に投げ捨てた。何か怒っているような、乱暴な仕草であった。

「そやなかったら、何で毎晩、あの庭に忍んでくる」

一花は、薄く口唇を開いた。全身が強張っていた。

篠治は、構わずに言った。

「お前は痴漢か？　覗《のぞ》き趣味があんのんか？　そうやないやろ。あの女が欲しいて、欲しいて、辛抱でけへんのやろ？　そういう庭や、あの庭は。長いこと入ってたら、けだものになる庭や。病みつきになる庭や。入ってへんと、落ち着かん……入っていてると、狂うてくる。言うたら麻薬みたいなもんや。そうや。あれは麻薬の庭や。そうなるように、作ってあるのや。花やない。木やない。匂いの庭や。

匂いが造形してあんのや。遠い匂い、近い匂い……濃い匂い、淡い匂い……甘いの、高いの、低いの、暗いの……重い匂いも明るい匂いも、激しい匂いも、みんな計算がしてあるのや。その匂いが重なり合うたり、混ぜ合わさったり……土にしみたり、林を縫うたり……闘い合うたり、調和し合うたり……そうや、言うたらハーモニーや。調合や。オーケストラの演奏聴かされてるようなもんや。匂いの音楽を聴かせてんのや。その音楽も、ほかの音楽やない。そうや。淫らな音楽や。長いこと聴いてたら、けものになる音楽や……」

「あの四阿がそうや」

と、篠治は、言葉を切ってから言った。

「あの四阿を中心にして、匂いが構成してあんのや。風の流れ、陽の当り、樹木の繁り……みんな、あの四阿を核にして……あの四阿でクライマックスになるように作ってある。しかも一年中や。一年中、どの季節かて、四阿にいてるとそうなるようなどえらい工夫が、あの植込みや。あの植込みは、一株一本、計算ずくの植栽や。恐ろし庭や……。芳吉は、一目でそれを見抜いたのや。あの女と、あの庭と……それが、芳吉は怖かったのや」

一花はほとんど、放心状態に近かった。

「けどな」

と、篠治は言った。

一花にというよりは、独りで呟いたといった調子があった。

「女があっても、それだけやったら、ただの悩ましい匂いの庭や……。女が狂い始めんことには、あの庭は〈姿〉を現わさへん……狂い出して、初めて音楽が聴こえてくるのや。庭が、完成するのや。狂わせてみんことには……それはわからへんやないか」

一花は叫び出しそうになる声をこらえていた。

「あの女も、大した女や。最初の一年、よう辛抱して、そんな気ぶりも出さへんかった。それでおれも、気付かなんだのや。そやけど、内心ウズウズしてたのや。ちょっと誘い水やったら、どうや？　待ってたように雪崩《なだ》れて、溶け出してきよったがな。よう考えたら、初めてあの女に会《お》うた時に、気付かなならんことやったんや」

一花の脳裏に、初対面の日に、眼のふちに妖しいほむらの影をたたえた曄江の顔が浮かび上った。続いて百舌の啼く秋の日の、彼女の豹変ぶりが想い出された。

（そうだったのだ。曄江自身の力では、どうすることも出来なかったのだ。そして……曄江は、それを庭のせいだとは気付いていない！）

一花の咽は、こらえきれずに迸《ほとばし》らせていた。

「そんなら……そんなら、何でっか。あんたはんは……それがわかっててまだ……あのひとを嬲《なぶ》ってはるんでっか！」

篠治は、何も答えなかった。

黙って煙草の火をつけかえた。

それから、窓の方へ歩いた。
鋭い音をたてて、カーテンを開いた。
窓下に黒々と植溜めの樹林がひろがっていた。
彼は黙ったまま、その先の夜をみていた。
激しい、暗い眼であった。
（やめられへんのや。やめとうても……やめられへん……）
一花は、篠治の頑丈な褐色の裸の背が、そう言っている声を聴いた。
（おれが嬲らんかて、あの女は、そうなったのや。いつかは……誰かとそうなるのや）
（あの庭にいてる限り……そうなるのや）
無言の篠治の声は、そうも言っているように聴こえた。
そして一花も、そうかもしれぬと心に思った。
（いや、そうにちがいない）と。
しかし一花は、叫ぶよりほかに、方法を知らなかった。
「むごいひとや！　あんたはんは、鬼や！　悪《わる》や！　夜叉《やしゃ》やっ！」
一花は、そして、猛然と篠治の部屋を走り出た。

# 8

……だが、一花の生活も、篠治の生活も、その後少しも変らなかった。

一花も篠治も、夜になると、今まで通り、郷田邸の庭のなかにいた。篠治はよく、昼間でも、人眼がなければ一花の前で胸や体を開いてはだけた。

「ほれ、とっておいてやったんやで。まだ洗うていてへんで」

そして一花も、その度に、狂ったようにむしゃぶりつき、篠治を愛撫した。篠治を愛撫するのではなかった。泣きながら、一花は『曄江』にとびつくのだった。

鳴滝と銀閣寺。郷田邸と銀閣寺。最後は、いつも銀閣寺の砂盛へ、辿りつくしか仕方がなかった。

血刀をさげた一花は、そして日毎夜毎、銀閣寺へ通いつめる暮しが続いた。

銀沙灘《ぎんしやだん》の白砂の原は、目に見えない血汐で濡れた刃の原と化すほかはなかった。

そんな或る日、一花は、いつものように忍び込んだ郷田邸の闇の花木の匂いのなかで、言葉にならない言葉を吐きながら、曄江が口にした声を聞いた。

「……いやなひと……そんなことしてるの、あなた達……イヤ……恥ずかしいじゃない……」

「……君かて……まんざらやないやろ……それほど想われたら……悪い気ィしいへんのとちゃうか……どや？　そうやろ……ほら言わんかい……そうやろがな……」

また少しして、曄江は言った。

「……そういえばあの子……いい感じだわ……ね、ちょっと好きそうなところがあるわ……わかるわ、あの子……」

「……そやねん……好きやねん……もう大人のなりしてるしな……それにあの子ナ……」

篠治の声は急に低くなって、聞きとれなくなった。そして、せめ合うような呼吸が、激しく、長く続いた。不意に、曄江の浮きあがるような声が言った。

「……そうなの……お妾さんの子供なの……」

どこかに烈しい楽しげな調子があった。酔ったような声であった。その後、曄江は、何度か同じその言葉を吐いた。その度に、彼女の声は艶を増し、次第に頂きにのぼりつめて行くようだった。篠治の方もまた、しきりにそんな曄江を励まし、娯《たの》しんでいる風だった。まるでそのことが、二人の愛戯に欠かせない、何かの刺激剤ででもあるかのように……。

一花が、マツリカの藪を蹴っておどり出たのは、まだそれからしばらくしてからのことである。

二人の荒い息のなかで、上から下へ、右から左へ、意味もなく、わけもなく、性急な声や息づかいが交されはじめた時であった。

「血なのね……」

と、曄江は言った。

「……やっぱり血ィか」

と、篠治がそれに応じた。

「……好きな血なのよ」

「……そやねん、好きやねん……好きで好きでやめよらへんねん」

（お母ちゃん！）

と、一花は叫んでいた。

だがその声は言葉ではなく、咆哮《ほうこう》に近かった。

叫びながら、一花は心の遠くの方で、小さい頃、何度も自分はこの声を発したのだと、むしろそれがひどく懐かしいことのように思えてならなかった。

思いながら、一花は二人に向かって突進していた。

掌に、太い庭石を把んでいた。

数時間後、一花は、銀閣寺の庭のなかで、遠くにほのかな赤い闇空を見あげていた。

その赤い空の下に、一つの、火を噴いている庭がある筈だった。花木たちは真紅の炎を吐いて、もえあがっている筈だ。二匹のけものを、そのふところに抱えて。

息絶える前、つと手をさしのべ一花の手を探すような仕草をして、篠治の言った言葉が耳の底を去らなかった。

「かんにんやで」

と、彼はほとんど声にならない声で言った。

「庭が……この花の庭が……とことん知りたかったのや……行きつくところまで……見たかったのや……かんにんな……お前を巻きこんでもうた……かんにんやで……」

（お母ちゃん）

と、一花は泣き出しそうな声で、呟いた。

（とうとう、やった……やってもうた……）

その時ふと、冬の『花屋敷』の庭で聴いたハサミの音を、彼は、想い出していた。

冴えた、小気味のよい、ハサミだった。

もしかして、あれは、母が、自分に聴かせた音だったのではないだろうか……。

（こんなハサミ使えるような……ええ庭師にならんとあかん）

母は、そう言ったのではないだろうか。

正常な状態ではなかった一花には、それは信じられる思い付きだった。

## 9

余談であるが、郷田邸の焼跡からは、篠治と曄江の死体とは別に、もう一つ、古い死体が掘り出された。無論、勢の死体ではない。

勢は焼けおちた庭先に立ち、腑抜《ふぬ》けた状態で、その発掘作業をぼんやりとみつめていたのだから……。

死体は、完全に白骨化し、庭の植込みの底から出て来た。長い間、その土中で眠ってでもいたかのように、横たわった姿勢をとっていた。

# 獣林寺《じゅうりんじ》妖変《ようへん》

# 1

臨済宗南禅寺派の一山、獣林寺は、洛北西賀茂の一郭、船山の中腹にある。

承応《じようおう》二年、伏見桃山城の遺構を移し建てたといわれるこの小さな禅寺の方丈は、東向きに叡《えい》山《ざん》を借景《しやつけい》にとり入れた白砂の平庭を持ち、素朴な饅頭《まんじゆう》型をした大小五群の躑躅《つつじ》の刈込みの他は、いっさいの粉飾を切り捨てたその簡潔な枯山水《かれさんすい》で、京の名ある禅苑の一つに数えられている。

二、三年前までは、観光コースに乗らないこの北の外れの山腹に建つ禅寺は、躑躅の季節でもない限り訪れる人もめったになく、一部の好事家《こうずか》か、狩野山楽《かのうさんらく》の筆になる襖絵《ふすまえ》の淡彩山水を目的にやってくる、美術研究家達に限られていた。だが、最近、その閑寂《かんじやく》で人気《ひとけ》のない環境が、京の穴場として雑誌のグラビアや紀行文などにとりあげられるに及び、急に人足《ひとあし》がつき、観光客の数は日増しにふえていた。

そして、さらにごく最近、このあまり人の知ることのなかった禅寺は、或る奇妙な話題で、突然全国的にその名をしられるようになった。

京都には、幾つかの血天井がある。

重要文化財の指定をうける獣林寺方丈の広縁の天井も、その血天井の内の一つである。関ヶ原合戦の折、徳川勢の武将鳥居彦右衛門元忠とその配下千数百名の軍兵は、伏見桃山城に籠城《ろうじょう》し自刃して果てた。城内は酸鼻《さんび》をきわめ、おびただしい人血と流れ出る臓物の氾濫《はんらん》で、足の踏み場もなかったという。

獣林寺方丈の天井は、その折の城の廊下の床板を寄せ集めて張られている。

血をすって、どす黒く変色した木目の至る所に、生々しい赤暗色の人間の手形や足形が散乱し、槍の穂先や鎧札《よろいざね》の緘《おど》し緒《お》のよじれまでが克明にうつし取られていて、中にははっきりと屍《しかばね》の全貌がわかる、うつぶせた血の人影も読みとれた。影といえば、そうである。血天井は、消え去らぬ人影の棲家である。人体の、影の部分の集会所だ。捨てきれぬはげしい怨念のひしめきあう深いプールだ。

「獣の林」と書く、この奇妙なひびきをもった寺名の山寺の天井は、その広さと、その高さと、そしてその底ふかい冥《くら》さの点で、京都でも最も迫力のある血天井だと言われるものであった。

問題のニュースを報道したN新聞は、京都の地元紙で、翌日、東京の全国紙Mが、いち早くこの記事を三面に大きく見出しを掲げて、全国的に紹介した。

M紙の記事は、大凡《おおよそ》次の如くに説明される。

最近、東京K大学法医学教室の主任教授で、血液学の権威であるT医学博士が、研究のため、京都市北区西賀茂、瑞雪山《ずいせつざん》獣林寺方丈回廊の血天井を踏査《とうさ》し、三百六、七十年以前のものと言われる、人間の血液に関する科学調査を行なった。その結果、四百年近くを経ているこの古い血天井の板にしみこんだ斑血から、意外にかなりはっきりとした化学反応が検出され、学界の話題を呼んだ。博士は、さらにこの古い血の研究についての、詳細なデエタをまとめるため、この程、再度獣林寺をおとずれた。

そして、思わぬ衝撃的な検査結果を得た。古い過去の人血の中から、極めて強力なルミノール反応が現われ、その反応を起こした部分の斑痕《はんこん》は、少なくとも、過去一ヵ月以内の血液でなければならないと発表したのだ。

——四百年前の血天井に謎の血痕、という見出しでM紙が報じたその獣林寺血液化学検査は、師走の年の瀬もおしつまった、冷えこみの激しい深夜に行なわれた。

ルミノールによる化学発光検査法というのは、普通、外光のない暗所で行なわれるのが常である。犯罪捜査の折など、疑わしい斑痕にこの試薬液をふりかけると、血液であれば、その斑痕は直ちに青白い蛍光を発する。夜間であれば、この発光度はいっそう顕著に現われるわけだ。さらに、他のいくつかの血液検査法に比べ、このルミノール発光法は、時日のたった古い血液にもつよく鋭敏に反応する利点があって、ことに昼間は人の出入りの絶えない観光寺の血天井調査には、夜間に強みを発揮するこの方法が、うってつけだったにちがいない。

発光を起こした問題の斑痕は、回廊のちょうど南側の隅の部分の天井に五、六ヵ所散らばってしみついており、どの斑痕も、ほぼ直径五センチほどの円状、もしくは楕円型に近い文様《もんよう》をつくっていた。

外は霙《みぞれ》だった。山にふる霙は、ときに、無数の虫が山肌を這い下りる足音に似た、微かな騒乱をともなって、身辺にふる。底冷えのする闇の高みで、突然、その部分だけがしずかに青白い異常な光を発し始めた時、その夜居合わせた調査員達は、思わず息を呑んだ。

眼。それも、巨大な獣の眼。

……最初、彼等は一様にみなそう感じた。

何か得体のしれない、大きな生き物がその闇の高みにおり、二、三頭、首《こうべ》を寄せて凝《じ》っと眼下をうかがっている。そう信じた。その闇のなかの眼は、いまにも無数にひろがり出し、寺内の至る所の冥《くら》みの奥で跳梁《ちょうりょう》し、跋扈《ばっこ》し、光りはじめるのではないかとさえ思われた。目をはなせば、瞬間、猛然と動き出し、とびかかってきそうな気配さえ、確かにあった。

或る者は、一瞬ほんとうにそう思った。血天井の奥深くにひそみ棲《す》む獰猛《どうもう》な何かの魔が、不意にいま目の前に甦《よみがえ》り、両眼をみひらいて、その姿を現わしたのだと。

頭上の眼は、息づくように青く燃え、調査員達の神経を凍らせた。

あり得ない事だった。

早速、別の試薬を使っての血液鑑定の本試験が慎重に、だがきわめて昂奮した試験官達の手で行なわれ、この斑痕が血液に間違いないことが確認された。正確を期するための、駄目おしである。さらにその後、果してこの血が人血か、或いは獣血なのかを判別する、いわゆる人血証明法の段階に入り、これが人間の血に間違いないという鑑別が出た。血液型はA型。情況判断などから、過去一ヵ月以内のものと断定された。

T博士が、第一回目の踏査を行なったのは、半年前の事であるから、この血痕はそれ以後にこの血天井に現われたということになる。血痕があるからには、原因がなければならない。

調査班は、丹念に、血痕の形、位置、飛び具合、量などを点検し、天井裏などにも這いあがって調べた結果、問題の血は、天井裏などから木目を伝ってにじみ出たような種類のものではなく、外部から、つまり、妙な表現だが、下から上の天井に向かって、例えば叩きつけられたものではないかという結論を出した。それも、血液の量などから推して、もしかりにそういう状況が考えられるとすれば、被害者、或いは傷害者というべきか、とにかくその血を流した体の主には、かなりの出血創が予想される場合もあるとみて、特に斑痕の真下に当る縁の床や、その周辺、さらには方丈全体にわたって綿密な点検が行なわれたが、天井以外の場所からは、それらしい一雫《ひとしずく》の残滴も、余滴も、発見されなかった。

つまり、血は、外見、あたかも血天井の古い木目の奥深くからほとばしり出て来たかの如き印象を、あくまでも保っていた。

普通、血が高所から垂直に落下した場合、その血痕は、周縁に多数の突起状を持った円型となり、落ちる距離が長くなるにつれて、主滴の周囲にとびちる飛沫痕《ひまつこん》が派生する。この獣林寺の血天井の場合は、ちょうどこの原理の逆を想像すればよさそうだった。

つまり血は、落下したのではなく、逆に、下から上に向けて垂直に上昇したと考えればよい。五センチ径の主滴のまわりには、微かではあるが、どの斑血にもかなりの数の飛沫痕が検出された。

獣林寺は、その日以来、寂《しず》かな洛北の山寺ではなくなった。

## 2

観光都市京都の、華やかな夏を飾る行事の一つに、大文字山《だいもんじやま》の送り火がある。

八月、盂蘭盆会《うらぼんえ》の夜、全市の消灯を合図に、三藐院近衛信尹《さんみやくいんこのえのぶただ》の筆といわれる東山如意ケ岳の「大」の字に火が入ると、東と西の大文字に挟まれて、「妙法」、船形、そして鳥居形と続く送り火の文字と象形《しょうけい》が、同時に京洛の夜の闇の中天に、はげしい火の筆で書き加えられる。

洛北、船山は、この火の船形が燃えあがる山で、獣林寺へのぼる途中の山道からも、その山肌に刻み込まれた、ちょうど幼児の描く線画様をした火の路の傷痕は、何度か木間《このま》越しに近々と姿を現わす。

崇夫《たかお》とこの道を昇ったのはいつだったか。一昨年の夏だったか。それよりももっと以前の事だったか。夏ではなくて、あれは冬の雪模様の夕暮時ではなかったか。彼の頸《うなじ》におびただしい汗の跡があったような気もし、「寒い」とコオトの襟をたてたような記憶もあった。

努《つとむ》が、崇夫を最後にみたのは、大阪K座の楽屋風呂の中でだった。昨年の十一月興行の千秋楽の日だったから、一ヵ月半前の事だ。

その時、崇夫は、幅の広い頑丈な男の体の下に組み敷かれていた。蛇口からほとばしる湯が、はげしい音をたてていた。普段は、役者や道具方でごった返す楽屋風呂だったが、ちょうど一波退《ひ》いた後の、ちょっとした嘘のように空虚な時間だった。浴場には他に人はなかった。もうもうとたちこめた湯けむりの熱気の膜の奥に、茶褐色の脂ののった男の肩と、精悍《せいかん》な臀《しり》の肉とをみた。崇夫は、簀子《すのこ》の板目に顔を横にしておしつけ、努には、そのひらいた口と、のけ反《ぞ》ったあごから咽元にかけての上気した部分だけが、一瞬みえた。その部分は、湯に濡れて荒々しく光っていた。

男の顔はみえなかったが、うろたえて硝子戸《ガラスど》をたてながら、努は直感的にそう思った。乙丸《おとまる》屋《や》の部屋の若い者にちがいないと。

あれが十一月千秋楽の二十六日。続いてすぐ、師走一日にフタをあける京都S座の顔見世興行が控えていた。その総浚《そうざら》えの「顔寄せ」がS座会館で行なわれたのが、三日後の、十一月二十九日だ。この日、東西合同顔見世興行に出演する全関係者が、一堂に顔を揃える。その席上で、最初の頭取《とうどり》の挨拶があった頃までは、崇夫を見たという者はいるのだが、何しろあまり広くもない畳敷の部屋に、会社関係の重役、大名題《おおなだい》、幹部連中などの有名所《どころ》が目白押しに顔をそろえる行事だったから、努達下層俳優は、部屋の隅に並んで立っているのがやっとだった。努はその日、ぎりぎりの新幹線で駈けつけた関係もあって、崇夫には遂に会わずじまいだった。

結局、と努は思った。あのはげしい湯音と湯けむりの奥でのけ反った咽、あれが、崇夫が自分に残した彼の最後の顔だったと。

努は眼をあげた。近くでみる巨大な送り火の火床の跡は、いつみても、徒《いたず》らに山肌をよごす赤茶けたうすぎたないただの土の陥没《かんぼつ》に過ぎず、陥没と陥没とを繋いで走る、無意味な、山肌の幾条かの線溝だった。それでも、木立隠れに、不意に姿をみせるそのきれぎれの火床の跡が、突然場所によって整然とつながり合い、一時に巨船の全貌を組み立てて眼前に立ち現われる時、確か、崇夫は急に足を停め、そう言った。

「いいな……」と。

単純な形をした船体の中央に一本の帆柱、その先端から山形に舳先《へさき》と艫《とも》を結ぶ一筋の帆綱《ほづな》、ただそれだけの、子供の落書きを想わすこの船形の象形の、その単純さを素直に「いい」と言ったのか。船が一瞬、彼に故郷の海を想い出させでもしたのだろうか。山にこのような絵を描いて、ゆったりと情緒に生きるこの都の人の心を、そんな言葉に托して言い表わしでもしたかったのか。

崇夫は、澄んだ目を高く放って、山腹に浮かぶ巨大な精霊船《しょうりょう》をみつめていた。墨を入れると一瞬に、変化《へんげ》のようにあでやかな光彩を放ちはじめる筈の、切れ長の目であった。

「オレ、女形をやめようかと思うんだ」

そして、崇夫はそう言った。

「やめるって?」

すると崇夫は、急に咽の奥で音をたてずに徐《しず》かに笑った。

「わかってるよ、今オ前サンが考えたこと。そうだろ? オレが死ぬんじゃないかって、そう思ったんだろ?」

「よしとくれよ、縁起でもない」

実際、努はその時、また崇夫のいつもの癖が始まったと気軽に考え、気にもとめはしなかった。崇夫には、妙に思いきった露悪趣味なところがあって、真顔で人を揶揄《からか》い、戸惑って相手がうろたえるのを、ニヤニヤしながら娯しむようなところがあった。

「役者は考えちゃいけないんだ。頭よりはまず体。カオちゃんの口癖じゃなかったのかい？」

「体。体か……」

と、その時崇夫は、どこか上《うわ》の空のように投げやりな口調で独りごち、そして、不意に笛の音を繰り出すような、低い凄味のある声色で、その台詞《せりふ》を口にしたのだ。

『……年端《としは》もいかねえ身の上で、よせばいいにと人様に異見《いけん》も度々云われたが、女のくせに大それた、切られ〳〵と云われるも、疵《きず》がなけりゃア引眉毛《ひきまゆげ》……総身《そうみ》の疵に色恋も、さった峠の崖っぷち……』

「カオちゃん……」

その時崇夫は目をしっかりと閉じていた。閉じていながら、努は、彼が何かを喰い入るように見つめていたと、確かに思った。少なくともあの時、崇夫は何かの苦悶《くもん》を、あの詠《うた》いあげるような女の悪態口《あくたいぐち》の台詞の中にこめたのだという気が、努にはした。しかし、それも、後から考えてみればのことであった。

「崖っぷちか……」と、崇夫は、目を閉じたままで、呟くように言った。

「気がついてるだろ。近頃のオレときたら、ざまアねえや。舞台に出るとさ、ちりけもとからゾッときて、総毛立つんだ。足がガタガタきちゃってさ……」

そんな筈はなかった。

その頃の彼の舞台は、むしろ彼の言葉とは逆で、充実しきっていた。女形の、それも真《ま》女形の本道をためらわずに歩き始めた、安定した、どこか一腰も二腰も腰の入った、むしろ何かを踏ン切って居直った感じさえする、ひたむきなものさえあった。

「驚いたな」と、確かそんな風に努は言った。

「まだ気にしてたの？　あんなこと、誰にだってあることさ。みんな見栄で、表じゃシャアシャアしてるけどさア。役者なら誰だって、一度や二度は経験してることじゃない。麻疹《はしか》みたいなもんじゃない」

麻疹みたいなものではなかったと、今になって努は思う。そして今になって思っても、もう遅いのだと再び思った。

あれは確か、何年か前の正月の若手歌舞伎が、N座に出た時だった。

幹部クラスのKの『鏡獅子』で、崇夫と努に〈胡蝶〉の二人舞が廻ってきた。元々子方《こかた》の役だったが、左右同形《シンメトリック》に速度の速い絶えず動きまわっている所作《しょさ》で、花道に引っ込んだKが、御殿女中の娘姿を荒々しい獅子の精に作り変えて、再び揚幕《あげまく》を踊り出てくるまでのかなりの時間、二人っきりで舞台をつなぐ重い役目もある役だった。努が左を向けば崇夫は右を。足を蹴れば崇夫も蹴る。歩み寄れば近づいてくる。舞いあがれば崇夫も飛ぶ。一時も気を許されない、それでいて、可憐で花やかに妍《けん》を競いあわねばならぬ、油断のならない出し物だった。

「相手がトムちゃんじゃなかったら、オレ、舞台の上で舌嚙み切って死んでたよ」

と、その折、崇夫はまだ息切れのとれない扮装のまま、楽屋口の階段で待っている若い床山《とこやま》に鬘《かつら》を脱いで渡しながら、青ざめた顔で笑って言った。

ちょうど、舞台上下《かみしも》に離れた二人が、逆回転に廻り込んで、再び舞台中央で斜交《はすかい》に腰を折って一瞬交錯しながら正面を見込む、派手な動きの頂点であった。後側から正面を逆に見込んだ崇夫の体が、いつまでたっても動き出そうとはしなくなった。振りの手順は、まだ一山も二山も先があった。二人はすぐにも離れて動き出さなければならなかった。鳴物《なりもの》は性急に先を急いでいた。「どうしたのッ」努は一度、低い鋭い声で呼びかけてみた。前側にいる努の全身は、観客に曝《さら》されている。いつまでも停っているわけにはゆかないのだ。

「どうしたのさ、カオちゃん!」努は思いきって左袂《たもと》を大きく宙に泳がせて切り、首を廻して崇夫をみた。眼の隅に、凍結したような崇夫の顔が流れ、踏んばった彼の下肢が次に見えた。甲高《こうだか》の薄桃色の足袋の甲が激しく上下に引攣《ひきつ》っている。努にも経験があった。緊張感が極度に昂じると、突然ガクンと足全体が石のように硬直し、痙攣《けいれん》が起こる。一歩も動けなくなるのだ。未熟な役者や、稽古不足の初役の際に、よくそいつはやってきた。だが怖いのは、稽古も積み、演技にも踊りにも自信がありながら、理由もなく突然にそいつがやってくる時だ。「踏むんだよ、カオちゃん!」と、努は可能な限り崇夫の傍を離れないようにして、踊り出しながら再び言った。一人舞の振りにみせて、時間を稼ぐ必要があったからだ。「さあ、その足を踏み込むんだ！」

癖付くと、それは、役者にとって恐ろしい業病《ごうびょう》にも豹変した。だが、何気なくやり過ごせば、別になんてこともない、ただ一瞬の悪夢のようなものだった。通り過ぎれば、二度と巡り合うこともない、麻疹《はしか》のようなものなのだ。

そして事実、崇夫は、そんな事があって後、めきめきと腕をあげ、ともすれば『カレッジ俳優』という、あまり有難くもない看板をひっさげてこの世界にとび込んだ、同僚の努達を置き去りにして、一人前のプロとしての実力をつけていった。

「どうしてあの時」と、崇夫は後になって努に言ったことがある。「いっそ思いきって、オレを蹴落してしまわなかったんだい？　トムちゃんにはそれが出来たのにさア。ほんのちょっとの間、オ前サンが知らん顔の半兵衛をきめこんでさ、上手《かみて》に逃げて行っちまやア、ほんとにオレはお手あげだった。明木屋《あかぎや》の舞台に、大穴をあけるとこだった。そうすりゃ、オ前サンの敵は、完全に一人消えちまったのにさ」

「冗談はよしておくれよ」

「冗談なんかであるもんか。役者の敵は役者なんだ。いつまでも学生歌舞伎じゃないんだからね」と、彼は言った。

「そりゃ最初ンちは、カレッジ俳優って物珍しさでマスコミも騒いでくれたし、法外な役も向うからやって来たさ。オレ達もさア、変な同類意識てんで団結しちゃって、お互い庇《かば》い合って、何をするにも相談しあって、何とかここまでやって来たさ。何しろ、プロの水は怖かったからな。右を見ても左を見ても、オレ達にゃわからねえことずくめだ。その上、大部屋や中二階のオネエサン連中ときた日にゃ、他人の食い扶持荒しに乗り込んで来た、まるで、強盗か掻《か》っぱらいでも見るような眼つきをしてさ。大名題《おおなだい》は雲の上。中堅所《どころ》の幹部俳優ときたら、自分の部屋子でもないオレ達に構ってやる義理はないって顔、いつもするだろ。ちょうどさア、真っ暗な太平洋のど真ン中に突き落された赤ン坊さ。オレ達は、おっかないから寄り添ったんだ。恐怖から手を取り合ったんだ。そうしなきゃオレ達、水を呑んで溺れ死ぬ前に、恐怖で狂い死んでるだろうからね。つまり、オレ達の仲間意識は、方便さ。一種の隠れ蓑《みの》なんだ。そんなもの、長続きする筈がないよ。そうだろ? いつまでも信じてちゃいけないんだよ。早くぶち壊しちまった方がいいんだ。オレもオ前サンも、プロの役者だ。プロだったらプロらしく、血みどろの殺しっこをやればいいんだ」

「お前サンがしなくたってサ」と、崇夫は言った。「オレはやるよ。オ前サンは敵なんだからね」

あの頃、すでに彼が乙丸屋に異常な執着心を燃やしていたことは事実だった。言葉とは裏腹に、優しい澄んだ眼で努をみながら「オ前サンは敵なんだ」と断定はしたが、実際は彼の目には、努などもう眼中にはなかったのだと、努は思った。

諸肌《もろはだ》を脱ぎ、白粉刷毛《おしろいはけ》で裸の上半身を塗りつぶしながら、崇夫は、突然その手をとめて、スウッと上瞼《うわまぶた》の力を抜く。催眠状態におちる前のような動かない眸《め》。楽屋マイクが、表の舞台で進行中の舞台音を流している。

『……叩かれうが踏まれうが、手にかけて殺されうが、それが怖《こお》うて間夫《まぶ》狂いがなるものかいなア……』大名題の乙丸屋の〈揚巻《あげまき》〉が、極《きわ》め付きの悪態口にかかったところだ。桜吹雪のまう、光かがやく仲之町。舞台いっぱいに見事な傾城《けいせい》連中をしたがえて、その真ン中の緋毛氈《ひもうせん》の長床几《しょうぎ》に、乙丸屋は嫣然《えんぜん》と座っている筈だ。おびただしい櫛笄《くしこうがい》で飾りたてた立兵庫《たてひょうご》の花魁《おいらん》頭。その頭を昂然と振りたてて、乙丸屋は嘲けるように毒づいている。『……深いと浅いは間夫と客、間夫がなければ女郎は闇……』そんな時、努はきまって、何か目に見えない眩《まぶ》しいモノに向かって、凝《じ》っと目をみひらいている崇夫を、厭というほど身近に生々しく感じたものだ。

「カオちゃん、時間だよ」努は、鏡の中へ白塗りの顔を突き出し、わざと崇夫の方を見ないようにして、そっけなく声をかける。「うん……」生返事を返しながら、崇夫は、それでも手だけは馴れた手際で紅筆をとり、眉を引く。その上をきわ墨《ずみ》でさしこみながら、しかし崇夫は、きまってしばらく、浅い放心状態の中にいるのだった。

「泥海《どろうみ》だなア……」

その頃、崇夫はよく歌舞伎の世界をそう言った。絢爛《けんらん》たる極彩色の華麗な王城は、いつもその深いドブ泥の曠野《こうや》の上空に現われる蜃気楼《しんきろう》だ。ドブ泥が深く腐臭《ふしゅう》にみちていればいる程、燦然《さんぜん》と耀き出す幻の城塞なのだ。アイツに、と彼はよく手を宙にあげ、突然風のようにさまよわせて言ったものだ。「触ってみたいなあ。一度でいいよナ、この手で触ったという実感が欲しいよナ……」

アイツと彼が呼んだのは、無論、歌舞伎のことである。

そうした時、ほんとうに崇夫は、蜃気楼を追う砂漠のなかの漂泊者のように、ふかい狂気を両眼の底に湛《たた》えてみせた。

そのもえるように動かない眼の奥に、そびえ立つ歌舞伎の王城と同時に、乙丸屋が二重写しに炙《あぶ》り出されて映っていることは、間違いなかった。

僕に何が出来ただろう、と努は思った。

(誰にだって、あれをとめることなど出来はしなかった筈だ……)

大学専門部卒業と同時に、揃って歌舞伎界入りした努達は、四年目には審議会の許しを得て、名題《なだい》昇進もスクラムを組んで通過した。曲りなりにも、ともかく一本立ちの「名題役者」になったのだ。

無論、若手俳優の研究会か演劇塾の勉強発表会ででもない限り、本興行で役らしい役のつくことはめったになかった。通行人、並び腰元、御殿女中、群集、いわゆるその他大ぜいの、大部屋並みの雑役がほとんどだった。時には、その役さえ無い月もあった。給料四万円。無役の月には、手取りはその半額位に減った。アルバイトに素人舞踊会の催しなどを頭をさげて探し廻り、下手くそな子供の手引役を買って出たりして、日雇い仕事もしなければならなかった。隠れてバアの俄かホストにも出た。身を入れて勉強したいと思ったら、会社があてがってくれる演劇塾の修行などではおっつかない。幾らか補助費は出るにしても、稽古事はほとんど自己負担だ。習わなくては力はつかない。力をつけなくては、役者としての将来は無だ。それには金がいる。金を作ろうとすれば、本職の方が留守になる。その金もほとんどは、食べて生きて行くだけの生活維持に消えていった。ドロ沼の悪循環だった。

時には、体を売りたいとさえ真剣に思いつめたことも、一度や二度ではない。事実、或る時期、努は夢の中で、絶え間なく体を売る自分をまざまざと目撃した。その夢は、日中でも突然幻像のように現われた。街の中を歩いていて、不意に目先で通り魔のようによみがえるのだ。

しかし内情はどうであれ、ともかく名題役者と言えば、役者の世界で一人立ち出来る、いわば通行手形を獲得したも同然の、完全な独立俳優である。俳優名鑑にも大名題と同じ大きさで名前が載り、劇場の表に高々と掲げられる招きの看板にも、勘亭《かんてい》流の墨筆で堂々と名前は張り出された。つまり、ともかく独立という見栄だけは、立派に張れたのである。

しかし崇夫は、間もなく、その見栄を惜しげもなく放棄して、一人、努達カレッジ俳優の仲間から抜け、明木屋の部屋子に入った。つまり、古い昔ながらの徒弟組織の中へ、自分から身を投じて行ったのだ。

そう言えば、と努は思った。崇夫と洛北のこの道をのぼったのは、ちょうどあの頃ではなかったか。

事の起こりはやはり、確か、乙丸屋に関係した事だった。

乙丸屋が『将門《まさかど》』を出し、〈滝夜叉姫《たきやしやひめ》〉を演じていた時だ。当代女形の最高位にあるこの役者の〈滝夜叉〉は、持役の中でも折紙付きの出し物の一つで、夜の部の二番目演目に組まれていた。物《もの》の怪《け》、変化《へんげ》物に無類の実力を持つこの人の舞台には、仕組まれた緻密《ちみつ》な計算と、天性の才能が常に裏側に用意されているとはいえ、手の一捌《ひとさば》き、眼の一閃で、観衆を忽《たちま》ちおどろおどろしい妖気の世界へ引きずり込む、魔力があった。

歌舞伎は、伝承芸能である。

まず何よりも先に、大前提として、昔ながらの古い〈型〉というものがある。この古い〈型〉に、息を吹き込み、鼓動を起こさせ、精気をあたえて甦らせるのが、役者の仕事だ。死体を生体に変える――そういう意味では、歌舞伎役者は、中世の妖術使いによく似ている。一種の神通力が必要なのだ。

神通力の強弱によって、優れた妖術師か、そうでないかが決まったように、役者の価値も、この一見ばかばかしい、非現実的な、反科学的な力があるかないかで、実は確実に決まるのだ。〈型〉は、技術を修得しさえすれば、正確に再現出来る。だが、生きかえりはしないのだ。どんなに優れた医者も、一度ホルマリン液の水槽につかった死体を、生きかえらせることは不可能だ。歌舞伎の場合、〈型〉は、ちょうど、この死体保存室の水槽の中に浮かんでいる、死体そのものと考えてよい。魔界に通じた妖術師でない限り、どんな名医どんな科学者の手にかかっても、〈型〉は、いつまでたっても〈型〉だけで、ただゴロンとぶざまに舞台の上に横たわり、醜悪な腐臭にみちた姿をさらすだけである。

そうした意味で、歌舞伎は、〈魔〉の世界である。

妖しい精神が翼をひろげ、幅をきかせて、とびかう世界だ。強い魔力をもつ妖術師だけが、この世界で、魔の歌舞伎をその手の中におさめることが出来る。そして、観衆は、その妖術師の手にかかって、古い死体も同然の〈型〉の一つ一つが、見るまに息を吹き返していく光景に、感動し、酔い痴《し》れるのだ。

乙丸屋は、現在数える程しかいない、そうした神通力をもった役者の一人だった。

崇夫が乙丸屋に執着したのも、こうした理由からであるに違いなかった。乙丸屋だけに見えていて、他の者には決してみえない、歌舞伎の魔の世界がある。崇夫に言わせれば、魔は、乙丸屋だけに姿を現わし、乙丸屋以外の誰も、それを垣間《かいま》見ることさえ出来ないのだ。山陰の小さな漁村の延縄《はえなわ》漁師の伜《せがれ》として生まれた高校生が、修学旅行の折、物珍しさで入った歌舞伎座の立見席で、突然心魅せられたのも、当時はまだ漠然とした自覚ではあったが、この見えない魔に心奪われたのだということが出来る。その時も、摺鉢《すりばち》の底のような遥か眼下の舞台で、乙丸屋が踊っていた。……魔に憑かれて、魔を追って、崇夫は、歌舞伎界にとび込んだようなものであった。

乙丸屋の〈滝夜叉〉には、殊に、そうした崇夫の神経を強く刺戟する何かがあった。

専門家の世界では、時として或る瞬間、その仕事の手の内が、同業者には透けてみえることがある。乙丸屋だけが知っている、歌舞伎の魔の正体。その魔が、或いはもしかして片鱗《へんりん》を現わすのではないか。

〈滝夜叉〉には、そうした期待と誘惑心を強く呼び起こす、崇夫にとって、胸の躍るような要素があった。自由自在に歌舞伎をあやつり、事もなげに手玉にとって、あの絢爛たる舞台を繰りひろげてみせる乙丸屋の、何かの秘密——。或いはそれが……、と崇夫は思ったにちがいない。

武家娘である〈滝夜叉姫〉は、役の中でも傾城姿《けいせい》で登場し、妖術を使う。妖怪である。妖術師乙丸屋が妖怪を演じる——その二重性の部分に、或いは崇夫は、乙丸屋の手の内を嗅ぎ出そうと狙ったのかもしれない。殊に、〈滝夜叉〉が舞台に登場する一瞬、その出《で》の妖気は、この役者の位の高さを決定する、重要な鬼気ただよう見所であった。

そして、乙丸屋は、めったにこの出し物を出さなかったのだ。

……その興行があった月、崇夫が部屋子入りした師匠の明木屋は、ちょうど、夜の部の三番目、つまり『将門』の、すぐ後の出し物に出演していた。

師匠が重い役などで出演している時の部屋子は、忙しい。精神的にも肉体的にも、つきっきりで身の廻りの世話をやかねばならない。〈滝夜叉〉が舞台に現われる頃が、ちょうど明木屋の楽屋は戦場だった。

「ほんならなにか、お前は、わたしの舞台はどうでもええ、乙丸屋の舞台の方が大事やと言うんやな?」

「そんな事は言ってません。ただあの時間、ほんの四、五分でいいんです。〈滝夜叉〉の出だけでも見たいんです」

「それはわたしに頼んでるのか? それとも、何が何でもそうするいう、お前の自己承諾か?」

「お願いしてるんです」

「ほんなら何で泥棒猫みたいに、コソコソ人の目を盗むのえ？　初日からもう六日やで。六日もわたしは目をつぶってるのえ。一体どないな了見なんや。そら、お前が、乙丸屋の舞台を見て勉強しようという心掛けは立派や。けどお前は一体何え？」

「役者です」

「役者はわかったるがな。その前に何やと言うとるのや。せんならんことはないかと言うてんのや」

「ですから……ほんの四、五分間です。師匠のお側《そば》は、仙之助さんにも一太郎さんにもよくお願いして、了解は……」

「ええ加減にしイ！　お前が役者なら、仙之助も一太郎も同じ役者え。それも、兄弟子え。その兄弟子が汗水たらして、天手古《てんてこ》舞うてるいう最中に、ようシャアシャアと役者面《づら》が出来るなあ」

この世界では、芸は、原則として教えるものではなく、見て覚えるというタテマエがある。御曹子《おんぞうし》か、特別な姻戚《いんせき》関係でもない限り、有名な大名題が、手取り足取り指導して教えてくれるということは、まず皆無だ。だから、崇夫達のような門閥《もんばつ》も背景もない若い役者が、本物の芸を身につけて行くということは、並みの苦労ではない。結局、崇夫のように弟子入りして師匠の背景を頼むか、或いは、寸暇《すんか》を惜しんで、先輩達の舞台をみるか以外に、手はないのだ。

だが、かりに本人にその意志があったとしても、それを許さない周囲の事情が、また山程あるのだった。

「そやったら、何でわたしの部屋子になんか入って来た。元のカレッジさんにいつでもお戻り。古いもんの本当のよさは、古い組織の中に身を置いて初めてわかる、自分は一から出直したい言うさかい、わたしも気持よう引受けたんえ。あれはみんな、てんごうか」

「………」

「ええか、よう覚えとき。部屋子は部屋子の勤めを果す、これがまず第一の勉強や。その上でやったら、そら何をしようと、それはお前の心掛け次第。ええな」

しかし、千秋楽の日、崇夫は、再び禁を破った。

奈落《ならく》を走り抜け、狭い曲りくねった階段を一気に駈けのぼると、そこは揚幕《あげまく》の裏側だ。微かな幕の隙間から、息をつめた観客の後頭が逆光の中にみえる。ドロドロ、ドロドロ……と、低い地唸《じうな》りのような変化《へんげ》の鳴物が舞台を揺すり、照明の落ちた薄暗い館内で、花道は七三の部分にだけ、青白いスポットが当てられている。すでに、妖気の前ぶれを告げる和傘が一本、スッポンの切穴《きりあな》の上に開いている。スッポンと称《よ》ばれる、落し穴のように花道の床を切り落して出来た、暗黒の床下から、花魁《おいらん》姿に薄墨色の透かしの蛇ノ目傘をふりかざした〈滝夜叉姫〉が、目を半眼に、睡るでもなく醒めるでもなく、凝《じ》っと中空に、燃やしながら、ゆっくりとセリ上ってくるところだった。

　その日、崇夫は明木屋をとび出した。

　しかし、明木屋は明木屋で、言うなれば会社直属の形で、初手から会社が面倒をみて一本立ちにした名題役者を、身柄預りの赦しを得て部屋子に引き取った手前、そう簡単に放り出すわけにはいかなかった。

　それに、とかく部屋子の数や質を誇って、見栄を競い合ったりするこの世界では、崇夫の美貌と才気は明木屋にとっても何かと重宝《ちようほう》で、本音のところ、「明木屋は、カレッジ俳優一人もてあまして、よう面倒も見きれなかった」という仲間内や周囲への思惑なども手伝い、結局、崇夫が詫びを入れるならという形で、この話は元の鞘《さや》におさまったのだ。

　そんな事情もあるにはあったが、しかし、やはりあの日、この洛北の寺へのぼる山道で彼の吐いた言葉の一つ一つが、よく考えれば腑《ふ》に落ちず、不可解で、気になることずくめであった。

「オレ、女形をやめようかと思うんだ」

　この言葉だけは、崇夫が決して口にする筈のない言葉だった。考えてみれば、後にも先にも、あの時以外に彼がそれを言った記憶はない。何故この事の異常さに気がつかなかったのか。

　女形だけが、あの歌舞伎の魔の中心に近づけるんだ。オレはこの眼で、それが見たいんだ。

あの光の中心に、あのまばゆいものの真ン中に、何があるのか、どうしても知りたいんだ——崇夫は、それを知ることのためにだけ、それを見ることのためにだけ、生きていたような男ではなかったか。

やっぱりあの時、と、努はやりきれない後悔にさいなまれながら、思った。何かが、すでにあの日から、彼の中で始まっていたのだ。

役者の私生活での屈託《くつたく》や人間的な荒廃《こうはい》は、すぐ舞台の上に現われるというのは、嘘である。崇夫は、それを完全に隠しきった。隠しきって、そして消えた。いなくなった。全く不意に、或る日突然、消息を絶った。女形を捨てたのだ、と、努は、むしろ忿《いか》りに近い感情に襲われながら考えた。何に向かった忿りなのか、それがわからない腹立たしさがそこにはあった。

道は急に上り坂となり、獣林寺の古い檜皮葺《ひわだぶ》きの山門が見え、そのうえの北の空の上方には、冬枯れの山腹に、あの時と同じ火のない巨大な精霊船があった。

何故ともなしに、その時突然、努はそう思った。洛北は夜。いま、暗黒の闇の底に突き落され、あの船はぼうぼうと燃えあがっているのだと。

すると、現実にも、精霊船は光を発し、一瞬白昼夢のように動き出して、努の方へ近づいてくるようであった。

## 3

獣林寺は、山椿や、椎《しい》、欅《けやき》の古木におおわれた、腐った野蔦《のづた》のからむ山門を潜ってからの、参道と、それに続く乱積《みだれづ》みの石段が長い。冥《くら》い崖と、竹林の底を這うような迂路《うろ》が続く。白壁に縦横の支柱を埋め込んだ庫裏《くり》の手前に、築地《ついじ》と本堂に続いた山寺らしい玄関があり、古い根太《だ》の弛《ゆる》んでいそうな畳敷に、形ばかりの拝観受付所が造られている。

「御署名をお願いします」

と、若い、地味なセーター姿の女の子が大学ノートを差し出した。

一行前の拝観者欄には、「西木屋町蛸薬師《たこやくし》上ル・竹島西江」とあった。努は、一べつしてその隣に「竹島秀江」と並べて記帳した。竹島《たけしま》姓は、会社がくれたカレッジ俳優共通名である。『東之助《とうのすけ》』の崇夫、努の『秀江《しゅうこう》』、それに安夫の『西江《にしえ》』、この三人が、カレッジ俳優の三羽烏などと言われて轡《くつわ》を並べて来たのだが、三年前、突然何を思ってか、西江はあっさりと役者を廃業し、京都の木屋町筋に小さなスナックを開店した。

「あたしゃねエ、もう愛想もクソもつき果てたのさ。歌舞伎ってのは、もちったあ眼の見える人間がいたって、いいんじゃあないの？　デクでもダイコンでもとは言いやしないけどさ。御曹子、御曹子の、天下様でしょう。下を育ててこそ上があるんだ。素質を素質と認めてこそ進歩があるんだ。幾ら努力したってさア、幾ら腕を磨いたってさア、あたし達の行きつく先は決まってる。後から後から金魚のフンみたいに御曹子は湧いてくらアね。そうじゃないかい？あたし達ア、永久にサシミのツマさ。そりゃあたし達だってさア、心掛け次第、腕次第じゃ、将来の歌舞伎を背負って立てるんだって見通しさえありゃあさァ、好きでこの道に入ったんだ。泣き言なんか言うもんか。地獄の谷だって針の山だって、体を張って立派に渡ってみせらアね。石に齧《かじ》りついたって辛抱《しんぼう》するさ。でももう真っ平。老いさらばえて、入歯をフガフガさせながらさア、ヤア先代の誰ソレはこうしたのああしたのって、楽屋裏の生字引《いきじびき》とか何とか言われてさ、溜飲《りゅういん》をさげるのがトドのツマリ、関ノ山じゃないか。門閥《もんばつ》、肩書き、アアもう結構。考えただけでもヘドが出るよ。あたしの方で捨てたんだ。歌舞伎を見限ってやったんだ」

西江はいつも、会うと必ず口を極めて歌舞伎を罵り、言いたい放題毒づいたが、努にはかえって逆に、それが、彼が歌舞伎をいつまでも捨てきれないでいる反証のような気がしていた。

その西江は、渋い浅黄《あさぎ》色の紬《つむぎ》の着流しに同色の短い羽織を端正に着て、本堂の南端の広縁のはしに足を揃えて投げ出し、前庭の白砂の庭をぼんやりと眺めていた。一月半ばを過ぎ、正月の人足《ひとあし》も一段落した時期のせいか、最近話題を投げた問題の寺にしては、その時間、獣林寺は不思議に人は無く、若い写真家風の青年が一人、庭に向かって黙々とカメラのシャッターをきっているだけだった。

「待った?」

努は、暫くと言いながら、西江の隣に並んで坐った。

「お抹茶頼んで来たよ」

「ああ、おおきに。あたしも先に一服やったワ。ここ、いいお菓子出すね。梅の味がしてさ。山寺の感じ出てる。梅餅ってのかな」

「初めて? ここ」

「そうや。貧乏ヒマ無し。とにかく風流に山寺なんか歩いてたら、おまんまの食いあげやわよ」

「そうだろうね」

「そんなもんえ。地元にいてたらいつでも廻れるいう気があるやろ。結局、京都の事は何にも知らへん。そいでどんどん月日がたっちゃう。楽やないわ、この商売も」

「繁盛してるっていうじゃない。立田屋が言ってたよ。あの子はいい時に身を退《ひ》いた。あっちの方が向いてるよって。それにさ、板についたじゃない、京言葉」

「そりゃまたえらいご挨拶やね。けどほんまえ。稼いで稼いで稼ぎまくってやってるえ。名を捨てて実をとるやわ。暮れの顔見世《かおみせ》にもみなさん仰山《ぎようさん》来てくれはったわ」

「ごめんよ。顔出すつもりだったんだけど」

「わかってるわかってる。カオちゃんの事で手いっぱいやったんやろ」

「うん。何しろ突然だっただろ。何が何だかさっぱり見当もつかないのさ」

「そうやてね。顔見世にもええ役ついてた言うやないのん。〈戻駕《もどりかご》〉の禿《かむろ》やて？」

「うん。夜のキリでさ」

「豪華やないのん。そやけど、一体どないしたちゅうねん。大部屋のご連中が言うてたけど、顔寄せの席上で姿消したんやて？　また、明木屋とやったんか？」

「それがさっぱりわからないのさ。禿が来たって張り切ってた矢先だったからね」

「ほんまにけったいな話やなあ」

西江は、女の子の運んで来た薄朱色の餅菓子を、長い指で鮮やかに裂き、口の中へ放りこんで、一息に茶を飲みほした。

「結論から言わしてもらうワ」

と、懐紙《かいし》で口の隅をおさえながら、改まった口調で西江は言った。

「あたしは、あんたの説はいただかない。そりゃ思い付きとしたら面白い話やと思うけど、でもちょっと突飛すぎるのと違うか？」

「新聞読んでくれた？」

「はあ読んだ。あの電話の後であんた、押入れの中ひっくり返して、バッチリ読んだえ。問題の血の中に紅《べに》が混じってた言うんやろ？」

「正確には、紅色の顔料ってあったんだよね」

「紅は、女形だけの専売特許やあらへんで」

「カオちゃんも、A型なんだ」

「あたしかて、A型え」

「三、四年前だけど、一緒にここへ来たことがあるんだ。カオちゃんと」

「あの女の子にきいてご覧。去年だけでも、五、六千人はきてるて言うたえ」

「顔見世の顔寄せが、十一月の二十九日だったから、一ヵ月以内という時期も符牒《ふちょう》が合うしね……、心当りはみんな当ったけど、故郷《くに》の方へ帰ってないんだ」

西江は、西陣の布織《ぬのおり》の手提《てさ》げの中から、金と赤のポールモールの箱をとり出し、器用な手つきでライターの火をつけた。

一瞬、禅寺の庭に、外国煙草の匂いがたちこめた。

「見てきたんやろ？　あんたも」

と、そして西江は言った。

「去年の拝観者名簿」

「うん」

「たいてい記帳してもろうてるて言うてたえ。それにあの人の字、特徴あるさかい、偽名使うてたかて、わかると思うけどなあ」

「うん……」

「ほら、あそこえ」

と、その時、西江は不意に後へ片肘《かたひじ》をつき、仰むくように上体を倒してぞんざいに頭上を指さした。

「あの牡丹の花みたいなのが、そうやてよ」

努はやはり、その瞬間、うろたえた。見なくてもわかっていた。自分達の頭の上に、それがあるということは、承知していた。出来れば目をつぶりたかった。だが、努はそうしなかった。そして瞬間、ほんの短い一瞬だったが、かわりに西江を恨んだ。理不尽な感情であった。

その血が、崇夫のものであるという証拠はない。証拠はないが、何故か今は、それが崇夫の血でなくてはならないような気が、逆にした。心のどこかで、それを確信している自分がいた。この寺の門を入った時、それはまだ根拠のうすい、いわば努だけの妄想に近かった。西江をこの寺に呼んだのも、実はその妄想をこっぱみじんに打ち砕いて欲しい、西江ならそれをやってくれるかもしれない、そんな期待があったからだ。だから束の間にせよ、彼を恨むのは筋違いであった。だが、その筋違いの感情の中に、むしろ崇夫の血をそこに期待している自分を逆にまざまざとみて、努はふかく動転した。

「あんたねエ」

と、西江はひどく事務的な声で言った。

「いくらカオちゃんが、この山寺へのぼって来た時にやで、女形やめようかと思うって言うたからってねエ、それはもう昔の事でしょ。その時はその時で、何かの事情があったんよ。現にあの人、やめるどころか大波に乗って、快調に売り出してたやないのん。そりゃ、明木屋の引きもあったやろ。けど、確かにあの人、一皮脱いで大きゅうなってたわよ。苦労は承知でさア、明木屋の部屋子に入って、何とかこの世界で背景を持とうとしたあの人の作戦も、図に当ってたわよ。それをさア、今カオちゃんがいなくなったからって、すぐあの血に結びつけるやなんて、あたしはどうかと思うえ。見とおみ。あの血がそうえ。あんた、そんな実感が湧いてくるか?」

時がたって変色したのか、拭《ぬぐ》い去られた後だったのか、西江の言うように、牡丹の花か柘榴《ざくろ》の裂口を想わす冥《くら》いしみが、うすぼんやりと高い天井の板の表に浮き出していた。血の色はもう、周囲の古い人血とほとんど見わけがつかず、血天井の血の海に呑みこまれ、すでに遠い過去の血となじみ始めてさえいるように見えた。

西江の言う通りだ。あの血が、崇夫のものである筈がない。そんなばかげた空想が、現実に起こる筈はないのだと、努は思った。思いながら、やはり一方では、決してそれを信じてはいないさめた自分が、同時にそこにいるのを努は感じた。この自分は何だろうかと、不意に思った。そして、つきつめていけば、その先にふと恐ろしいものが顔を出しそうな、そんな予感に身ぶるいした。努は、慌《あわ》てて血天井から目をはなした。だが、天井のしみは、はっきりと眼の底に残って、ついて来た。

眼の底で、しみは、鮮紅色をとり戻していた。そのあざやかな血色の奥に、もう一つの映像が動いていた。二つのからみあった若い男の裸像であった。二つの裸体は、緊密に動いていた。努は、のぞき仕掛けをみるように、その残像を息をつめて眼の底に見た。

少し陽が翳《かげ》り、白砂の庭に厚い暗みが忍び込んで来た。

努は頭を振って、その残像をはらい落そうとした。

だが、網膜の裏にやきついた血は、更にあざやかな赤味を増し、相変らずその底で二つの裸像は動いていた。眼を閉じても開いても、それは消えては行かなかった。

「そう言ったんだよ、ここで、カオちゃん」

と、努は、その眼の裏の、血の海の波間に溺れる、花びらのような残像に眼をとめながら、低く言った。

「この血天井の血の中に、女の流した血があるだろうか……って」

「え？」

と、西江は、大きく首をまわして、努の方を振り返った。

4

崇夫が何故その事に熱中したのか、努にはおおよその見当はついていた。

崇夫がその事を始めたのは、彼と獣林寺にのぼる一年ばかり前の頃からだったと思う。崇夫は或る日突然、乙丸屋の愛人だと言われる幾人かの人間達に、猛烈な興味を示し始めた。無論、それはあくまでも噂の相手である。

乙丸屋は、特にこの方面には慎重な人で、人柄のせいもあったが、彼の周辺からその種のスキャンダラスな艶聞とか、噂の種を探し出すことは、実際問題としてはまず不可能な事柄だった。この面でも乙丸屋は確実に雲の上の人だった。しかし、世間というのは妙なもので、手の届かない存在であればある程、いい加減な臆測《おくそく》や興味半分に、いろいろと好奇の眼で勝手な噂をふりまく連中がいるものだ。そういう意味の無責任な陰の噂は、乙丸屋にも幾つかあった。

乙丸屋はまだ五十前だ。華やかなフットライトを浴びるスター役者であってみれば、考え様によれば、そんな噂の一つや二つあったところで少しもおかしくはない筈であった。崇夫は、その陰の噂に、或る的をしぼって食いついたのだ。しかも、崇夫が興味を示したのは、その中でも特に男の相手だけに限られていた。

無論、崇夫自身にも、それが信用のおけないただの噂の相手だということは、よくわかっていた筈だ。わかった上で、その事に熱中する彼を、努は時々、しんから恐ろしいと思うことがあった。

「一体どういうつもりなの？　噂にしたってさ、いずれは乙丸屋の耳に入るよ。あの人に睨《にら》まれたら、この世界じゃおしまいだよ」

だが崇夫は、いつもただ曖昧《あいまい》に笑って、とりあおうとはしなかった。

たとえ噂であるにしろ、何もしないでじっとしていることは崇夫には出来なかったのだ。乙丸屋の魔の秘密をつきとめるためになら、彼はどんな事でもした筈だ。怪しげな、とるに足らない噂の情事に彼が狙いを定めたのも、それが自分に出来る、残された唯一の手段だと彼が信じたからであるに違いない。悲しい自覚だ。ばかげた思いつきだ。愚行だと、努は思った。しかし、とめるすべがなかった。捨て身の崇夫がそこにはいた。行きつく所まで来たと、努は毎日が眼を瞑《つむ》りたい思いにかりたてられる日々だった。どぶに浮かんだ浮き藁をつかむに似た、どたん場の人間の或る凄まじい身のあがきを、努はみていた。むなしい凄まじさであった。修羅だと思った。

だが、崇夫は、底の知れない、摑みどころのない、しかしいつも猛然と炎《も》えている眼をその内に秘めて、容赦なくそれらの男達に近づいて行った。

泥海は歌舞伎なのか。泥海は崇夫なのか。そんな時、努はしばしばそう考えた。この世から、歌舞伎が消えてなくなるか、乙丸屋が死んでいなくなるかしない限り、彼のあの眼の光を消すことは出来ないのだと……。


努が三度目に獣林寺にのぼったのは、躑躅《つつじ》の季節が終り、七月も半ばにさしかかって、京都の街は、最大の年中行事祇園祭の時期を迎えていた。鉾《ほこ》たても神輿《みこし》洗いもすでに済み、十七日のクライマックス山鉾巡行《やまぼこじゆんこう》を前に、炎暑の市内は祭気分でわきたっていた。

突然、西江から電話で呼び出されたのだ。

「あんた、何てことをしてくれるのえ!」

と、西江は努をみるなりいきなり言った。

「あんたは今が大事な時え。大事な体え。あたしもあかん、カオちゃんもあかん、残ってるのはあんた只一人やないか! あんた一人に、あたしら、望みをかけとんのえ。せいだいあんたに働いてもろて、名門やのうても、門閥がのうても、ここまで出来るんや、さあどうやと、目に物みせて欲しいと思うてるのえ。それを何え！」

「まあ落着いて。一体僕が何をしたっていうの」

「白ばくれる気か？　あたしの耳は地獄耳え」

「だからさア……」

「あんた」

と、西江はかぶせるように、努を正視していった。

「乙丸屋の部屋の若いもんと、出来てるて言うやないか！」

努は、瞬間、まじまじと西江の顔をみた。やっぱりその事だったのかと、そして思った。

「それも、乙丸屋の秘蔵っ子やて言うやないか！」

「何だ、そんな事か。どうせまたヤキモチ半分、いい調子で大部屋雀《さえず》が囀ったんだろ」

「それが大変やないか。それが一番怖いんやないか。あんた程かしこい人が、何でそんな事がわからんの！　何でそんな阿呆な事せんならんの！　カオちゃんには悪いけど、あの人は手が切れすぎた。何をするにも鮮やかすぎた。激しゅうとことんまで行きすぎた。それだけに敵も仰山いてたやろ。けど、あんたは違う。辛抱もするし、四方八方よう見通して、先の先まで考えてまっとうに行ける人やと思うてたのに、まあ何てばかげたことしてんのや！」

西江は、黒の絽《ろ》に白献上《けんじょう》をしめ、上に紗《しゃ》を羽織っていた。

努の手をつかむなり、観光客の間をすりぬけて、本堂広縁の角柱の下まで引っ張ってゆき、

「さあ、聞こうやないか」

と、昂奮気味につめよって言った。

ちょうど努の左背後の上方あたりに、例の血のしみはある筈だった。七、八人、物見高い観光客がその下に一団となり、血天井を見あげていた。

「あんたの事や、何ぞわけがあるんやろ」

「………」

わけはあった。乙丸屋の秘蔵っ子といわれる若い役者に近づいて行ったのは、自分の方からである。考えようによっては、これは自分の役者としての命とりにもなりかねない、危険な賭けであった。だが、もう行動は起こしてしまった。後には退《ひ》けないのだ。

努は蟬の声を聴いていた。粗暴な蟬であった。暑い熱気の膜のように、それは山寺の伽藍《がらん》を包みこんでいた。努には、それが、蛇口からあふれ出るはげしい湯音のように聞こえた。

「やっぱりそうか」

と、その時、重い声で西江は言った。

「カオちゃんのことなんやな」

油照りの光線に曝《さら》されて、白砂の庭は、ちょうど足元から炙《あぶ》りあげられるように暑かった。

「あんた……体張ったんやな」

西江は、いっ時、真剣に努を直視し、やがて低い声でそう言った。

反射光線がまぶしかった。

仕方がなかったんだと、努は思った。崇夫に何が起こったのか、それをつきとめようとすれば、この方法しかない。崇夫がやったと同じ事を、自分でやってみるしかない。自信はないが、崇夫と同じ人間になって、いや出来ることなら崇夫自身になって、彼がしたと同じように自分もそれをやってみるしかない。

自分に出来る事は、それしかなかったんだと、努は思った。

「あたしがおるやないの！」

と、その時、唐突に西江の激しい声が言った。

「事情はようわからへんけど、あんたに出来ることやったら、あたしにかて出来るかもしれへんやないの。何であたしを使わんのえ！　あたしはもう外の人間え。何をしたかて、誰に気兼ねも遠慮もない自由な体え。誰を怖れることもいらん人間え。何でもするえ。何でひと言、声かけてくれへんのん。相談する気に何でなってくれへんかったの！」

努は、奇妙な感動にゆさぶられていた。これは浪花節だ、と自分で思った。思いながら、その眼の裏が火のように熱くなってくるのに、辛うじて耐えようとした。

「……うすうすは察しはついてたのや。正月に此処へ来た時、これを言おうか言うまいかと、迷うてたのや。あんたが何かしそうな気はしてたのや。けどまさか、乙丸屋を敵に廻わすやなんて……それはあんた、大歌舞伎を敵に廻わすと言うことえ」

「違うんだよ。乙丸屋に恨みなんかありゃしないんだ。そんなことじゃないんだよ……」

「けどあんたのしてることは、そういうことになるやないの！」

その通りだと努は思った。無論、乙丸屋は自分達には敵などと呼べる相手ではない。歌舞伎に入って十年、まだ口さえもきくことの出来ない存在なのだ。自分達のような下っ端役者が束になってかかっていっても、ビクともする相手ではない。かかっていけば、それは自滅だ。それはよくわかっていた。だが、と努はむしろ強く自分に言いきかせるように、再び思った。それしか自分のとる道はない。これでいいのだ、と。

「歌舞伎は憎い」

と、その時、西江は吐き捨てるような口調で言った。

「あたしかて、口ではてんごう言うてたかて、恨みつらみは山程あるえ。歌舞伎は憎い。八つ裂きにしたかて、まだ足らん程憎いのえ。憎いけどなあ……チョーンと木の音をきいたりすると……この体が、今でも芯の方からふるえてくる……いてもたってもおられへんようになってくるのや。歌舞伎は魔物や。やめたらあかん。やめたら負けや。人間、ボロボロになってしもうてる。憎うても、恨めしゅうても、口惜しゅうても、あの咽首《のどくび》にしがみついてなあかへんのや」

遮《さえぎ》るものがない砂の庭は、その時、しきりに白光をふきあげているように思われた。西江の顔の上で、その見えない火影の切っ先が、暴れまわっているのを努はみた。

「おおきに……」

と、努は嗄《しや》がれた声で、無意識に京訛《なま》りの言葉を口の中で言った。

眼の裏の濡れた空間に、鮮紅色のしみが生まれた。牡丹の花のようなしみであった。鮮やかな生々しい濡れた花弁が、はっきりとその時努にはみえた。

(けど、やるより他に仕方がない)

努は、再びそう考えた。

5

八月興行の「顔寄せ」は、東京本社の会議室で行われた。

八月は興行会社の厄月《やくづき》である。観客の入りが悪い。大名題の中には、例年休暇をとって東京を留守にする人も多かった。

だが、乙丸屋は、昼の部のキリに書き下しの新作一本きりという条件で、居残っていた。人材不足の夏興行に、大名題の乙丸屋が一役きりというのは、興行会社にとってはいかにも手痛かったが、それだけに、乙丸屋がこの新作に意欲を燃やしていたと言う事が出来る。

努は、その新作の台本を大阪K座の楽屋で受け取った。江戸中期の外様《とざま》藩の奥向きを扱ったもので、藩歴代の女系の怨霊《おんりよう》が棲みついている天守閣を舞台にした作品であった。怨霊の世界にまで持ちこまれた、女同志の凄まじい争いがテーマになっていた。

短い台詞が三つしかない役だったが、努は台本を手にした時、眩暈《めまい》のようなものを覚えた。天守閣に棲むおびただしい怨霊達の内の一人で、役としては無論その他大ぜいの部類に入るのだが、一個所、重要なシーンで乙丸屋と立ち廻る場があった。端役《はやく》にしろ、乙丸屋の縁筋でも部屋子でもない努に、こんな役がまわってくることは考えられない事だった。普通、大名題の身辺は、その役者の息のかかったもので配役も固められるのが、この社会の常識である。台詞無しで、ただ傍に坐っているような役でさえそうなのだ。まして、今度のように、直接乙丸屋と搦《から》む役など、考えもつかぬことであった。

天守閣の女主人である怨霊の乙丸屋は、手に短剣を握っている。やにわに乙丸屋はそれを女達の真ン中に投げつける。「さあ突け」と乙丸屋は言う。誰もその短剣を拾うものはない。「何故突かぬ」と再び乙丸屋は言う。竦《すく》みあがった大ぜいの中に一人、ふるえる手でそれを拾い上げる女がいる。「さあ突いて来い。容赦はいらぬぞ」乙丸屋は裾を蹴って立ち上る。女は両手でしっかりと短剣を胸に構え、目をつぶって突いて出る。しかし、乙丸屋は苦もなくそれを払い落し、哄笑《こうしょう》する――ただそれだけの役であった。

しかし努は、しばらくの間、手足の震えがとまらない昂奮状態の中にいた。

いずれ何かが起こらねばならぬと思ってはいた。だがこんな形でそれがやってくるとは思いもかけなかった。かりに努の行動が乙丸屋の耳に入り、彼の勘気《かんき》に触れたとしても、乙丸屋はただ黙殺すればそれで済むのだ。また、そうするに違いないと努は考えていた。黙殺して、裏で努を抹殺《まっさつ》することなどわけはないのだ。役がまわってこなければ、役者は死ぬ。それで報復は充分だった。

だが、乙丸屋は、そうしなかった。何故か。

努が、乙丸屋に底知れない恐怖を覚えたのは、この点である。

乙丸屋は、役をつけた。つまり、努をまともに相手にしたのである。しかも、努にとっては決定的な役柄で。……つまらない姑息な真似はするな、用があれば堂々とぶっつかってこいという謎か。努はまたこうも考えた。お前のやっていることは全くナンセンスだ、笑止の沙汰《さた》だ。そういう含みか。逆にまた、お前など物の数ではないのだ、舞台の上で一ひねりに息の根をとめてやる、という何かの企みが腹にあるのか……。

いずれにせよ、あの乙丸屋が現実に動き出したという事だけは、確実であった。そして、その事こそが、また何よりも底の知れない恐ろしい事態に、努には思えたのだった。自分は試されている、と努は思った。

稽古は、すでに七月中旬からその月の興行と並行して始められていた。七月は大阪に出ていた努は、本読みに一度上京しただけで、努の出場《でば》の本格的な稽古日程は、八月興行「顔寄せ」当日の午後からと指定されていた。

京都の西江から電話があったのは、努がちょうど上京する日の前日であった。

西江の声は妙に生彩がなく、歯切れが悪かった。

「トムちゃんか」

と、西江は言った。

「あんたに会いたいて人が、いま店に来てはるんやけど……」

「誰？」

「それが名前を言わはらへんのえ。どっかで見た顔やと思うのやけど……」

「どんな人？」

「苦みばしったええ男え。背丈は、そやな、七十八はあるな。どっちかと言えばスポーツマンタイプやけど、品がようて、ハンナリしたところもあって、口数の少ない人。齢は、三十七、八やな。それがな、カオちゃんのこと聞かはるのえ。まだあの事知ってないらしいのえ。あたしもどない言うてええのかわからへんし……以前にカオちゃんと来たことがあるのやて……あたしは覚えてエへんのよ。ほしたらな、あんたの話が出て、是非会いたい言わはって……何やしらん半年ほど外国へ留学してたのやて。どやのん? 心当りあるか? 感じのええ人え……」

努はしばらく、意味もなく息を殺して受話器の握りを眺めていた。脂汗がきりもなく掌の中に湧いた。蜂の巣のような送話口の空気穴が、いっせいに羽唸りをあげて襲いかかってくるような気が努にはした。来る時が来たんだと努は思った。崇夫がやったと同じ事を自分もやるんだと決めた時から、この日がくるのはわかっていた。崇夫がやったと同じ事を、努はまだ全てやり終ってはいなかった。肝心な男が一人だけ最後に残っていた。

「トムちゃん。聞いてるの?」

と、受話器の中で西江は言った。

「どうするのえ?」

「行く」

と、努はかすれた声でそれに応じた。

目の前を、洛北の山木立ちがかすめて過ぎた。獣林寺の古い伽藍《がらん》が近づいてきて、眼の奥で怨ちうす冥い血天井に変容した。その中から、裂けた花びらのようなしみが拡がり出し、やがて静かに努の眼底を鮮紅色に染めあげた。

(この血天井の血の中に、女の流した血があるだろうか……)

血天井を見あげながら、ぽつんと言った崇夫の声が、努の耳許で甦った。

「今から行くよ」

闇の中に、しどけなく膝を開いて、努はすわっていた。

玄関の潜《くぐ》り門に真葛《さねかずら》を組み込んだ、京都三条御幸町の暖簾《のれん》の古い旅館であった。

「帰ってこなければよかったんだ……」

と、努は体の芯に残るけだるさと闘いながら、冷たい声で言った。

「あんたには、会いたくなかった。あんたにだけは、会いたくなかったんだ」

男は静かに寝返りをうち、腹這いになってスタンドに手をのばした。

「つけないで」

努は小さく叫んだ。

「どうして僕がこんなことをしてしまったか、何故聞かないの」

男は黙って煙草に火をつけた。

清潔な長い指が、炎を囲んで突然猛々しい官能質の生き物に豹変するのを努はみた。

「カオちゃんともここに来たんだろ。そうなんだろ」

努は目をつぶっていた。

男は仰向けになった。

「僕はね」

と、彼は太い落着いた声で言った。

「昔から、キミの方とこうなりたかったんだ。それは、キミもよく知ってる筈だろ」

「僕はこんなことが嫌いな男なんだ！」

「だったら、何故ここへ来た」

「あんたが、乙丸屋の後援会の幹事だからさ。あんたが、K大の法医学教室の助教授だからさ。そしてあんたが……カオちゃんと寝た人だからさ」

突然、部屋の中が明るくなった。男はゆっくりと裸の上半身を起こして、努をみた。

「そうしろと言ったのはキミだっただろ」

「そうさ、僕さ！　僕があんたに頼んだのさ！　手をついて頼んだのさ！　それしか、カオちゃんの乙丸屋狂いを止めさせる手はないと思ったからさ。噂にしろ、みすみす危険だとわかってる男達に、平気で近づいていくカオちゃんがみてられなかったんだ。カオちゃんのやってることは気狂い沙汰だ。何としてでもとめたかった。あんたなら、カオちゃんを助けてくれると思ったんだ」

それは本当だと、努は思った。以前から努の楽屋によく顔をだしていたこの男が、乙丸屋の後援会の幹事だと知った時、努は決心したのだ。この男なら、知性もあったし、男らしい魅力もあった。乙丸屋のアレだと言えば、そうかなと思わせる条件がそろっていた。崇夫を騙《だま》せると思ったのだ。無論、この男には乙丸屋との怪しげな噂の関係はない。乙丸屋の芸に惚れて後援会の幹事を買って出ているだけの、完全な局外者だ。崇夫がこの男に関わっている間は、少なくとも乙丸屋との軋轢《あつれき》からは逃れられる。努はこの男に賭けたのだ。事情を話して、友達を救ってくれと頼んだのだ。作戦は成功した。崇夫は落着き、それ以来、他の男達には見向きもしないようになっていた。崇夫と獣林寺にのぼった頃が、ちょうどそうした時期であった。少なくとも、昨年の十一月、千秋楽の日の、あのK座の楽屋風呂の光景を努が目撃するまでは、そうだった。

「獣林寺を知ってるね？」

と、努は言った。

「去年の暮、あんたの教室のT博士が血天井の調査をした……」

「ああ」

と、男は怪訝《けげん》そうに努を見た。

「僕も行ったよ。あれを済ませて、僕はドイツへ発ったんだ」

「調査があるってこと、カオちゃんに話したの？」

「いや、仕事の話は一切しない」

「じゃ、最初の調査の時はどうだったの？」

「どうしてそんなことを聞くんだい？」

「いいから答えて」

「何かの話で獣林寺が話題に出たことはあったな。確かその時、血天井の話をした。東之助も一度のぼったことがあるらしくて、興味を持ってたから、あんな古い血からだって化学反応が出るんだと言ったら驚いてたよ。しかし何故だい。どうしてこんな話をしなきゃならんのだ？」

「やっぱり偶然だったのか……」

と、努は口の中で呟いた。

「カオちゃんは知らなかったんだ」

「え？」

と、男はわけのわからない顔で聞き返した。

「二度目の調査があるってことをカオちゃんは知らなかったんだ……」

努は、或る考えを追いながら、独り言のように繰返して呟いた。

「東之助に何かあったのか？」

努はそれには答えずに一方的に先を続けた。

「カオちゃんと最後に会ったのは？」

「たしか……」

と、男はつりこまれるようにして答えた。

「十一月の終り頃だったかな」

「顔見世の総ざらえの日だったんだね？」

「そうだ。そう言えば、後援会の打合せで乙丸屋に会った……S座会館だったな。東之助とは、その時ちょっとロビーで顔を合わせた……」

「何を話したの？　無論、留学のことは話したんだろ？」

「ああ。ちょうどいい機会だし……東之助とのこともおしまいにしたかったんだ」

「それから？」

男は駭《おどろ》いたように、努の横顔を正視した。

「泣いてるのか、キミは……」

　そして、努の手を摑んで引き寄せた。

「東之助に、何かあったんだね？」

「死んだのさ！」

　と、努は乱暴な声で、吐き出すようにそう言った。

「そうさ、カオちゃんは死んだのさ！」

　男は呆然と努をみていた。

「僕にも今、それがわかったのさ！　たった今ね！　あんたが、今夜……それを僕に教えてくれたのさ！」

　数刻前、努は男の体の下にいた。「カオちゃんは……どんな風に……したの」と、喘ぎながら努は言った。「おかしな奴だな、キミ達ってのは」と、男は更に真綿《まわた》のように努の体を抱き込んだ。「ねえ……どうしたのさ……何て言ったの」「東之助も、同じような事を言ったよ」熱い息で唇をふさぎながら、男は言った。「乙丸屋はどうするの、こんな時何て言うの……いつもそうだったよ……乙丸屋は、乙丸屋は……しまいまでそればっかり言ってたよ」三年近くも、と努は思った。崇夫はこの男に抱かれ続けた。この男の体の中に、乙丸屋を追い続けたのだ。

　努の頭に、うす暗い揚幕の陰で喰い入るように〈滝夜叉姫〉をみつめていた崇夫の顔が、何度も浮かび何度も消えて、明滅《めいめつ》し続けた。乙丸屋は摑めないのだ。乙丸屋は遠いのだ。僕達には手が届かない……そんな事は、わかりきってることじゃないか。それを……それを……こんなことまでして……こんなことをして……と、努は次第に朦朧《もうろう》と溶け始めて行く頭の中で考え続けた。一体何が探せたっていうの！　と、努は眼の裏の崇夫に向かって訴えるように叫んだ。何が摑めたっていうの。何が……何が……。だがやがて、突然努は考える力を失った。そして急速に、熱い、目のくらむ地の底へ、引きずり込まれて墜ちていった。

放心状態の中で、はっきりと努はその情景を幻にみた。

崇夫は血天井を見あげていた。手首の静脈から、血がゆっくりとふき出していた。崇夫はその血の上に何かを浸し、いきなり血天井へ向けて投げあげた。二度、三度と、崇夫は投げた。

……幻は緩慢に、同じ動きを繰返して、努の脳裏に再現した。

「しかし、まさか……」

と、男は言った。

「そうさ」

と努は断定するようにそれに応えた。

「あの血はカオちゃんの血だったのさ！」

「そんなことが」

「あったのさ。そんな事が起こったのさ。あんたは僕との約束を破っただろ！　あの事を何もかも、カオちゃんに話しただろ！」

　男はふと、信じられないといった顔つきになって、微かに首を振った。

「まさかあの血が……」

　と、男は口ごもるようにして小さく言った。

　青白い蛍光を発してとつぜんかがやき出した、獣の眼のような血天井の一隅が、男の眼の中にも甦った。

「いい潮時だと思ったんだ……」

　と、男は、言った。

「東之助をいつまでも騙しているのが厭になってたんだ」

「どうしてそんな事をするのさ！」

　と、努は身をもむようにして叫んだ。

「約束したじゃないか。どんな事があったって、たとえあんた達の間が駄目になって、手が切れようと、あの事だけは話さないって、あれ程ちゃんと念を押してあったじゃないか。カオちゃんは、そのために死んだんだ！」

「しかしどうして……」

「どうしてだって？」

と、努は鸚鵡《おうむ》返しにきき返した。

「あんたが……カオちゃんを、女にしたからさ！」

男は呆気にとられた顔で努をみた。

「カオちゃんはね、昔、僕に女形をやめようかと思うって言ったことがあるんだ。ちょうどあんたと会った頃さ。僕には腑に落ちなかったんだ。解らなかった。でも、今夜、それが解ったのさ。あんたは、カオちゃんを女にしたんだ。カオちゃんの舞台が生き生きしてたのも、そのせいだったんだ。でも、カオちゃんにはそれが不安だった、怖かったんだ。だけど……」

と、努は泪《なみだ》を拭いもせずに言った。

「だけど……あんたが、乙丸屋のアレだって信じていたから……あんたの中に、乙丸屋の何かが見つかる、何かが感じとれる筈だって信じていたから……カオちゃんは生きておれたのさ。あんただけは、他の愚にもつかない男達とは違う……カオちゃんは、必死だったんだ、捨て身であんたにぶつかってたんだ……あんたの体を通して、必死に乙丸屋を探してたんだ……それしかもう、カオちゃんには方法がなかったんだ。あんたが、最後の頼みの綱だったんだ。そのあんたが……偽者だった……その偽者のあんたから……しかもカオちゃんは女にさせられてしまってたんだ。男がなくちゃ……生きてけない体にさせられてしまったんだ」

努の脳裏に、荒々しくK座の楽屋風呂の光景が甦った。

「そうなんだよ！」

と、努は叫ぶようにして言った。

「あんたがカオちゃんを殺したんだ。僕達がカオちゃんを殺したんだ。この僕が……僕とあんたが……二人してあの人を殺したんだ！」

努は、何度も絶望的に首を振った。

オレの血をみただろう、と幻の崇夫の声が努の耳に囁きかけた。オ前サンが女にした男の血だ。四百年はもつそうだからな。オ前サンが生きてる間は、オレの血も死にやしないってことを忘れないでいて欲しいよナ……。

さらに、別の崇夫の声がそう言った。

(オレも、オ前サンも、プロの役者だ。プロだったらプロらしく、血みどろの殺しっこをすればいいんだ)

そうじゃないんだ！　と努は必死に打ち消した。

(オ前サンがしなくったって、オレはやるよ。オ前サンは敵なんだからね)

違うよッ！　と、努は再び夢中で打ち消した。そんな事を……まさかそんな事を、この僕が考える筈がないじゃないか！　する筈がないじゃないか！

だが、その声はまた言った。

(オ前サンの敵は……)

と、確かにその声は、そう言ったような気が努にはした。

(完全に一人消えちまったネ)と。

会議室を出た後、努は一度、軽い吐き気のようなものを覚えた。

外は、日ざかりの熱光線がうずをまいていた。努は、昼食をとらずに地下鉄でそのままA座に行った。稽古は、引続き場所を移して、A座の劇場ロビーで始まることになっていた。「顔色が悪いぜ」と、その時後から首のあたりを撫であげられて、危く努は吐きそうになった。乙丸屋の部屋の若い役者がたっていた。

「ご乱行が過ぎるんじゃない?」

K座の楽屋風呂で崇夫を組み敷いていた若者である。不思議にこの男には淫蕩《いんとう》な微笑がよく似合った。「東之助? あいつは好きだったなア」と、いつかこの男は努に言ったことがある。「乙丸屋はアノ時、何て言うのかって執《しつ》っこく聞くんだ。おれが知るわけねえだろ。乙丸屋は、こういうことはしないんだって、いくら言っても、きかないんだ。とにかくあの間中、うわごとみたいにそれを言うんだ。乙丸屋、乙丸屋ってな。ちょっと変ってたよな、あいつ」

努は、無感動に

「お早う」

と、言った。

どうしたわけか、泪がこぼれそうな気がした。

「凄い役がついたじゃない。頑張れよな」

と彼は、再び努の首筋に無遠慮な手を伸ばし、そして玄関の方へ出て行った。

乙丸屋の車が、劇場の表にすべり込んで来るのがみえた。

努はまた、悪寒のようなものを感じた。


重量感が出ないと言う乙丸屋の駄目出しで、本身《ほんみ》を使った短剣は、拾いあげる時、ずしりと手の内をすべり落ちるような錯覚があった。

稽古着に着替えた乙丸屋は、すぐ目の前に坐っていた。

努は激しい胴ぶるいを覚えた。咽の奥は乾きあがり、うわずった昂奮状態はいっこうに止まらなかった。腰が定まらず、眼は血走っていた。ただ、手のなかで、意外に重い短剣の感覚だけが、辛うじて努を現実の場につなぎとめ、平静さを彼に保たせていた。

(この人さえいなければ……)

努は、懸命に乙丸屋の眼の奥を睨み据えようとしながら、不意にそう思った。しかし自分がほんとうに思ったのか、そうではなかったのか、それは判然とはしなかった。

ただ束の間、努の眼に妖しい光が生まれただけだった。

乙丸屋は、ゆっくりと立ちあがった。

努の眼には、それは人間の形をしたものには見えなかった。大きな魔物が身を起こし、努の行手をゆっくりと立ちふさいでいた。

これだ、と努は思った。これを追い、これに振り廻され、そして、これに圧し潰されたのだと、努は思った。しかしそれも、努が思ったのか、努の中の崇夫がそう考えたのか、努にははっきりとしなかった。

努にわかるのは、目の前の乙丸屋が、一瞬途方もない大きな、人を寄せつけない何物かに変身したということだけであった。

『さあ、突いて来い。容赦はいらぬぞ』

と、その乙丸屋は、努に言った。

努は、夢中で、手の内の短剣を握りしめた。

確かにその瞬間、努は獣林寺の広い回廊に立っていた。

頭の上に、うす冥《ぐら》い天井があった。

努は、崇夫が見あげたように、その血天井をみあげていた。

不思議に心が、静かな落着きをとり戻すのを彼は感じた。

崇夫が次にしたことが、努の次にすることだった。

6

八月十六日。恒例《こうれい》の送り火の行事である大文字焚きは、今年も、華々しく京洛の夜の闇を彩った。

その前日の新聞紙面に、その記事は簡略に載せられた。

京都市西賀茂船山の山腹にある船形の火床の中から、死後半年以上を経過していると思われる、白骨死体が発見された。発見者は、地元農家の人達で、送り火の準備に薪束を運びあげる際にみつけた。死体は、船形の中心部に近い火床の一つに、寄せ集めた枯枝をかぶって横たわり、着衣などから若い男の自殺体と推定される。

と、いう意味の内容のものであった。

記事洩れの二、三の事実を、ここで拾いあげて書き添えておく必要がある。

その白骨死体は、左手を二の腕のあたりまで部厚くコオトの布を巻きつけて包みこみ、その傍には、一本の和剃刀と、化粧用に使われる牡丹刷毛とが落ちていた。いずれも、本人のものと思われる多量の血液に浸染された跡があった。

# ライオンの中庭《なかにわ》

1

口羽豪《くちばごう》は、キリモミのような旋回を何度も続けた。

高く跳躍し、落下の直後に、彼の躰はもう次の跳躍に入っていて、さらに危険な高みへと舞い上っていた。空中にいる間、彼は巨大な鳥を想わせ、地上を蹴る刹那、彼の躰は適確に、精悍《せいかん》な若々しい一頭のライオンに姿を変えた。

照明は、沸騰し、血のしたたる夕焼色の曠野《こうや》を、投げつけるようなはげしいタッチで、彼と、彼以外には無人の舞台へむかって、浴びせかけていた。彼のワン・ステップ、ワン・アクションごとに、朱《あか》い落日の草原はいよいよ耀《かがや》き、無数の光芒《こうぼう》をまきちらしはじめていた。幕切れが近かった。

口羽豪は『闘争の論理と肉体の讃歌』を主題にしたこのバレエの、大詰《おおづめ》のソロ〈ライオンの独舞〉を、多彩な、目もくらむ急廻転の連続わざをおりまぜつつ、空中へ空中へと次第に高さを引きあげながら、半ばはすでに完璧に踊り果していた。

「乗ってるじゃない、彼……」と、誰かが思わず歎息をもらすような、押し殺した声をあげた。

誰もが、一様に考えていたことである。私も、それから、この舞台を、この劇場のどこかの一隅で見まもっているにちがいない私の夫も……。それは誰もが、同じように考えた筈だ。

幕が近い舞台の袖は、幕の後の出演者挨拶《レヴェランス》に待機して、出番を終った集団バレエの舞踊手たちが、ぞくぞくとつめかけていた。私もその中の一員だった。

「当然だろ。凄いのが観に来てるんだから」

と、別の舞踊手が、低く囁き返した。

「本当なのかい？　ミュレエが客席に来てるってのは……」

「確からしいぜ。理事長が、スッとんでったっていうから」

「新作の主役舞踊手を探してるんだって？」

「それで来日したの？」

「いや、誰も知らなかったらしいよ。まさか彼が日本に来てるなんてねえ……」

「口羽豪ってのは、チャンスに強いからねえ。ついてるよ……」

「でも、ショック。ほんとにショック！」

「ひょっとしたら、ひょっとするよね。今年の夏あたり、豪ちゃん、海の向こうってことになるかもね……」

「アメリカン・シアターだっけ？」

「リンカーン・センターだろ」

「そうじゃないよ。オペラ座の委嘱作品だって聞いたから、シャンゼリゼだよ。あそこのエトワールと搦《から》む役だって話だったよ……」

「馬鹿だよ、お前さん達は」と、別の舞踊手の声が云った。「ミュレエの行くところ、その種の噂はつきものなんだ。至る所で、幻の花が咲くのさ。新人探し、ソリスト探し……はいたが勝手にそう決めこんで、ガヤガヤ騒いでのぼせてるだけさ。まあ、騒いでるうちが花だけどさ……所詮は夢。儚《はかな》い夢さ。幽霊の正体みたり、枯尾花。ほんとは、ただの物見遊山。お忍び旅行のついでに、ちょっと立寄ってみただけだったってね」

「それだっていいじゃない」と、他の声がやり返した。「現に今、ミュレエは来てるんだ。この客席に坐ってるんだ。そして今、口羽豪の踊りを観てるんだ。あの大ミュレエがだ。これが、チャンスでなくて何だというの。豪ちゃんにもし運があったら、世界のスター・ダムにのしあがることだって、夢じゃないよ……」

舞台裏も、いつもの雰囲気とは違っていた。どこか浮足立っていて、誰もがみな、少しずつ妙に昂奮ぎみだった。殺気だっていたといえるかもしれない。それは無理もないことだった。

アラン・ミュレエ……。

ミュレエといえば、世界的に高名な振付家である。モーリス・ベジャール、ローラン・プチ、などと並んで、『二十世紀最大の舞踊芸術家』といわれている大物だ。U王室円形劇場を起点に、アメリカ、ロンドン、パリ、ウィーン、東西ドイツ……と、世界の舞踊界に君臨して、絶えずセンセーションをまき起す仕事を発表し、モダン・バレエに革命的な新境地を確立した、いわば舞踊の王であった。まだ五十には手の届かない若さであったが、すでにこの世界では神話的な存在だったからだ。

そのアラン・ミュレエが、突然何の前触れもなく、東京・S会館ホールの客席にあらわれたというのだから、舞台内《うち》が平静を欠くのは当然であった。誰も一見さりげなさを装いはしていても、どこかで少しずつ歯車をはずした感じはぬぐえず、緊張感はかくしきれなかった……。

アラン・ミュレエが、自作の新作の主役舞踊手を探しているという噂は、もうかなり以前から、日本の関係者筋のあいだでも、折につけ話題にのぼる話ではあった。そのために彼が、世界のめぼしいバレエ・シリーズを歴訪してまわっているとか、殺到した一流どころの自薦他薦の候補者はすでに数百名に及んでいるとか、いや、ソヴィエトのレニングラード・バレエ団の某・第一舞踊手の引抜きがもうほぼ決定的だとか……いかにもミュレエの強大さを語るにふさわしい、彩りゆたかな尾ひれのついた取沙汰が囁かれていた。

ごく最近にも、来日して長期日本公演を行ったパリ・オペラ座バレエ団の或る幹部が、「ミュレエの主役舞踊手さがしは、ほんとうだ」と、云ったとか云わなかったとか……消息通のあいだでこの話題は、ふたたびちょっとしたホット情報になったばかりのところであった。

その矢先の、アラン・ミュレエの出現だった……。

「しかし、大丈夫なのかなあ、豪ちゃん」と、また誰かが云った。「あんなに張りきっちゃってさ……」

これも、舞台裏の誰もがそのとき、期せずして、思わざるを得なかった言葉だった。無論、感嘆の意味でもそうだ。

「ほんと。先刻《さつき》も一回余計に廻ってたよ……凄い乗りよう……」

「幕切れに大仕事があるってのによウ……もつのかなあ、あんなに躰虐《いじ》めちゃって……」

袖は、道具寄せにたたみ込まれた書割《かきわり》の絵の具の匂いが、たちこめていた。それが、若い舞踊手たちの壮《さか》んな体臭と汗とほこりの匂いに溶けてまざりあい、生臭い動物小屋を連想させた。嗅ぎなれている筈の匂いなのに、がまんがならなかった。

(どうして)と、私は思った。(こんなことになってしまったのか……)

同じことを意味もなく私は繰返し思い、思う以外に今となっては手も足も出ない感じが、尋常ではなかった。

躯が熱く、また、慄《ふる》えるように寒かった。一刻も早く、出来るだけ遠くへ……この場を立ち去りたいと、しきりに思った。

しかし、私には、それが出来なかった。

今年の春の、日本バレエ協会とN局が主催する例年の年中行事・バレエ・フェスティバルに、モダン・バレエの部門で、この群舞による創作バレエ《ライオン》がとりあげられると決まったとき、私は、とっさになぜか、何かが起る……という悪い予感を持ったのだ。

年に一度、バレエ界が各集団、各分派の垣根をとりはらって、一堂に会するというこのフェスティバルの試みは、〈クラシック・バレエ〉〈モダン・バレエ〉〈モダン・ダンス〉の三部門にわけて演目が選定され、すべて実力主義、適役主義で人選が決まる関係上、文字通り各分野ごとに、日本のバレエ界の総戦力を結集した舞台が見られるというところに意義があった。ふだんは見られない各バレエ団の実力者が、一つ舞台に顔を合わせ、技を競う、いわば他流試合の興味もあったが、それだけに、舞踊手にとっては真剣勝負の立ち合いとなり、楽屋裏は正直いって、目には見えない対抗意識があみの目のように張りめぐらされ、異様な熱気をはらんで、火花を散らす結果にもなったのである。

何かが起る……という私の怕《おそ》れは、ぽつぽつ仲間内で今年のフェスティバル情報が取沙汰されるようになった頃、《ライオン》という曲題を耳にしたとき、いきなり墨いろの影のようにまっすぐに胸の内へ落ちてきた。不吉なものが、しずかにピタッと、私に身を寄せたという感じであった。

私の知る限り、日本のバレエ界を見渡して、現在、〈ライオン〉というイメージに応《こた》えられそうな舞踊手は、無名の新人が抜擢されない限り、そうたくさんはいなかった。いや、正確にいえば、そのときとっさに、私が思いうかべたのは、私の夫と、口羽豪の二人きりだった。他にもよく考えれば、N集団の朝永哲太郎、Rバレエ団の田口明夫……などといった、若くて実力のある舞踊手は、すぐに思い出せた筈だ。

だが、なぜかそのとき、私には、夫と口羽豪が、突然二頭の獰猛《どうもう》なライオンと化し、お互いの咽首《のどくび》に歯をあててガッキと嚙みつく図が想像された。骨の砕けるにぶい音と獣声が、鮮明に耳の奥で聴こえたのである。

二人の内、もしどちらかが《ライオン》の主役をとるようなことになったら……それはどちらが演《や》ることになっても、何かが起る。出来ることなら、どちらにも、演《や》って欲しくはなかった。誰か他の舞踊手にその役が廻ることを、ひそかに、必死に、心に念じた。

だが、間もなく、私の予感は適中することになったのである。

二月の初め頃だった。私は、私と夫の所属する秋月舞踊団の事務所の廊下で、当時、独立プロの映画の仕事につかまっていた夫と、一週間ぶりくらいで、ばったりと顔を合わせた。夫は、擦れちがいざまに私に云った。

「決まったよ、オレに」

「え？」

「ライオンさ」

そして、無造作に片眼をつぶり、

「明日、第一回の打合せがある。映画の方も、うまくいってる。今夜は帰れそうだ」

と、云い残すと「これからアフ・レコだ」と、夫はあわただしく表にとび出して行った。

私もその日、同じフェスティバルの《ライオン》の群舞に、女性集団の一員として出よという通達を受けに、事務所へ顔を出したのだった。

考えてみれば、そのとき夫がつかまっていた映画の仕事も、もとをただせば、口羽豪への対抗心から出た意地のようなものだった。いや、少なくとも、私はそう思っていた。それに先立つこと数ヵ月前、口羽豪が特別参加した或る前衛劇団の舞台の劇評で、豪の俳優としての意外な素質を、激賞した批評家がいたからだ。つまらない意地の張り合いだった。だが、そのつまらなさにふと、底のないものがあった。

……とにかく、何かが起るという私の怕《おそ》れは、その翌日、フェスティバル関係者が顔を並べる、打合せをかねた総メンバー紹介の日の席上で、早くも思いがけない具体的な形となって、現実化した。

《ライオン》の主役は、一人ではなかったのである。一つの役に、ダブル・キャストが組まれていたのだ。

「森村洋さん……」

「口羽豪さん……」

と、役員が、二人の名前を同時に紹介したとき、私は思わず鳥肌だった。

五日間のフェスティバル開催期間中、四度上演される《ライオン》は、夫の森村洋と口羽豪が、一回ごとに主役を交代し、それぞれ二度ずつ交互出演すると発表されたのである。

広い会場の離れた席から、遠くに、同時に並んで立ち上った二人を、私はただ茫然と見まもる他はなかった。あっけにとられた、恐しい時間であった。

夫と口羽豪は、拍手のなかで、晴れやかに笑いながら、掌をさしだし合って握っていた。

同じ主役を、二人が演じる……。

このとき、はっきりと私は、私達三人が、生臭いライオンの檻《おり》のふかみへ、なだれをうって落ちこんだという自覚を持った。

幻ではなく眼前に、二頭のライオンが流す荒いたてがみの風が、猛然と私の両頰をつつんで打った。血腥《ちなまぐさ》い臓腑《ぞうふ》の匂いに濡れた、風であった。

(どうして……)と、私は、また思った。憤怒《ふんど》にちかい思いであった。

口羽豪が籤《くじ》で引き当てた出演日に、このフェスティバルの初日の日に、選《よ》りにも選って、この日本の、この東京の、この劇場の……一つの椅子に、どうしてアラン・ミュレエが坐るのか！

私は眼を閉じ……決して閉じきれないものを感じ、耳を閉じ、それを感じ、心を閉じ……すべて身ぐるみ一切合財うち捨てて、今すぐにでも、一足とびにこの地上から消えてなくなりたい衝動にかられていた。

朱いスポット光線の強射の中で、はげしい旋回を繰返す豪の顔面のまわりで、汗がしぶきとなって散りはじめた。

苦悶と歓喜の表情が、一瞬ごとに口羽豪の顔面でいりみだれ、争いあっていた。肉体の限度に近い酷使が、はじまっていた。『革命闘争家の勝利と肉体の不死とを象徴する』このバレエの、重要なテーマ部を謳う最も苦しい、至難技の連続する部分《パート》であった。

この後、若い一頭のライオンは、最後の大跳躍の瞬間に、とつぜん空中に飛翔したまま、永遠に墜《お》ちない存在となる。

発表前から、関係者間で一悶着まき起し、争論のタネとなった……またそれが、前評判の格好の宣伝材料ともなった、問題の幕切れの場面が、分刻みで近づきつつあった。

口羽豪のライオンも、現実に、舞台中央の空間で、翔びあがったまま墜ちなくなるのだ。

「そんな必要はないよ」と、振付家は、にべもなく云った。稽古は、殆ど仕上げの段階に入っていた頃だった。「幕切れは、暗示すればいい。見せ物やアクロバット・レビューじゃないんだ。見せなくて見せる、それが芸術家の仕事じゃないのかね」

「しかし」と、豪は退《ひ》かなかった。「僕の躰が、現実に観客の見ている前でですよ、ピタッと空中に浮かんだとしたら、その暗示はもっと深く、もっと衝撃的に達成されるんじゃないですか……つまりですよ、理屈じゃなく、その瞬間、観客は一瞬ポカンとするか……ハッとするか……ドキンとするか、要するにするわけですよね。そのポカンや、ハッや、ドキンが、この作品の場合、大切だとは思いませんか。つまり観客は、その瞬間、何等かの意味で、躰で反応を起すわけですよ。躰でテーマにふれてるわけですよ」

「そうじゃないだろ」と、振付家は軽蔑しきった声で云った。「もっとも、これは、もしそういうことが現実に可能だったとしたらという仮定の上での話だがね。観客が反応するのは、君のアクロバチックな離れわざに驚くのであって、作品のテーマとは関係のないことだよ」

「そうでしょうか」と、豪は、平然と云い返した。「もしかりにそうだったとしても、それは一瞬間のことですよ。すぐ次の瞬間には、観客は気付く筈ですよ。いま自分達が驚いた離れわざの中にこそ、この作品の全テーマが象徴されてあったのだとね。頭で理解するのではなく、観客は、躰で直接理解したということになるじゃありませんか……」

「その瞬間に、この作品は死ぬんだ」と、振付家は、吐き出すように呶鳴《どな》った。「君の躰が空中に浮く。これは、嘘だ。つまり、現実にはあり得ないことだ。その嘘を、君は、現実に演じてみせる……その一瞬に、この作品の中のすべての真実は、殺されてしまうんだ。死ぬんだよ！」

「死ぬかどうか……一度、やらせてみてはもらえませんか」

「君はッ……」と、振付家は、逆上しながら立ち上った。「僕の振付けじゃ、この作品はッ……完全じゃないとでも云うのかねッ！」

その折の豪の、不敵なかたい後首《うしろくび》と、そりかえった耳が……白いランニング・シャツの背につづく盛りあがった臀《しり》と、白タイツのごうぜんとしたかがやきが……ちらっと蘇《よみがえ》りながら私をよぎる。よぎりながら私の眼先を灼熱の矢で焼いていく。

黒いシャツと黒いタイツの夫は、豪の向こう側にいた。稽古場は、静まり返っていた。こちらを向いた夫と、背をみせた豪は、振付家の室生《むろう》を中にはさんで、光と影のように対《むか》い合っていた。

「森村君」と、振付家の室生は、夫の方に向いて云った。

「君の意見をきこうじゃないか」

「私は、振付けどおりに踊ります」

夫は、無表情な声で、即座に答えた。

そして、その通りになったのだ。

振付家の室生は、豪をおろさなければ、自分の名前をプログラムからけずるといきまき、協会幹部は、豪の試みを別の思惑から面白いとみた。結局、二通りの幕切れが用意されるという異常な処置がとられることになりはしたが……。

離れわざといえば離れわざであった。ケレンといえばケレンにちがいなかったが、口羽豪は、結果的には作者や振付家の反対を押しきって、実際にこのバレエの舞台上で、その劇的な瞬間を実現してみせるのである。

無論、仕掛を使う以外に、そんなことは不可能だった。

奇術や霊媒ショーなどで、人間の軀が、見ている前で宙に浮きあがり、じっと空中にとどまっていたりする場面は、しばしば見かける。勿論、あれにはタネがあるし、浮きあがる人物は、浮かびあがる前に必ず一定時間、周到な静止の状態にいる。トリックに、あの静止の時間が必要だからである。また、歌舞伎なんかにも、〈宙乗《ちゅうの》り〉というスペクタクルな演技はある。観客の頭の上を飛びながら役者がみせる、空中演技だ。だがこれも、頑丈なロープやレールなどを使って、あらかじめしっかりと役者の軀を固定する仕掛が、衣裳や扮装の下に着込んである。

つまり、事前装備がしてあるわけだ。

しかし、口羽豪のライオンの場合、そんな仕掛やトリックは、まったく使うことが出来なかった。

振付家が最後に出した厳守条件は、絶対に目に見えない仕掛であること……仕掛を使うからといって、そのための振付けの手加減や装置の変更は、一切許さないこと、であった。つまり彼は、幕切れの最後の一瞬間以外は、振付家の振りをすべて完全にこなさなければならなかったのだ。

口羽豪は、息もつけぬ激しい動きのさなかにあったし、その軀は、ほんの微細なワン・リズム、ワン・テンポをはずすだけでも転倒するしかない、最高度の狂いのないバランスを絶えず強《し》いられてもいた。振付家の振りでは、この一瞬、若いライオンは、大勢の群舞の男女がさしのべた手の上に、宙を駆ける姿で持ちあげられて浮くのである。

だが豪のライオンは、その連続運動の頂点で、翔びあがったまま誰の手助けもかりず突然空中にとどまらなければならないことになる。

仕掛をほどこす時間はおろか、一瞬の軀の停止さえ、それまでは許されなかった。無論、衣裳などはない。裸体の隆起をくまなく露出した、うすい銀灰色の密着タイツ一枚である。仕掛はまた、装置にほどこすことも出来なかった。舞台は、吹き抜けの大草原であり、その草原も、照明の特殊効果で、つまり形のない透明な光の技術操作によって描き出されていたからである。

誰もがその折、口羽豪の敗けを信じた。

彼は、たった一人、周囲には何もない、誰もいない広大な舞台の空間の、ちょうど中央で踊っていた。

このままの状態で彼が空中に浮かび上り、墜ちない存在になるためには、何かにつかまって、吊りあげられるしかない。それも、目に見えない何かにである……。バランスを崩すことなく、跳躍を高みへ高みへと引きあげながら、体力を限界まで消耗しつくして……しかも定められた最後の一躍《やく》で、その目には見えない何かを、彼は適確に頭上の宙につかまなければならなかった。やりかえしのきかない、危険な賭けである。

そして実際、間もなく彼は、ちょっとした照明の魔術をかりて、その賭けに勝つのである。大跳躍の瞬間に、本当にその目に見えないものにとびつき、完全に浮上し、舞台の空中に消えるのである……。

「云えっ」と、夫は、私を畳の上にひきすえた。「何とか云えっ！」

総仕あげの舞台稽古の終った日の、夜明け近い時分であった。二人共、もう何をするのもおっくうで、アパートへ帰り着くのがやっとだった。手足はゆるく萎えはてていた。部屋へたどり着くやいなや、夫は私の髪の毛をつかんだ。ひきむしるようにして仰むけざまに、また前へ俯《うつむ》けざまに、ひいては倒し、倒してはひきずった。「云えっ」と、そして夫は叫んだ。その言葉以外には、何も叫ばなかった。畳からキッチンへ、キッチンから廊下へ、そして靴ぬぎへ……、畳へ。倦きるほど、夫は私をひきずりまわした。

あのとき……何を云えばよかったのか。「敗けたのよ、あなたは」そう云えば気が済んだのか。「あれは、見せ物。軽業《かるわざ》。体操競技。肉体ショー」と、口をきわめて罵《ののし》ってみせでもすればよかったのか。何を云ったところで、何も始まりはしなかったし、何も終りはしない気がした。夫と豪の二人の間で、解決のつくことなど、何一つあり得よう筈はないのだ。かりに、勝ち負けでそれが決まることだったとしても、敗けは敗けのままでは済まされなかったし、勝てば勝ったままでは放っておかれはしなかった。夫は、ときどき思い出したように叫び、私は黙ってただひきずられているしかなかった。

あの奇妙な長い一つの夜明け、私達に確実にいえたことは、夫も私も、眼の裏に消えない若い一頭のライオンを、みつづけていたということだけである。

それは、信じられない一瞬だった。ライオンは、嘘のように、何もない空中に高々と浮かんでいた。

あの舞台稽古の夜も……と、私は思った。私はこの舞台脇の袖の位置に立って、それをみた。何が彼に、このような不思議な力を与えるのか。何が彼を、このような危険な情熱にかりたてるのか。彼に、この無謀な意欲を強《し》いるのは、何なのか……不意に、そのことを考えた。

しかしともかく、と私は思った。もしこの舞台で何かが起るとするならば、それはおそらく、もう間もなくやってくる幕切れのライオンの飛翔のパートにちがいない。口羽豪が、いのちを賭けて跳ぶ劇的な瞬間なのだ。そんな気が、私にはしてならなかった。

誰かが、咽のつぶれるような声を発したのは、ちょうどそうしたときだった。

「……やったぜ！」と、その声は、云った。

私が瞼《まぶた》をひらくのと同時であった。口羽豪は、両腕を上空の闇にのばし、頭をたてて、えび反りにそり返っていた。後方に大きく開いた両足が、美しいけだものの奔放さを、鮮やかに表現していた。そのままの姿勢で、彼は一条の朱いライトの輪のなかに浮かんでいた。前後に、体は振り子のように揺れていた。だが、彼はその姿勢を崩さなかった。次の一瞬、彼の体は、動かないスポットの輪のなかを、急速に上方の闇へ切れて、消えた。しばらく、スポットの円い光の輪だけが、その後に残された。それは、闇の中央で熾《さか》んにもえる、しずかな落日をおもわせた。

幕は、なかなか下りなかった。

まるで、確認しているかのようであった。口羽豪が、舞踊手としても、現実に決して墜《お》ちない存在になったことを……。

……私は膝を折って、思わずその場に両手をついた。そして、思った。とにかく、成功した。何事も起らなかった。よかった、と。

しかし、それはやはり、大きな間違いだったのである。仕切り幕のかげの床に膝をついて、私がやがて爆発的にあがった喊声《かんせい》と喝采を耳にしていたとき、すでにその何かは、起っていたのである。同じ舞台の……つい目と鼻の先のどこかの暗がりの一隅で。

最初に異常事態に気づいたのは、やはり舞台の進行係をつとめる、舞台監督あたりではなかったかと思われる。舞台上での俳優の出入りは、すべてこの舞台監督の指示によって行われているからだ。

空中に浮かんだ口羽豪の軀が、舞台の床へではなく、確実に上へ、天井に向かって消えたことを観衆に充分に確認させてから、幕はゆっくりとおりた。おりると同時に、客席もまた幕内の舞台上もパッと照明がつき、劇場内は真昼のようなフル・ライトの状態となった。

私達、《ライオン》の群舞に出場した集団バレエの舞踊手達は、待っていたようにどっとあふれて袖を駈け出し、舞台の中央に並んだ。女性集団が前に、男性グループが後に位置をとると、舞台監督は、当然のように「幕！」の合図の手をあげかけた。幕の向こう側では、客席の鳴りやまない喝采がそれを催促し、爆風のようにまき起っていた。若い舞台監督は、半ば手をあげ、半ば後を振り返りながら、当然そこにいなければならない人物の姿を、すばやく眼でさがした。上手《かみて》天井の仮設台にたどり着いた口羽豪は、手筈どおりにいけば、その時分にはもう梯子《はしご》を伝って下り、彼のうしろに立っていなければならなかったからだ。しかしそこに、豪の姿はなかった。舞台監督は「ちょっと待て」というふうに、すぐにあわててあげかけた手を二、三度横に振ったのだが、幕はそのときスルスルと半ばは上っていて、昂奮と拍手で高調した客席が、私の位置からでも二階の前列あたりまでは、すでに賑やかに見通せていた。巨大な間仕《まじ》切《き》りは、そこで瞬時ためらいがちに停まりかけたが、舞踊手たちはもう晴れやかな笑みをつくって前面に歩き出していた。無論、私もそうだった。ためらいかけた重い幕は、それを見て、一気にサアッと上昇した。舞台の先端に出た女性グループは深く腰を折って拍手に応え、その後で男性グループが頭をさげた。打合せどおりの挨拶である。集団は、右と左へ駈けこんで、その後へ、このバレエ《ライオン》の主役・口羽豪が、入れ替りに走り出てくる筈であった。私達が袖に駈けこんだとき、何となくそこにはあわただしい雰囲気があり、「いない」という声を私は聞いた。

「とにかく出ろ。もう一度出るんだ」という誰かの声で、私達は引っこんだばかりの舞台へ、わけがわからないままに再び走り出た。走り出しながら、私は確かに「豪ちゃんが見えない」という声を、耳の後で聞いていた。

挨拶《レヴエランス》は、主役舞踊手のためだけにあるようなもので、笑って頭をさげるだけのこの儀式は、花形舞踊手のデモンストレーションがあってはじめて、はなやかな終幕の饗宴と変るのだ。

……私達は、舞台の後方に並び、その前へ、口羽豪が精悍な笑みをたたえ、大きく両手をひろげて走り出てくるのを、待った。観客の喝采は一段とあがり、場内をつんざいていた。だが、いくら待っても、若い一頭のライオンは、躍り出ては来なかった。

ようやく私達にも、何かが起ったのだとわかったのだが、だからといって、私達に出来る場つなぎの時間には限度があった。引くに引けず、ことさら笑顔はつくっていても、舞踊手達の間のぎごちない動揺はかくしきれなかった。

いったん幕がおり、再びあがった。観衆の不審と不満とそれに倍する熱狂が、口笛や怒声をともなって、床や椅子の背を打鳴らす音と共に、嵐のような催促の喝采となった。場内は混乱一歩寸前の、収拾のとれない状態と化した。

場内アナウンスが入ったのは、そうしたときだった。ボリュームをあげたキイーンという金属音が、一瞬その観衆をひるませた。

『お客様に、お知らせとお断りを申上げます……只今の創作バレエ《ライオン》の主役を踊りました口羽豪さんが、急病のため、ご挨拶に出ることが出来ません。出演者一同になりかわりまして、お知らせと……深くお詫《わ》びを申上げます……本日はご来場ありがとうございました……』

場内は、再び騒然とわきたった。

## 2

それは確かに、事件とよぶにふさわしいものであった。

だが、正確にいえば、何が起ったのか、そのとき説明出来る者は、誰もいなかった。

「病名は何です？　病院は？」

と、楽屋裏につめかけた報道陣は、口々に訊いた。

「事故じゃないんですか？」

「どんな具合なんです？　容態は」

「この後の彼の出演は？　支障はないんですか？　出られるんですか、次の回のプログラムにも」

……だが、それらの質問に対する協会幹部の応答ぶりはしどろもどろで、さっぱり要領を得なかった。「よくわかりません」「いずれはっきりしたらご説明致します」の、一点張りで、その合間合間には、「只今調査しておりますので……」とか、「目下、捜索中の段階で……」などという、奇妙なニュアンスの言葉がしきりに連発され、そのたびに記者の質問ぜめに会い、不用意な失言にへどもどする幹部連中の狼狽《ろうばい》ぶりは、記者ではなくても、素人目にも不審と疑惑をよぶに充分だった。無理もなかった。説明役の幹部連中自身にも、いったい何が起ったのか、よくわかってはいなかったのだから……。事件を事件として認識するデータが、この事件の場合、まったく皆無だったからである。

業を煮やした記者連中は、楽屋裏、舞台関係者を片っぱしから聞き漁《あさ》り、手当り次第にせめ落す戦法にでた。そして彼等は、ともかく、彼等なりに一つの結論を出し、それをもって、改めて協会側に正式な記者団発表を要請するにいたった。協会としても、いつまでも事をうやむやにして伏せておくわけにもいかず、止むなく記者会見に踏み切った。

「急病ってのは嘘なんですね？」と、記者の一人が云った。「いなくなったんだっていうじゃありませんか」

「実はそうです……」と、協会幹部の代表者は、いくらか青ざめながら答えた。「何しろとっさのことですし……場合が場合でございましたので……」

「行方不明なんですね？」と、記者は、念をおすように云った。「で、失踪の原因のようなものは？」

「ちょっと待って下さい。失踪という言葉はおだやかじゃありませんね……」

「でもそうでしょ。舞台裏はくまなく探されたんでしょ？　彼はどこにもいなかったんでしょ？　見た者が誰もいなきゃ、失踪でしょうが。それとも、他に心当りがあるんですか？」

「ございません……」

「例えば、何かトラブルのようなものとか……」

「全くございません」

「しかし、あったんでしょう？　このバレエの幕切れをめぐって、内部に対立があったとうかがいましたが？　例えば、今夜の口羽さんのライオンと明日の森村さんのライオンとでは、幕切れが違うわけでしょ？　その辺の事情を、むしろ積極的に報道関係に流されたのは、あなたがたの方だったでしょう？」

「……確かに、幕切れの演出で、振付家と舞踊手の意見の衝突はございました……しかしこれは、あくまでも芸術上の問題であって、今回のこととは無関係ですよ……これがかりに、失敗だったということにでもなれば、或いは話もちがってきましょうが……ご存じのように大成功してるんですから……口羽君が姿を消すような理由は全く考えられませんよ……」

「ちょっと、森村洋さんにお話をうかがいたいんですが」と云う記者の声で、報道関係者の視線は、夫の上に集まった。

夫は、「何もありません」と、ふだんの声で、むしろやや吐き捨てる調子で、云った。

「何もありませんし、全く、わかりません。云うべき言葉を持ちません」

「口羽豪さんの《ライオン》について一言」

「立派です」

「最後の幕切れについては?」

「驚いてます。いまだに信じられません」

「あなたが、あの幕切れをとらなかった理由は?」

「振付家の意見の方に賛成だったからです。それに……」と、夫は、組んでいた腕を解き、再び組みなおしてから、云った。「多分、僕の舞踊手としての舞踊性ということもあるでしょう」

「と云いますと?」

「あれは、彼の跳躍力と、それから……その跳躍力を信じきっている絶大な自負とが、二つ揃って、初めて可能な離れわざです。これは誤解してもらっちゃ困るんだが、僕は、舞踊手として、跳《と》ぶことがそれほど重大事とは考えないタイプの人間です。つまり、跳躍を、彼ほど絶対だとは信じていない。だからきっと、僕があの幕切れをやったら、失敗したでしょう。僕には、あのまねは出来ません」

「最後に、好敵手同士と云われていることについて一言」

「光栄だと思っています。ライバルは、ないよりあった方がいいにきまっています」

その後、記者達の質問は、振付家の室生《むろう》に集中した。

「どういうことなんだろうね」と、室生も当惑しきった様子で云った。「見当がつかないんだよ。二通りの幕切れのことにしたって、まあいろいろ事情はあったんだけどね、僕としちゃ、今じゃむしろ、口羽豪にシャッポを脱いでるところもあるくらいなんでね……」

「と云いますと？」

「つまり……舞踊手としての彼の技量にね、舌を捲いてるんだ。あんたがたも、見ただろう？　あれだけ激しく踊った後での跳躍で、彼が何かにとびついたって感じがあった？　なかったでしょう。仕掛がね、闇の中に吊りさげてあるんだけどね、ロープや、バーをさげてたんじゃ、ああはいかないよ。ガクンとくること請《う》け合いだしね。それに、踊りつめてるんだから、目的物が一定してると、跳びあがった所にロープがなかったなんてことにもなりかねないしね、そうすりゃ落ちるしかないだろ？　踊ってて、ジャンプのスタートの位置なんてものは、計算しつくせるものじゃないんだから」

「あれはね」と、室生は、云った。「細目のロープで編んだネットが使ってあるわけ。その網をね、絨毯をぐるぐる巻くような調子で、直径一メートルぐらいの太い円筒状にゆるく巻いた奴が、天井からさげてあるんだよ。どこにとびついたって手がひっかかるし、弾力性はあるしね……上の方を黒く染めて、裾のスポットに近い手のひっかかる部分は、赤く染めてあるの。これも、照明さんと首っ引きで、彼が工夫した細工だけどね……その網が、三、四メートルばかり捲きあげられると横にレールで引っぱられて、幕の中に入っちゃうって寸法なんだよ。でもね、正直いって舞台稽古の日に、彼がその仕掛を使ってみせるまでは、僕は信じちゃいなかったわけ。舞踊家には舞踊家の常識ってものがあるからね。体力の限界ってのがあるわけよ。あのソロの終末で、あの高さに跳びあがるってことがどだい無理なんだけどさ、僕にはどうしてもあの高さが必要だったんだよ。ところがどうだろ。彼は跳びついたまま、四、五秒はタップリ、跳躍の姿勢を保っただろ？　むしろ足を、あの逆えびぞりの形で……水平に腰の高さまで引きあげただろ？　あの意欲にシャッポを脱いだわけよ。意志の強靭《きょうじん》さというか……とにかく、彼の根性にね。だから、《ライオン》に二通りの幕切れを許したのは、或る意味では、彼に僕が負けたってわけよ。あの意欲に脱帽したんだよ……」

室生は、一息ついてから、云った。

「無論、僕の本筋は、明日の森村君の舞台を見てもらえばわかるんだけどね……それにしたって、口羽君のライオンは、それはそれなりに完璧だったし、ご存じのように派手なところも大受けだったからね……どうしてこんなことになったのか、全く狐につままれたも同然だよ。彼は踊った。跳んだ。そして……消えた。そう云う以外に、云い様がないなあ……」

事実、口羽豪が、幕内の天井近くにつくられた仮設台にたどりついたのは、網を捲きあげた係の者がはっきりと確認している。豪は台上に立ち、網係に、ちょっと手をあげて投げキッスのような合図さえ送っている。係員は、彼が鉄梯子を一、二段降りはじめたところまで見届けて、彼から視線を離した。網を固定する持場の作業に移ったのである。そして、それが、豪を見たただ一人の、最後の人間だったということになる……。

楽屋口の通用門の係員も、豪らしい人物が出て行った姿にはおぼえがないと云うし、豪の衣服や下着類も、彼の楽屋にはそのまま残っていた。

開演中の舞台裏は、人や道具の出入りがあわただしく、擦れちがう人間の顔など目には入らぬし、また、見てもそれは見えないも同然という、特殊な雰囲気があることは事実である。まして、豪と同じタイツ姿は周囲にゴロゴロしていたし、そういう意味では、彼をはっきりと見たという証言者がいない事情も、うなずけないことではなかった。豪が姿を消した前後、舞台も客席も真の闇であったし、舞台裏も灯りを極端に落していた。そんな関係もあっただろう。

それにしても、口羽豪は、どこへ行ったのか。それは、彼自身の意志だったのか。そうではなかったのか。

とにかくその日、彼の姿は、終演時刻午後十時二十五分前後をさかいに、東京S会館ホールの闇の高みの暗がりから、忽然《こつぜん》として消えてなくなったのである。

翌日の新聞が記事にしたように、口羽豪は、『空中に浮かびあがり、そして消えた。二度と落ちないライオンさながらに、闇のなかへ消え』、まさしく二度と、この劇場の舞台には還《かえ》らない存在となったのである。

『ライオンは消えた！』

『消えたライオン！』

と、書いた新聞記事の見出し通りに、若々しい一頭のライオンは、現実でも、跡かたもなく消え失せてしまったのだ。

それはまったく、消え失せたというより他に説明のしようがない出来事だった。

私はただ、それらの新聞記事が掲げた見出し文句と、その日、はからずも振付家の室生が云った一つの言葉を、何度も繰返し思い起し、はげしく心のなかで呟いてみるしか他に、するすべも、とるすべもない状態だった。


——彼は、踊った。跳んだ。そして……消えた。


口羽豪の最後を飾るに、何とふさわしい言葉か。

そのたびに私は、そう思う以外に手のつけようもない事件だったのである。

## 3

私には、夫と口羽豪との関係を……その間柄のすべてを、とても精確に云いつくす自信はない。

夫の腕に抱かれるとき、口羽豪の激しい風を切裂くような肉体を想い、豪に身をまかせている間中、絶えず私は、夫のガッシリとした安定感のある謐《しず》かな胸や手のことを考えた。

それは、舞踊家としての二人の才能や、性格や、技術についてもいえることだった。

夫は、絶えず芸術の完全をめざし、細心緻密、正確な技で何よりも安全を求めたし、豪は、逆に大胆奔放、その肉体を駆使して自然に挑み、絶えず冒険をめざす舞踊手だった。

夫と踊っているとき、私は、どんなに危険なパッジェールシカでも、らくらくとこなすことが出来た。私を支え、私を持ちあげ、私を廻転させる夫の腕に、私はまったく何の心配もいだかずにすんだ。どんなに遠い距離からでも、どんなに高い位置からでも、私はためらわずに夫に全身を投げかけたし、両手をはなし、夫の肩の上からまっ逆さまに床へめがけて落下する類の危険なわざも、睡っていてもやってのけられそうな錯覚さえすることがあった。コンディションの悪い日など、鉛のように重い体で舞台に上ることもあったが、そんなときでも夫は、かるがると私を肩へ、そしてその上の空中へ羽毛のように浮上させた。

豪と踊る機会にめぐまれたのは、ほんの一度、それも短いデュエットだったが、その間中、私は暴風雨のさなかにいた。彼は、支えるよりも、私を掠奪した。持ちあげるよりも、私を放りすてた。彼の手につかまって廻転するとき、私は千尋《せんじん》の崖の先端にたっていたし、彼に身を投げかけるとき、蛇の谷へ身をおどらすめまいを覚えた。彼の掌を乳房の下に感じるとき、私はむさぼられていた。彼の指が太腿をおし割るとき、私は花芯をあけわたしていた。彼は私を、恥知らずな、はしたない女にした。踊りながら私は、絶えずそのはしたなさと闘わなければならなかった……。

デュエットが、闘いだと、私に教えてくれたのは彼であった。そして、二人で踊るこのデュエットが、男と女だけのものではないと、私に教えてくれたのも、彼であった。

口羽豪とのはじめての出会いは、五年前、私と夫が結婚してまだ日ならずの頃だった。私はその夜、流星をみた記憶がある。

春の宵口だった。いや、すでに夜ふけてからだったかもしれぬ。舞踊団の仲間が集まって、新婚者をいびる会という乱痴気パーティをひらいてくれた。Gパンにモーニングの仲間もいた。ザンビアの腰みの一枚の男もいた。ジゼルのチュチュで水割りを飲んでいた女仲間もいた。坂道の途中に建った、車庫の二階を改造した友達のアトリエだった。

座が沸いていたときだったと思う。仲間の一人が、二、三人新顔を連れて途中から繰《く》りこんできた。

「さア入れよ」と、その男はゼスチュアたっぷりに大手をひろげた。「ここはウイリーの溜《たま》り場だ。遠慮は無用だ」

「オウ」と、仲間内の何人かが酔声をあげて、それに応えた。「今宵の贄《にえ》は、蜜月のうま酒に酔い痴《し》れたる者ぞ。来たれ、そして、ぞんぶんに喰《くら》え」

「入れ入れ。大歓迎だ」

（ウイリー……！）

私はなぜだか、そのとき、その言葉にひどく感動したのを覚えている。まだはたち、を出たばかりの、甘い年齢のせいだったか……。ウイリー。それは、踊りを好む妖精である。真夜中、人間を森闇にさそいこみ、踊り死ぬまで魔力をとかぬという死の妖精だ。妖精の手におちた人間たちは、踊り狂い、踊り疲れ……その先にまだ、踊らねばならぬ踊りがある。狂死するまでウイリーの手をのがれられないその踊る生贄《いけにえ》に、私は、まだ若かった自分達二人の前途を垣間《かいま》みる感動に、酔ったのかもしれない。ウイリーは、おそろしい残虐な死の妖精である筈なのに、そのとき私は、そのことをすっかり忘れていた。

「さあ飲んで！」と、私は確か、手近かにあった酒壜《びん》をつかんでいきなり高く持ちあげた。

「私が踊るわ！」

口羽豪は、仲間の連れのいちばん後から入ってきた。頸《うなじ》に巻いたあらあらしい栗いろのゆたかな髪の毛を持った青年だった。

彼は一瞬、私達の方を見、それから急にきびすを返した。

「おい、どうした」と、仲間の一人が呼びとめた。

「帰るんだよ」と、彼はこともなげに云った。「気のおけない連中のパーティだって云うから、ついて来たんだ。悪いけど、俺にはそうじゃなさそうらしいんでね」

「何いっ」と、誰かが、酔いの発した声をあげた。

「失敬するよ」と、彼はしかしそれを無視して、彼を連れてきた友達にだけ声をかけると、部屋の中には一瞥《べつ》もくれずに出ていった。

「待ってよ！」と、私は思わず叫んでいた。

何がそんな怒気を私にあたえたのかわからなかったが、私はむしょうにムラムラときながら、その会ったばかりの見ず知らずの男の後を追おうとした。或る感動に酔って、私はまさに踊りはじめんとしていたし、彼が、その有頂天な出鼻を、こともなげにくじいたのは確かだった。

しかも彼は、私達部屋にいたすべての者を平然と無視し、同席をこばんだ。尊大で、悪びれもせず、まるで当然のことをしでもするように、それをやった……。無論、そうした怒りもあった。だがやはり、私が、許してはおけぬと思ったのは、彼が私達の方を見た一瞬、瞳に宿したつめたい……信じられないほど冷えきった眼の色のせいだった。そのときの私には、それはいわれのない蔑《ないがし》ろの眼にみえた。

「何だ、あの若僧っ」と、二、三人の仲間も、私の剣幕につられるようにして立ちあがった。

「待て」と、しかし太い声でそれを制したのは、夫だった。夫は、私の腕をつかんでいた。それは凄《すさま》じい力だった。「放っとけよ」と、そして夫は云った。云いながら、二の腕の肉に食いこむ夫の指が、微《かす》かにぶるぶると震《ふる》えたっているのを私は感じたのであった。

そのときは深く考えてもみなかったのだが、それでも瞬時、私は夫の顔をまじまじとみつめたのをおぼえている。

「知ってる人なの?」

「いや」と、夫は云った。ごく平静な顔であった。

だがその夫の手の震えは、夫が手をはなした後も暫《しばら》く、私の二の腕のあたりで生きもののように残っていた。

「放っとけないのよ」と、私は云った。云いながら色をなして部屋を横切り、アトリエの階段を走り降りた。祝福されこそすれ、あのような眼で、見ず知らずの他人に見られるいわれが私にはなかった。

……しかし、走り出た坂道の上には、人影はもうなかった。道だけがかすかに月光をあびて傾いていた。車庫を覗いてみた。そこも無人だった。そのとき暗い車庫の一隅にあった車の窓ガラスに、私は流星を見た。星であったか、私が動いた自分自身の影だったのか……はっきりはしなかったが、日がたつにつれ、流星だったと次第に信じるようになった。流れ星は、不吉な前ぶれをしらせて走る夜の使者だ。

口羽豪の名を私が心に灼きつけたのは、まさしくその夜のことだった。その頃彼は、団原バレエ団の研究生だった。

団原は日本のバレエ界では、草分け的な人物で、そうした人物にありがちな、古い間違った練習方法とか自己流の技術を後生大事に守りとおし、配下の連中に押しつけるということをしない人だった。私財を投じて外国から講師や指導者を招聘し、積極的に外人振付家などを導入して、まず正しい基礎や適確な技術を身につけさせることに努力を惜しまない舞踊家だった。私にも一時、真剣に、この団原が率いるバレエ団への移籍を、夫と話しあった時期があった。夫はなぜか頑なに受けつけようとはしなかったが、私にはかねがねそれが不満だった。しかし、口羽豪と会ったその日をさかいにして、私はふっつりとこの話はしなくなった。

と同時に私は、夫に、かすかな不審を抱くようにもなったのである。

私達と同期の舞踊手たちが、団原バレエ団に移籍して目に見えて生き生きとし脱皮して行くのを見せつけられていた矢先だっただけに、夫の態度は当時理解に苦しんだが、もしかしてその原因はあの男にあったのではなかったかと、突然ふって湧いたように、その考えがひらめいたのだ。

(私の知らないところで、夫はあの男を知っていた……夫とあの男は、以前からの顔見知りだった――)という考えが、ひどく私をうろたえさせたのは、他でもなく、あのとき口羽豪がみせた不可解な、たとえようもない底冷えのする眼の色のせいだった。あのような眼で人が人を見るということが、私には信じられないことであった。その眼の冷《ひ》えは、私の内にこびりついて、ふかい躰の冷えとなった。夫に秘密を感じたのは、このときからである。

そしてその秘密は、妻である私が、知らなければ知らなくて済むような、他愛もない男の秘《かく》し事とはなぜか無縁な気がしたのだ。私と夫が、これから先、夫であり妻である生活を送るかぎり、いずれは姿をあらわし這い出してくる白蟻の群れのように、私達二人の足下の地を喰いつぶしていくもののような気がしたのだ。

白蟻の翅《はね》のそよぎと、目に見えない巨大な巣が、一瞬私には見えたのである。

私があの春の宵、坂道のうえに建つアトリエで口羽豪に出会うことさえなかったら、それからの二年間は、おそらく私にとっては充《み》たされた、申し分のない日々だったといえるにちがいない。

夫は、めきめきと腕をあげ、私と夫の所属する舞踊団の第一舞踊手の地位を動かしがたいものにしたし、他の舞踊団との交流もしばしば行い、夫の名前は見るまに日本バレエ界の表街道に浮かびあがった。踊る役ごとに一作ずつ着実に、夫は、その陽の当る道で自分の名前を大きくしていった。それは、同じ舞踊手である私にとっては、夫に遅れまいとする焦《あせ》りや淋しさはあったにしても、決してがまんのならない不快なことや、嬉しくないことではなかった筈だ。

事実、夫の名前が大きくなるにつれ、(無論、才能の差はどうしようもなかったが)私の身分も、どうにかバレリーナとしてまともな役がつくところまで、引き上げることが出来た。夫は、真剣に私を愛してくれた。

口羽豪にさえ会わなかったら、私達の生活は、順調すぎるくらい順調な毎日だったといえたのである。

口羽豪が、私達の生活の順調さとぴったり歩調を合わせて、急速に頭角をあらわし、団原バレエ団の新星・口羽豪の名を、どんなにめざましく、大きくあげはじめていたとしても、私はそれを別に奇妙だとも、不思議だとも、思わずに済んだであろうから……。

しかし実際、それは全く、ぴったりと歩調を合わせて、別々に、同時に進行する二つの息を合わせた現象だった。

夫の名が次第に大きく確固たるものになるにつれ、口羽豪の名も一躍第一線に躍り出し、走り出していた。

《バフチサライの泉》《ロメオ》《オンディーヌ》《オルフェウス》……と、口羽豪も矢つぎ早に評判作を踊りこなし、日本バレエ界屈指の大型新人と折紙がつけられた。その表現力豊かな舞踊技術と奔放な独創性を武器に、それはまさに暴れはじめた若獅子を想わせる登場ぶりだった。

どちらが先、どちらが後とも決めがたかった。

私にわかったことはただ、二つのものが……夫の進境と口羽豪の活躍が、無関係ではあり得ないと知ることだけだった。それに気づいたとき、私は、大げさにいえば、精神のバランスを失った。

二年前の、やはり春先のことだった。

私は、私の所属する舞踊団の主宰者に、稽古場で呼びとめられた。

「ちょっと聞いといた方がいいかもしれないから……」と、その女主宰者は云った。

「何でしょうか」

「あなた、団原バレエ団の口羽豪さん知ってるわね？　彼と何か個人的な関係でもあるの？」

「関係?」と、私は、とっさに聞き返した。

「いえ、変な意味で云ってるんじゃないのよ。ただ……何か、ゴタゴタした事情でもあるのかと思ってね」

「どういうことでしょうか」と、私は、むしろ強い語調で反問した。

「いえね、もう発表の段階に来てるんだから喋っちゃうけどサ、実は今年のフェスティバル、クラシックが私の担当なの。それに、豪さんのパートナーで、パ・ド・ドゥの出番が一つ、あなたにもあンのよ。ところが彼、どこから聞きつけたのか……昨夜早速、私のところへ来ちゃってさ、真剣な顔して頼むのよ……出来ればあなたとのデュエットを、他の人に替えられないかって。理由は聞かないでくれって云うの。無論、断ったけどさ。何だかあんまり真剣だったんで、やっぱり聞いといた方がいいかと思って……何か、心当りある?」

……そのとき私は、「ありません」とだけ云った。だが殆ど、それはヒステリックな叫び声に近かった。

「そう。ならいいの。頑張ンなさい」

と、女主宰者は云った。

私はその足で、団原バレエ団の稽古場にすっとんだ。(もっと早くこうすればよかったんだ)と、途中何度も私は思った。いや、あのアトリエの夜に、こうすべきだったんだ。胸倉をひっつかんで、聞きただすべきだったのだ。

「おやおや」と、口羽豪は、汗みずくのタイツ姿で、タオルを首にかけながら近寄ってきた。

「とうとうご入来か」と、厄介そうにそして云った。私が口を開く前だった。

「でも、困るんだな。いい加減でやめてくれないか、俺のまわりをウロウロすンのは」

「何ですって？」と、私は一瞬息をのんだ。

「俺、女の方から仕掛けられるっての、好きじゃないんだ。その気になったら、こっちから出向くからさ。こないだもえらい目に会っちゃったよ。あんたと切れない内は駄目だって、女の子に逃げられたんだぜ……あんただって、亭主持ちだろ？　痛くもない腹さぐられるの、よした方がいいんじゃない？　それに……男だったら、あんたの舞踊団にだってたくさんいるだろうにさ」

「――――」

私は、二の句がつげなかった。血の気がひいてゆくのがよくわかった。わかると同時に、私の手は彼の頬にとんでいた。

「いいのかい？」と、彼はしかし平然とした顔で云った。

「こんなところで、そんなことしちゃってさ。みんな見てるんだぜ。少なくとも、俺たちが今日はじめて口を利き合う仲だって風には、誰も思わないぜ」

私はとっさにあたりを見廻した。逆上していて眼中になかったが、五、六人、舞踊団の連中が稽古場にはいた。彼等はあわてて視線をそらした。なかにはニヤついている者もいた。そして、一様に、申し合わせたように出て行った。

「あんた、知ってンの?」と、豪は云った。「旦那が外で恥かいてるの。あんたが俺の尻追っかけまわしてるってのは、旦那の耳にも入ってるよ。俺にしたって、あんたをいただいた後だってなら、それもまあ仕方ないけどさ。何しろ、今日が初対面も同然なんだからな。迷惑だよ」

私は、その場に立っておれたのが、不思議なくらいだった。「ふざけないでよ!」と云ったつもりだったが、それは殆ど声にはならなかった。舌の根がかわき、自分でも何を云ったのかよくわからなかった。

そういえば、私がなにかにつけ口羽豪の名を気にしはじめてから、知らぬまにとっていた私の行動は、或いは第三者の眼から見ればそんな風に見えたかもしれない、と不意に私は思い当らないでもなかった。一瞬、そのことに、強いうしろめたさをおぼえた。だが、何という云い草だ。何という濡れぎぬ、何という思いあがりだ。私は、全身が火のようにほてってった。

「あなたは……」と、それでもやっと私は云った。「なぜ、私達を目のかたきにするのよ! 私達がいったいあなたに何をしたっていうのよ!」

口羽豪は、一瞬きょとんとした。

「とぼけないでよ」と、私は云った。「一昨年のパーティ……アトリエでやったパーティ覚えてるでしょう。あれはいったい何の真似よ。どういう了見なのよ！　私があなたに用があるってのは、そのことだけよ……そのことが聞いておきたかったからよ」

口羽豪は、ちょっと信じられないといった顔をした。そして、いきなり笑い出した。

「なんだ、そんなくだらないこと……」

「くだらないことですって！」

「だって、そうだろ。当り前のことをしたんだから。俺が出てかなきゃ、アイツの方が出てったにきまってるんだから。それじゃ、あんた達困っただろ？　せっかくの新婚祝いがブチこわしでさア」

「ブチこわしたのは、あなたじゃない！」

「よせよ。あれでも気をきかしたつもりだぜ。俺だってそうと知ってりゃ、ノコノコ出掛けてったりしやあしないよ。乱痴気騒ぎってのが面白そうだったんで、覗いてみたんだ。でなきゃ、誰があんな会」

「あんな会ですって！」と、私は身を震わせた。「あなたに……赤の他人の、見ず知らずのあなたに……そんなことが云える、どんな権利があるって云うの！　馬鹿にするのも、たいがいにして頂戴！」

　そのとき豪は、再び、わけのわからないといった顔をした。彼は瞬時、目をほそめ、じっと私をみた。流星をみたと思ったあの夜も、私はこの眼に出会ったのだ。この眼を追って、坂道の夜へとび出したのだ。

「ほんとにあんたは……知っちゃいないのかい」と、口羽豪は、そして云った。「なんにも聞いちゃいないのかい……」

「そうだろうな」と、やがて独り言のようにうなずいて、彼は呟いた。「アイツのやりそうなことだ。そういう奴だよ。……アイツにとっちゃ、俺は人間じゃないんだからな。そう、人間じゃないんだ。昔っから、俺の相場はきまってた。疫病神、どろぼう猫、人で無し……」

　彼は急に言葉を切り、私の方をみた。その顔が、不敵にニヤッと笑った。むきだしの筋肉が肩のあたりで上下に揺れて、その笑いは、すぐに声になった。こらえきれないといった笑い出し方だった。だが、眼の奥は冷えきって、笑ってはいなかった。

「……聞いてみろよ」と、彼は云った。「アイツはきっとそう云うぜ……昔っから、アイツの好きなお題目さ。馬鹿の一つ覚えみたいに、アイツはそれを唱えてきたんだ。人で無し、ろくで無し、人殺し……毒づいてりゃ、気が済んだんだ。俺を罵ってりゃ気が済んだんだ。他に能のない人間さ。話さないわけだよな、あんたには。話せねエよな、馬鹿馬鹿しくって……」

「待って頂戴」と、私は叫んだ。「あなたはいったい、何の話をしてるのよ」

「アイツの話さ。アイツと俺の昔話さ。知りたいんだろ? そいつを聞くために、ここへやって来たんだろ?」

(そうよ)と、心の中で私は思った。だが、口は別の言葉を吐き出していた。

「そのアイツってのを、止めて頂戴! アイツアイツって……名前があるわ。私の夫です!」

「そうさ。あんたの旦那さ」と、彼は、確認するように云った。

「そして、俺の兄貴なんだ」

「……何ですって?」

「そうだ」と、豪は、自分に云いきかせでもするように、もう一度云った。

「俺の兄だ」

私は、自分が何かを叫んだのをおぼえている。だが、何をわめいたのか……それはまったく想出せない。

4

洋と豪が兄弟であることを知っている人間は、バレエ界にもいない筈だ。

夫の本名は、芸名と同じ森村洋。父母と姉は、彼の少年時代にすでに死亡。戸籍の上では、確かに『豪二』という弟が一人いるが、これも死亡処置がとられていた。夫は、中学に入った年までにすでに全家族を失い、親戚に引取られたと、私もきいていた。そしてそれは、或る意味ではまた、決して嘘ではなかった。

『豪二』は、十一歳のときにふらっと家を出て消息を絶ち、その後失踪宣告をうけて、死亡と見なされたのである。

「そうか……」と、夫はその夜、私の話を聞き終ると云った。長い沈黙の後であった。

「豪二が、そんなことを云ったのか……」

それから、ややたって、

「そうだ。僕の弟だ」と、夫は抑揚のない声で云った。「でも、そう思わない方がいい」

「何故なの」と、私は詰《なじ》るように聞返した。完全に私はとり乱していた。

「あいつの方で縁を切ったんだ。……僕の弟ではいたくなかったんだ」

「だから何故！」

「聞かなかったのか、あいつに」と、夫は静かな声で云った。「人殺しって……云ったんだろ、自分のことを」

「そうよ。疫病神、どろぼう猫、人で無し……ろくで無し、人殺しって、あの人は云ったわ。そう云ったわ」

「僕がそう思ってると……、信じてるんだ、あいつは」

「どういうことなの？」

「信じてた方がいいんだ、あいつには」と、夫は、云った。私にではなく、何か別のものへ向かって云うような調子があった。

「……長い間、そうしてきたんだからな。僕も、あいつも。その方がいい。自然なんだ。あいつが人を殺したのは、事実なんだから」

「誰を……」私は声をのんだ。

「僕の家族……そう、家族全部をだ」

「あなた……」

「僕の母、僕の姉、僕の父……肉親のすべてをだ」

夫の声は静かだった。だが私は、灼《や》けて煮えたぎった流れの音を、その奥に聴いていた。

「君にはいつか話したかな。……僕の父は、戦後帰国するまでは、アメリカにいた。ずっと昔だ。三十五、六年は前のことだ。アメリカン・バレエ団の舞踊手だった……」

その話は、私も聞いたことがある。ジョルジュ・バランチン、ジェローム・ロビンスなどが、現役振付家として活躍していた時代だというから、当時日本人バレリーノとして在団した夫の父は、かなり優秀な舞踊手だったにちがいない。夫は殆ど家族のことは話さなかったが、この父の話は二、三度聞いた。舞台で足の骨を折り、舞踊手の道を断念したのだと、夫はまるで自分の事のように無念そうに話してきかせたものだ……。今、舞踊手としての道を歩いている夫の、なにか生きて行く心の的《まと》のようなものを、そのとき見たような気がしたのをよくおぼえている。

「二世だった母と結婚し、姉は向こうで生まれた。僕と豪二は、日本で生まれたんだ。豪二が生まれると同時に、母は死んだ……。僕は四歳だった……」

「待って」と、私は唾を呑みこみながら云った。

「生まれたばかりの赤ン坊に、どうしてお母さんが殺せるの?」

「そうだ。豪二のせいじゃない。母の死は、異常分娩の結果だ。だが、豪二が生まれてこなければ、母が死ななかったこともまた確かだ。豪二は……母の腹を切りきざんで、裂き破って生まれて来たんだ……」

夫は、ちょっと言葉を切った。

「僕も姉も、赤ン坊を殺せっ、て叫んだよ。僕はまだ小さくて、他のことは覚えちゃいないけど……『死ね、死ね！』って、病院の廊下で声にも出したし、躰の中で叫びつづけたことだけは、はっきり覚えてるよ。赤ン坊の方が死ぬべきだ。殺すべきだってね……。優しい、美しい……夢のような肌をもった母だった。父も姉も僕も、どんなにあの母が好きだったか……どんなにあの母に夢中だったか……」

「だからって……」と、私は思わず自分でも驚くほどの大声をあげて、遮った。「あの人のせいじゃないわ」

その声が、二人のいる部屋のなかをかきみだした。

灯の消えた畳部屋のまん中に私は坐っていた。夫は、テラスに近いキッチンの椅子に、これも身じろがずに坐っていた。そこも暗かった。街の夜景が向こうにあった。華やかな舞台の上でみるような、きらめきを競いあう夜景だった。

「そうだよ」と、夫は、その競いあう灯の光景をみながら云った。「あいつの罪じゃない。僕達もそう思ったよ。子供の僕には無理だったけど。そう思おうと努力したんだ。……でも、次が、姉の番だった。姉は十歳も年上だったから、僕達の母代りをしてくれた。豪二が小学校に入学した日だった……姉と僕とランドセルを背負った豪二と……三人で街の中を歩いてたんだ。

いきなりあいつ……車の前へとび出して行ったよ。とび出しながらあいつ、僕と姉の方を振返ったよ。僕は、あのときのあいつの眼を忘れないよ。僕と姉を……試《ため》したんだ。ほんとうに僕達二人が、あいつを憎んでいないかどうか、それをあいつは試したんだ。命を張ってな。……姉は、とび込んで行ったよ。豪二をはじきとばしといて、自分が車の下へ代りに入ったよ。だが、僕は動かなかったよ。そうだ動けなかったんじゃない。僕は、自分の意志で動かなかったんだ。それをあいつは、はっきりと見た筈だよ。はじきとばされながら、路の上に転げながら、僕を振返って見ることだけは忘れなかったんだからね」

「姉を殺したのは、間違いなくあいつなんだ」と、夫は云った。「父が死んだのは、それから三年後の、あいつが小学校四年の年の夏だった……」

「やめてっ」と、私は叫んだ。「もういいの聞かなくていいの。聞きたくないの！」

「いや」と、夫は云った。「あいつが僕の弟だとわかった以上、聞いておいて欲しいんだ」

「いいの。よくわかったわ。お父さんが亡くなられた日に、あの人は家を出たのよね？　十一歳の男の子が……家を捨てたのよね」

夫は、暫くの間、黙っていた。やがて、ふと云った。

「君は……責めてるんだろうな、僕を」

「いいえ」と、私は云った。「そんなこと、私に出来る筈がないわ。でも……どうしてだか、くないの」

今、とってもあの人が可哀想なの。可哀想で仕方がないの。だからもうこれ以上、何も聞きた

「そうだよ」と、しかし夫は云った。「僕を責めていいんだ。僕はケンカの度に、あいつに云ったんだから。疫病神、どろぼう猫、人で無し……云うまいと思っても、その言葉がとび出してくるんだ。呶鳴らずにはおれなくなるんだ。あいつもまた、その通りのことをしたよ。例えば、僕には小学校の卒業証書がない。あいつが破ってこなごなにして、風に吹きとばしたんだ。そうだ、卒業式で想出したよ。五年のとき、僕は代表で送辞を読んだ。父が新しい制服をつくってくれたよ。座敷の床の間に飾っておいたんだ。あいつが何をしたと思う? その前で石油コンロをひっくり返したのさ。仕立おろしの制服で、畳の火を消したのさ。数えあげたらきりがない。……父が、最後の舞台ではいた舞踊シューズがあった。父は、そのシューズを手にとっては、よく踊りの話をしてくれた……あの父のシューズを、僕は、自分の足にはくのが夢だった。夜中に起きて、こっそり何度も、小さな足を滑べりこませたものだ……或る日、父は僕に云った。『はけるようになったら、お前にやるよ』って。その翌日から、靴はどこにも見えなくなった……。『人殺し!』って、僕は叫んだよ。後にも先にも、その言葉を口に出したことは一度もなかったが、僕はそのとき呶鳴ったよ。たった一度ね。あいつを、ほんとうに心底から傷つけてやりたいと思ったんだ……」

私にはそのとき、傷つけあう小さな手負いのライオンたちが過した際限もない、幼い闘いの日々がはっきりと見えた。彼等は、この世で出会った瞬間から、闘いあうしかてがなかったのだ。

生まれ落ちた一瞬から、反目が待っていたライオン。生まれ出るそのことが、反目の種《たね》であったライオン。闘うまいとすれば、その肉親のすむ塒《ねぐら》を捨てるしかなかったライオンに、私はそのとき、どうしようもない悲しみをもった。母親の腹を喰いやぶって生まれてくる血まみれの悲しいライオンの歪んだ顔が、目の前に見えるようであった。

「あの日から、僕にはわかってたんだ」と、夫は云った。「今日の来ることが。あの父のシューズをはいて、あいつがやがて僕の前に現れる日が来るってことが」

そしてその夫の言葉どおり、今、一度は捨てた筈の塒に、ライオンは大きくなって、強大なたてがみを持つ躰になって、戻ってきていた。

なぜ、彼は帰って来たのか……。

私は、闇の中で、それを考え、首を振った。

（舞踊……）と、絶望的に思った。

彼等の父が彼等に分けあたえた血、その血にひきずられて、彼等はふたたび顔を合わすことになったというのか……。

幼い日に果たせなかった決着を、今果たすために相まみえたということなのか……。それとも、もっと何か他に……私には知ることの出来ない、二人だけの……二人の躰だけが知っている何かの理由が、呼び合うように二人を近づけたとでもいうのだろうか……。いずれにせよ、と私は思った。血を流さずにはおかない闘いは、すでにもう始まっていた。そして、外からでは見えない、その奥にかくされている人間の中庭を、私はもうすでに半ばは覗きこんでしまったのだ、と私は改めてまた思った。中庭は、いつも建物の奥にある。ライオン達の奥の庭は、どんなすがたを隠しているというのか……。私にはもう、見ないで引返せる筈はないと思われはしたが、しかし、決して見たくない庭であった。

ライオンの中庭が、恐しくないものである筈がなかった。

私が、その年の春のフェスティバルで、口羽豪と踊るデュエットを一度は断るつもりになったのは、その中庭を見ないで済まそうとした、いわばあがきのようなものだった。

「踊れよ」と、しかし夫は云った。

「いいの？　踊っても」

「いいさ。君は、僕の妻である前に、一人の舞踊手なんだ。舞踊手としてのチャンスは、フルに活用しろよ」

「あなたの卒業証書をこなみじんにした人よ。あなたの新しい制服で、石油コンロの火を消した人よ。あなたがはく筈だったお父さんのシューズを、横から奪ってとっていった人なのよ」

「それとこれとは別の話だ。君は、バレリーナとして判断すればいい」

「踊らせたいの？　踊らせたくないの？」

「僕の意見などきかなくていいと云っている」

「そうじゃないわ。本当はあなた、彼を試すいい材料だと思ってるのよ。昔通り、彼が疫病神、どろぼう猫、人で無しかどうか……いいテスト材料だと思ってるのよ」

「よせ」と、夫は言下に云った。「踊らなくていい！」

「いいえ。踊るわ」と、私も云った。

私も夫も、そのとき同じことを考えていたのだ。口羽豪が、私とのデュエットを避けようとした態度に、或るのぞみをかけたのだ。それは、無用なトラブルを起すまいという彼の真意だったのではあるまいか。そういえば、団原バレエ団の稽古場で『俺のまわりをウロつくな』と云った彼の態度にも、思い当るフシがあった。豪が夫とのトラブルを避けようとしているということは、豪がもう昔の豪ではなくなっているということの証《あか》しのようなものではないか。

この十何年かが、或いは豪を少しずつ変えたのではないだろうか……そんな気がしたのである。

私は、それに賭けた。夫のためにも、また自分のためにも、これはいいチャンスかもしれないと、思ったのだ。

何と甘い、豪のおそろしさを見くびった考えだったのだろう……。

私は、豪と踊る稽古の間中、また本舞台の間中、彼に翻弄《ほんろう》されつくした。そして、打上げの日の本舞台の舞台上で、口羽豪は遂にそんな私にとどめをさした。

高く掲げて割った無抵抗の状態にある私の花芯部を、純白のタイツでひき締まった豊かな彼の股間のふくらみに、適確に、だが大胆にこすりつけて私を抱きこんだ。ピタッとその一瞬、私は身うごきのならぬ官能の鋳型《いがた》にはめこまれた。信じられない、自らがおこした背信の一刻だった。

「待ってるぜ」と、彼は云った。

その次の接近で、彼の顔面の前を浮上させられながら通るとき、「俺の部屋だ」と、再び云った。

そのすばやいもみこむような声を、私は客席に顔をむけながらきいた。逃げられない声であった……。

5

東京・S会館ホールの観客の目の前で、空中に浮きあがり消えたまま、行方を絶った口羽豪は、その後まったく消息がつかめなかった。

モダン・バレエ《ライオン》の残された日程は、夫の森村洋が一人でこなすことになり、現実に空中に浮いてみせる鮮やかな幕切れを期待していた観客を、ガッカリさせた。

豪の離れわざは、その劇的な失踪ぶりとあいまってマスコミの話題を独占したが、その中には、当日客席に来ていた世界的振付家アラン・ミュレエが、豪の跳躍力にひどく執心を残しながら日本を去った、という一項も含まれていた。

この点について、豪の所属する団原バレエ団の主宰者団原は、

「口羽豪が、ミュレエ氏の目にとまって、三年間、ミュレエ氏の研修生として、ヨーロッパ留学することは、《ライオン》の舞台とは関係なく、ほぼ、内定していたことだ。これは、ミュレエ氏の新作の主役舞踊手云々という話とも無関係で、全く氏の個人的なご好意によるものである。たまたま極秘にみえた氏の来日が、《ライオン》の舞台と重なるので、これを観ていただいて本決定の運びになっていたのである。口羽君もこのことは事前に知っていたし、また実

にその期待によく応えた舞台だった。だから今回のことは、全く不可解というほかはない。全力をあげて探している。……（略）」

と、いうメッセージを発表しているし、その後、ミュレエ氏のエイジェントから、豪の消息を問合せる電話も入ってきているらしかった。

おそらく、この《ライオン》の上演について、不吉な予感など持った人間は、私以外にはなかっただろう。

二年前、舞台の直後、殆ど夢遊状態でふらふらと吸いよせられでもするようにたずねた彼の部屋で、扉をあけるやいなや、たくましい全裸の豪に抱きとられた夜以来、この不吉な予感は、いつも私のどこかになりをひそめていた。

豪は、私がまだ入口の扉を閉めないうちに、その開いた扉の前で、私を彼の裸の胸に奪いとり、ねっとりとした荒い力で、強引に私を腹へ、腹から股間へとおしさげてうずくまらせた。うむをいわせぬその太々《ふてぶて》しさが、私の内にはげしい熱風をふき起した。そうしておいて、そのままの姿勢で、彼はおもむろに扉をしめた。

その夜、骨抜きにされて私がアパートの部屋に帰ったとき、夫はまだ帰っていなかった。私はほっとすると同時に、暗黒の予感に包まれたのだ。夫がいないということが、すでにその夜の事を、夫が予知した証拠に思えた。夫はわざと部屋を空けていてくれたんだと思うと、私は青ざめる思いであった。間もなくして、夫は帰ってきたが、ふだんと変った素振りはみせなかった。むしろ幾分はしゃぎがちに、仲間の噂話などをした。それから後も、豪のことは一切口にはしなかった。

豪の方もまた、その夜以後、私には一度も声をかけなかった。

考えてみれば、豪の部屋で、私は殆ど彼と話した記憶がなかった。狂態の限りをつくしたあの部屋で、私が彼と交《かわ》した言葉らしい言葉といえば、帰り際に扉の前で云った一言だけであった。

「どうしてこんなことをするの？」

と、私は云った。

「云っただろ。俺は疫病神。どろぼう猫。人で無し。実地に教えてやったんだ。たんのうしただろ？」

そして彼は、扉を閉めた。それ以来、私への扉も、とざされた。

私は、夫の不気味に静かな胸と、豪の荒々しい幻の肉への飢《うえ》の谷間で、ただ息を殺して待つしかなかった。何かが、いつか起るのを……。

そしてその何かが起ったのだが、私達の生活には、表向き大きな変化は現れなかった。夫は、毎日決して四時間は欠かさなかった稽古を、たまにしなかったり、ときどき放心したような眼をみせたりすることはあった。だが、私達の生活に、口羽豪の身に何が起ったかを知る具体的な手掛りのようなものは、何ひとつ現れてはこなかった。私は、夫が次第に落着きを失くしていくのがよくわかったし、夫には多分、また私がそんな風に見えただろう。どちらかが何かを始め、始まるとすれば、それが狂気に近い何かであるにちがいないということが、私にも夫にもよくわかった。私達は、必死にその自覚に背をむけて、平安をよそおった。

豪がいなくなって、三月目の、七月の初めの頃であった。夫宛てに、薄い用箋一枚の封書がとどいた。広島県T郡Tと印刷された、ある精神病院からのものであった。瞬時、夫の瞳孔がおしひろがるのがわかった。

「何なの?」私は、かすかに震えている夫の手許《てもと》をみつめていた。

読み了ると夫は、黙ってそれを私に手渡し、ボストン・バッグを引きずり出して、旅の支度をしはじめた。

『――前略。ご照会の件について、当病院に該当すると思われる患者を収容しております。茲にご通知申し上げます。――院長』

「どういうことなの……?」

「豪二だ」と、夫は、云った。咽の奥にざらつくような声であった。

「ええっ？」

「日本中のめぼしい精神病院宛てに、僕が書いたんだ。片っ端から照会状を」

「だから、どういうことなのよ！」

「来りゃわかる」

夫は、それっきり一言も口をきかなかった。

広島県T郡Tは、瀬戸内海の小島の多い、安芸と備後灘の中ほどにある海沿いの町であった。町というよりは、村の感じのする、引込み築港のあるのどかな土地だった。

海をみおろす松と櫟林《くぬぎ》にかこまれた山間部に、その私立精神病院は建っていた。正面の鉄筋建の一棟をのぞけば、あとは古い木造建築の平屋病棟である。カンナの花が咲きみだれていた。

「……昔、どっかから流れてきた身寄りのない子供らしくてな、当分、ここの築港で荷揚げの手伝いなんかしとったちゅう話やがね……」と、初老の院長は、云った。「フラッと、先々月やったか、その荷揚げ元の家に何年振りかで顔見せたちゅうのやが……どうも様子がおかしい、物云わんワ先生ちゅうてな、儂《わし》のところに連れてきよったんや、そこの親爺がのウ」

私達は、若い看護員の後について、潮臭い日向《ひなた》と影が眼を射るばかりに強烈な、庭ぞいの木床の廻廊をしばらく歩いた。砂と、カンナと、噴水とが、私にはみえた。だが、眼の底でそれらのものは鮮明な像を結ばなかった。

豪は、コの字型に中庭を内にもつ病棟のいちばん端の狭い部屋にいた。板の間のうえにあぐらをかいて、ぼんやり窓の外をみつめていた。よれた開襟《かいきん》シャツとデニムの短いパンツ姿で、はだけた胸に見おぼえのある濃い乳暈《にゅううん》が半分ほど覗いていた。足の裏の舞踊だこは床のほこりでうす穢《よご》れていた。

「一日中、殆ど物は云いません。こうして庭を眺めています……」

と、看護員の男は云った。

「豪二っ……」と夫は低い声で呼びかけた。

無感情な豪の顔には、どのような表情もあらわれなかった。

「話しかけても無駄です。反応はありません」

「そんな筈はない」と、不意に夫は云った。豪の眼を凝《じ》っとみていた。「こいつは、気狂いなんかじゃないんだから……」

看護員は、ちょっと駭《おどろ》いたように夫をみた。

構わずに夫は、豪の正面に歩み寄った。

「豪二……そんな真似をするのは、よせ。もういいよ。わかったよ。お前は、譲《ゆず》ってくれたんだよな？　お前が消えてなくなれば、ひょっとして、ミュレエは僕の《ライオン》を見るかもしれない。運がよけりゃ、買うかもしれない……お前の替りに。そうなんだな？　お前はヨーロッパへ行く。僕はとり残される。気を遣《つか》ってくれたんだよな？　恥をかかすまいとしてくれたんだよな？　消えるしかなかったんだよな？　あの舞台をおりたら最後、お前の留学は決まるんだから。そしたら僕がどんなに恥にまみれるか……そうなんだろ？　余計なお世話だ！」

と、夫は急に、唾でも吐くように云い放った。

「だったら、初めっから踊らなきゃいいんだ。そんな優しい気持があるんだったら、どうして舞踊手なんかになった！　踊り手になって、どうして僕の前に現れた！　あのまま一生、どっかにスッこんでてくれればいいんだ。さあもうやめろ。僕にはみんなわかってるんだ。昔っから何かというと、お前はそんな真似をした。気狂いになったふりをする。卒業証書を破いた時も、コンロの火を消した時も、みんなそうだ。とんでもないことをやらかした後は、きまってそうだ。説明しなくて済むからな……いや、説明出来ないんだよな、お前のやることは。だがな豪二、今度だけはお前の負けだ。見ろ、僕はちっとも喜んじゃいない。初めてお前が、優しいところを僕にみせようってしてくれたのにな……。ミュレエも、僕のライオンは見なかったよ。大芝居を打ったつもりだろうが、的外《まと》れだ。柄にもない気を起すからだ。お前は疫病神なんだ。どろぼう猫なんだ。母さんや姉さんを僕から奪った人で無しなんだ。それでいいんだよ、豪二。……お前は、僕に憎まれていたかったんだろ？　憎まれて、虐《いじ》められて……そうやって、お前、自分の罪をつぐなってたんだろ？　わかってるんだ……僕はずっとわかってたんだ……

わかってながら、やめられなかったんだ……」

夫の声は、どこかで熱く、火のように燃え、それはやさしく、またどこかで、不意に冷たかった。囁くように優しい声と、突きはなすような激しい声が、猫の目のように絶え間なくいりまじった。なだめているような時もあった。罵っているようにも、必死で呼びかけているようにも、それは聴こえた。

「……父さんの死んだ日だって、僕はお前がほんとうは何をしたのか、よく知ってるよ。夏休みだったよな……蒸し暑い晩だった……裏の山全体が燃え立つような晩だった……寝つかれなくて、僕とお前は、こっそりキャンプ小屋をぬけ出して、下の谷に下りたんだよな……覚えてるだろ？　流れのゆるい中洲の真ン中の岩だったよな……お前は下に寝て、僕は上の方に寝た……雨で眼がさめたときには、もう手がつけられない勢いでまわりを水が流れてた……バンガローの連中が騒ぎ出して……父さん、気狂いみたいに営林署の人達と山伝いにロープを張ってくれたよな……何べんも何べんも、太いロープが僕達の頭の上をとんだっけ……覚えてるよな？　水はどんどんふえて来て、僕もお前も、もう立っているのがやっとだった……突然、僕の耳許《みみもと》で父さんの声がしたよ。『しっかり摑まれっ』って。離すんじゃないぞって……」

「父さんのせいじゃないよ！」と、夫は、唐突に叫んだ。「僕のせいじゃないよ！　夢中だったんだ。とっさのことだったんだ。僕が先、お前が後、そんなことっ……そんなこと、どうしてあのときに……誰があのときに考えたりなんかするもんか！　ロープは一本、僕達は二人……父さんだって、必死だったんだ。他に意味なんかありゃしないよ。夢中で、手近かにいる子供から自分の背にくくりつけたんだ。ただそれだけだよ！」

夫は、ちょっと沈黙した。きりもない涙が頰をつたっていた。咽がはげしく喘いでいた。必死で豪の眼の奥をみつめていた。みつめながら、夫は、低い声でそう云った。

「……僕も見たよ。父さんも見たんだ。そうだったな？　僕を岸におろすとすぐ、父さんはロープを摑んで川ン中へ引返そうとした……そのときだったんだよな。お前が、流れの中へとび込んだのは！　お前は、足を滑《すべ》らせたんじゃない。水に足をとられたんじゃない。死ぬつもりだったんだ！　そうだろ？　……あの泥水の中へとび込んでくとき、父さん、……大声で呶鳴ったよ。『馬鹿野郎っ』ってね。泣いてたよ。あのときの父さんの声が……僕には、あの声が忘れられないんだ。忘れようとしたよ。忘れたいと思ったよ。何度も何度もそう思ったよ。でも、でも、軀のどこかが覚えてるんだ。いつもしっかり覚えてるんだ。お前が、自分の意志でとび込んだってことをな。

そいつが許せない！　僕には、どうしても許せなかったんだ。お前も見ただろ？　あの日、水からあがった父さんの死体を。両手を高く上にあげて、固くなってた……あの痕《きず》だらけの父さんをさ。死んでも、父さん、……お前の軀だけは離さなかったんだぞ。水の上に高く高くかかげてたんだぞ。あれが……あれが、お前を憎んでたりした人に出来ることだと思うのか。もう、いい加減にしたらどうだ。間違いだったんだ。とっさの間違いだったんだ。父さん……その間違いを償ったじゃないか！　死んで償ったじゃないか！」

「豪二」と、夫は、身動きもしない豪の方へ一歩近づいた。「もうやめてくれ。もう……僕を許してくれよ。いや、許さなくてもいいよ。僕のことはいい。お願いだから、そんな真似はやめてくれ。そんな真似だけはするな。いつものお前にかえってくれよ。疫病神でいいよ。どろぼう猫でいいよ。それでいいよ。僕のものでよけりゃ、何でもやるよ。人で無しでも人殺しでも何でもいい。ふだんのお前にかえってくれ！　お願いだ、豪二！　気狂いの振りなどよせ、豪二！」

しかし、口羽豪は、身じろぎもしなかった。

長い、動きのとまった時間であった。

「豪二……」と、夫は、かすれた声で呼びかけた。ふりしぼるような、微かな声だった。もう一度夫は、豪の名を呼んだ。

呼びながら、いきなり豪の軀へむしゃぶりついた。それはまったく、アッという間の出来事だった。看護員も私も、一瞬、何が起ったのかみきわめがつかなかった。

夫の手は、どこに潜《ひそ》ませていたのか、ジャックナイフを握っていた。ナイフは、口羽豪の下腹に刺しこまれていた。豪は、のめるように夫の軀にもたれこんでいて、まるでその両腕でしっかりと夫を抱きしめているようにさえ見えた。

看護員が動き出すのと同時だった。私は、身をおどらせて、二人を看護員から守るようにさえぎった。

「このままにしてっ」と、私は叫んでいた。「このままにさせておいてっ……二人の思い通りにさせておいてっ！　気の済むようにさせてやってっ！」

そのとき、賞讃と喝采にうずまく劇場の闇の廊下が、急に影のように目先にうかんだ。鉄梯子をかけおり、その暗い廊下を、逃げるように人目をさけて消えて行く口羽豪の後姿が、はっきりとみえた。それは一瞬、栄光の座を自ら捨てた強いライオンの後姿にもみえたし、また、そうではないもののようにも思われた。

背後で、夫の話しかける声がした。

「いいな」と、その声は、豪に頬ずりでもするようにして、しがみついた夫の後頭から洩《も》れて聴こえた。

「わかるな」と、夫はまた云った。同意を求めるような声だった。

云いながら、夫は、再び豪の軀をゆっくりと刺した。

私は、看護員にはねとばされてのけぞりながら、そんな背後の二人を振り返った。そして、見た。

口羽豪の褐色の腕が、夫の首をしっかりと抱いているのを。気のせいか、豪の眼が、ふと光っているような気がした。

二頭のライオンは、今、首を寄せあっていた。彼等だけにわかる語らいの結着がついたのだと、私は思った。思うよりほかはない。

ライオンの言葉は、私にはわからないのだから……。

# 赤姫《あかひめ》

## 1

歌舞伎十八番といって、極彩色の、目もあやに江戸歌舞伎の精髄を盛りこんだ、いわゆる古典美の極致でもある、十八種の代表的狂言群が、歌舞伎にはある。

寛延《かんえん》四年、江戸市村座の春狂言で、二代目市川団十郎、初代尾上菊五郎によって、はじめて上演され、大当りをとった『鳴神《なるかみ》』も、この十八番の内の一つである。

『勧進帳』、『助六』、『暫《しばらく》』、『矢の根』……などとならんで、現在でもたびたび上演され、もうわれわれの目にもなじみふかい、いわば有名演目だ。

T独立プロの主宰者でもあり、七、八年前までは、反体制を標榜して、いわゆる前衛映画のハシリ的な仕事で派手に話題をまいたりもした、映画監督の坂田猛《たける》が、歌舞伎役者の蘭公《らんきみ》に魅入られたのは、昨年の四月、東京S劇場のちょうど中日《なかび》あたりであったと思う。

あったと思うというのは、私の記憶がはっきりしないからではなく、偶然新宿の街角で久しぶりにバッタリ彼と出会わせたのが、ちょうどその頃だったということなのだ。

蘭公は、或る意味で、今話題の人物である。

そして、私が坂田猛と出会った昨年の四月、蘭公は、S劇場の昼の部の演目に、これも名門の御曹子・軍二郎と組んで、『鳴神』を出していた。

坂田猛は、本来ならば三十の半ばを出たばかりの、今からが働き盛りの映画監督なのだったが、一山を過ぎて、その後鳴かず飛ばずで、第一線級の映画の仕事からは姿を消し、長い停滞と不遇を余儀なくされていた。しかも、最後に撮った作品が、大袈裟に云えば私財を投じて作ったかなり大掛りなものだっただけに、出来はよかったにもかかわらず興行的なひどい不入りが致命的で、その以前からの累積赤字などもあって、相当な額の借金を背負わされていた。

その穴埋めや、仕事自体への復帰の焦りなども手伝っていたのか、つい二、三年前に、彼は全く彼らしくない、ピンク映画まがいの俗悪な作品を三、四本、たてつづけに撮って、われわれを驚かせた。

魔がさしたというのか、何かの心境の変化ででもあったのか、負債のためなら身売りも辞せぬといった考えからでもあったのか、それはとにかく全く突発的な、われわれにとってはかなりショッキングな、転身現象であった。

或る者は、その突然の転向ぶりに、坂田猛の自暴自棄を見、映画産業の不振期に直面した現在の独立プロダクションが、大なり小なり背負わされている苦悶の実態を、そこに一つの原形のように見ようともした。また、或る者は、彼の映画生命もこれで終ったと、はばからず公言したりもした。

実際それは、昔から彼とコンビで何本か彼の作品のシナリオを書き、彼の人柄や性格などもよくのみこんでいる筈の私でさえ、いささか呆然としてしまったほどの、不可解な、ちょっと信じられない豹変ぶりであった。

しかし、そのことで、一時的にせよ、Tプロが経済的な立直りをみせ、当面の苦境を切り抜けたというのであれば、まだ救いはあった。だが実際は、その逆であった。彼の体質的な前衛感覚や芸術への問題意識が、かえって災《わざわい》して、ピンク映画としても中途半端で俗悪に徹しきれず、一昨年の暮、遂に不渡りを出してTプロは倒産し、空中分解した。

以来、坂田猛はパッタリとわれわれの前から消息をたち、最近では仲間内の話題にものぼらなくなり、変り身の速いこの世界では、その名前もすっかり忘れられた恰好であった。

失踪直後、私のところまで押しかけてきた債権者などもあって、しつこく彼の行方《ゆくえ》をせんさくされた記憶もある。話にきけば、郷里の実家の土地なども担保に入り、差押えの状態らしかった。

私も気にはかかっていたのだが、私は私で、やはり映画不況の火が尻につき、シナリオだけでは食べて行けず、落着かない生活に追われていた関係もあり、ついそのまま月日がたってしまっていた。

しかし、新宿の陽気な、汗ばむような雑踏の真ん中でめぐり会った坂田猛は、意外に血色のいい、むしろ脂ぎった壮《さか》んな顔つきにさえなっていて、「よおウ」と持前の豪放な声をあげ、彼の方から私の肩をたたいて、声をかけてきた。

Gパンにトックリシャツという服装も、昔通りの、いっこうに構わないラフな出立《いでたち》そのままであった。

「S劇場の蘭公《らんきみ》、ありゃ凄いね。最近の掘り出し物だな」

と、彼はその時、いきなり無造作に、しばらく振りの挨拶も抜きで、蘭公の話題を口にした。まるで、昨日別れて今日会ったような、磊落な物云いだった。

そういうところも、昔の彼とちっとも変っていなかった。踏んだり蹴ったりの、いわば逆境のどん底にいて、しかも都落ちも同然の形で、映画界から追われるようにして姿を消した男のかげは、その少し太り気味の堂々たる体軀のどこにも、感じられなかった。

物にこだわらない、強引な話っぷりも、まんざら彼の照れかくしのせいばかりではなさそうだった。

私は、一安心しながら、久しぶりに見る彼の顔を、まじまじと眺めた。

「まあとにかく、一度見てこいよ。出現って言葉が、久しぶりにピタッとくるからさ。なんていうのかな、とにかく、出たって感じをストレートに俺は持ったね。何かが現れる時の、めざましさってのが、アイツにはある。そう、確かに、何かが一つ現れたんだっていう実感がな」

その時、私は、わけもなく自分がふと泪《なみだ》ぐみそうになったのを覚えている。

彼が何かを発見し、何かに燃えて、新しい仕事を考えはじめようとする時、いつもきまって、彼はこのつよい熱にうるんだ眼で、憑かれたように喋りはじめたものだ。映画のモチーフ、映画表現に関する発想、新人や原作の発見、美術や音楽などへの新しい試行……際限もなく、それらのものについて語り出した時の、熱にうかされた彼の表情が、そっくりそのまま、坂田猛の顔の上で、かがやきながら燃焼していた。

この男は、やっぱり映画から離れられない人間なのだと、その時私は、ひどく感情的に、身につまされて、そう思ったのである。

「ぜひ見るよ。君をそんなに夢中にさせる役者を、見落したんじゃ、ザマあないからね」

「そうさ。とにかく見てこいよ」

と、坂田猛は、ふと遠い幻を追うような眼になって、しかし、はっきりと断定するようにそう云った。

「うん。このまま真っすぐに歩いてって、変な横道にそれたりさえしなきゃ、アイツは、間違いなく本物になるな……」

太い、粘り気のある声であった。

その折の彼の眼が、私には忘れられないのである。

最初それは、まるで彼自身の身の上に想いを馳せた、ふかい痛恨の言葉のように、私には聞こえた。

映画をはなれ、地下にもぐった長い空白の失意の時間、彼がどんなに映画を想い、映画への復帰を考え暮したか……、そしてそのことでまた、どんなに自分自身を呪い、虐待視しつづけてきたか、その泥沼のような苦悶のありさまが、一瞬、手にとるように感じられた。

若い一人の有望な歌舞伎役者の誕生を、そんな失意のさなかにあってなお、見逃さず心にとめようとする……いわば習慣的に身についた彼の職業意識の内にも、それは痛いほど感じとれたし、また、将来のある若い役者のめざましさを口にする時、同時にその言葉の裏に、逆に陰画のように貼りついている、彼自身のふかい失墜感と自虐の心が、私にはありありとみえたような気がしたのだ。

……だが、今から思えば、あの眼の中に、すでに坂田猛の異変は、芽ぶいていたのである。

そしてそのことを、私自身あの時、まんざら感じとらないわけでもなかったのだ。

あの醜悪なピンクフィルムまがいの一群の映画さえ撮らなければ、プロダクションの解散はやむを得なかったにせよ、彼の名は、まだ今ほど土にまみれて抹殺されはしなかっただろう。なぜあんな莫迦《ばか》げた、別人のように無能な、狂気の沙汰としか思えない作品を、突然何本も撮り、しかも、事実上その映画と心中しなければならなくなるようなまねを、彼はしでかしたのか……。

まるで、自分の手で墓穴をほり、自滅の道を突っ走ったとしか云いようのない行動ではないか。

私は、長い間心にかかり、問いただしたかったその疑問を、思わず彼にぶっつけようとして、口を開きかけ、全く不意にその言葉をのんだのだ。

なにかその瞬間、奇妙に落着かない、胸さわぎのようなものを覚えたからである。

歌舞伎役者と坂田猛……。

そのとり合せに、ふっと、突発的な異和感を感じたのだ。

(変だな……)と、私は思った。

確かに、それは変であった。よく考えれば、むしろ有り得べきでない、ひどく不自然な、坂田猛らしくないとり合せともいえた。

少くとも、私の知っている坂田猛は、かつて一度も、歌舞伎の話題など口にしたことはなかった。彼が歌舞伎に興味をもつなどということは、私は考えたこともなかったし、また事実、考えられそうな事柄ではなかった。

彼は、極端に権威の破壊をめざし、既成秩序への反旗をひるがえしてきた映画作家である。

それは、役者への関心の点でもはっきりとあらわれていて、昔から彼には、商業ベースにのった有名俳優を決して使わないという、クセみたいな頑固な主義があった。彼が役者に特別な関心をはらう場合、それはきまって、無名の新人か、さもなくば、体制からはみだした日の目をみない下積み役者か、でなければズブの素人かであった。

だから、坂田が、〈歌舞伎界の新しい星〉として、このところいっせいにマスコミがとりあげ、騒ぎはじめた、梨園《りえん》の御曹子・蘭公《らんきみ》につよい関心をもつことは、或る意味では、きわめて坂田らしくない、むしろそれは私の知っている坂田猛には絶対にありそうもない現象ともいえたのである。

私は、一瞬、そのことに思い当って、なにか隙間風のような不穏の気が、全身を吹きとおったのをはっきりと覚えている。

私の知らない、不可解な坂田猛が、その時目の前に立っていた。

かつて、突然ピンク映画を撮りはじめて私を呆然とさせた坂田猛が、再び私の前にたちはだかっているような印象を、私はもった。

そう思ってみれば、彼の熱にうるんだつよい眼光の奥に、どこかとりとめのない不安な、ぬれた危険なひかりがあったような気がする。

そしてその、ぬれたひかりを、私は微《かす》かな胴ぶるいと共に、息をつめて覗きこんだのを覚えている。

そうした時であった。

「蘭公を、映画にしようと思うんだ」

と、彼は、太い首をもたげて云った。きわめて無造作な、こともなげな口調であった。

だが私は、突然炎につつまれるような或る衝撃を、体中に感じながらそれを聞いた。

「その時はぜひ、君に一肌脱いでもらわにゃいかんからな。待機しててくれよ、な」

と、彼は、その太い手で私の肩を叩き、そして何事もなかったように「じゃあな」と云って、人混みの大通りを伊勢丹の方へ向けて渡っていった。

それは、呼びとめることも、追うことも受けつけない、ふしぎに堂々とした去りっぷりであった。

……あの時、突然軀をつつんだ炎の感覚が、決して私の独り合点の気のせいばかりではなかったと、後になって想出す日が、それから間もなくしてやってきた。

## 2

蘭公の〈雲《くも》の絶間姫《たえまひめ》〉、軍二郎の〈鳴神上人《なるかみしようにん》〉は、どちらも初役だった。

それだけに、目下、その若さでも美貌でも、数ある若手名門役者の中で群を抜いているこの二人の顔合せは、近来にない歌舞伎界の大ヒットであり、大変な人気をよんでいた。

或る意味で、蘭公は、この演目により、自ら脚光の中に躍り出ると同時に、歌舞伎そのものを、色あせて形骸《けいがい》化したムクロの海の深みの底からひきずりあげて、世間の前につきつけてみせたと云ってもよい。

歌舞伎を、古典として鑑賞するのではなく、一つの現代芸能として復活させる、なにかの道すじのようなものを、彼の舞台はわれわれに暗示し、想い起させた。

そして、そのことが、この『鳴神《なるかみ》』の評判の真の最大の原因であり、収穫であった。

蘭公の出現は、確かに、現在の歌舞伎にはなかったもの、と云うより、それは現在の歌舞伎界が失ってしまってもう久しいもの、それを確実に持っていた。

江戸時代、歌舞伎が真に大衆の演劇として息づいていた頃、歌舞伎と民衆のあいだにながれあった筈の、皮膚と皮膚を接して感じとる生々しい肉体的な昂奮、熱狂、陶酔……そういったものを、蘭公は、形こそ違え、現在の歌舞伎に移植し、持込んで甦らせることが出来そうな、そんな幻のような期待と可能性を、ふと突然にわれわれに思いつかせる何かを持っていた。

無論まだ、二人の『鳴神』には、密度の高い様式美と老練な演技術とを要求される古典劇の、いわばその完成度の点で、芸にならない未熟な要素は多かったが、しかし、それをふきとばす若さの熱気と、花々しい容姿とがピッタリと息を合わせ、軍二郎の精悍《せいかん》な若い肉体と、蘭公の天性そなわった歌舞伎の色とが、ねっとりとからみつくように溶けあって、これまでの年功をつんだどの大名題《おおなだい》の舞台でもみられなかった、奇妙に生《なま》の、だが纏綿《てんめん》たる官能美をかもし出していた。

そこには、古典と現代とが、はからずもふしぎな調和をみせて、全く同時に同居していた。

その日、私は、一階の中央よりやや右手寄りの、後方の席にすわっていた。

新宿の雑踏をわけて、悠然と去って行く坂田猛を見送った日から、四、五日たっていたと思う。

場内は満席で、若い観客の姿がめだった。

幕があがる前に、私は見おぼえのあるトックリシャツに気づいて、腰をうかしかけた。

すぐ前列の、ちょうど私の席から五つ六つ左手に寄った、通路ぎわの席であった。

坂田猛は、少し型のくずれた灰色のジャケットを脱ぎ、シャツ姿になって席につくところだった。

私は思わず声をかけようとして、思いとどまった。すでに開演前のベルが鳴りはじめていたし、それに何となくそうすることがはばかられる雰囲気が、坂田の方にも、私の内側にもあったからである。

「蘭公を、映画にしようと思うんだ」

と云った言葉が、あの日以来、私の耳からはなれなかった。

無論、映画など、今の彼にはつくれる筈もなかった。だが、そんなことよりも、なぜ蘭公がそれほどまで彼をとらえるのか……。私の一番気にかかることはそれだったし、一番知りたいこともそれであった。

蘭公への彼の執心は、確かに尋常とは云えなかった。何かわけのわからない、得体のしれないものが、その底に隠されているような気がした。そしてそれは、ほうってはおけないもののような気が、私にはしたのである。

とにかく、蘭公をこの眼で見ようと思いたったのも、そのためであった。

彼は一度サングラスをはずし、またすぐにかけた。だが結局、最後にはそれをポケットにしまいこんで、腕組みをし、目を閉じたりまた暫くして開いたりした。ひどく落着かない様子が手にとるようにわかった。

なぜか私は、観劇どころではない、息のつまる、重くるしい気分におちこんでいた。

『鳴神』は、この世界でいう〈荒事《あらごと》〉の芝居である。

つまり、荒々しい豪壮雄大な芸風を身上とする芝居なのだ。だが、この一種の破戒・堕落劇は、同時に人間の本能の世界に光をあてた、濃厚な官能劇でもあった。

鳴神上人という超人的な法力をもつ高僧が、時の朝廷にたてついて、その行法により、全世界の龍神龍女を、けわしい深山の滝場に封じこめてしまう。その日から、雨は一滴もふらず、河川はカラカラに干あがって、世界はたちまち大旱魃《かんばつ》の様相を呈した。民百姓の苦しみをみるにみかねて、官《かん》内の密命をおびた雲の絶間姫が、身分を偽り、単身、上人のとじこもる山中の行場に乗り込んで、その美しい女身で上人を幻惑し、色仕掛けでまんまと行法を破りおおせ、地上に待望の大雨をふらす……というのが、その筋立《すじだて》だ。

この芝居の眼目は、鳴神上人を女体の色香で誑《たぶら》かし骨抜きにしてしまう絶間姫が、鳴神を相手に繰りひろげる大胆な色模様のくだりと、美酒に酔って破戒僧に堕ち、密法の行を破られた鳴神が、おりから滝壺をでた龍神のふらせる豪雨と、天地も鳴動してとどろく大雷《いかずち》のさなかで、憤怒《ふんぬ》の形相もの凄まじく絶間姫を追わんとして暴れ狂う、いわゆる幕切れ前の大掛りな〈荒事〉のくだりとであった。

鳴神上人の白、絶間姫の赤い衣裳は、華麗なライトをあびてもえだす、さながら白昼のあやかしであった。

瞬間、おどろくばかりに淫靡《いんび》な、濡れた空気が舞台をうごいた。はげしい淫蕩《いんとう》の気は、その刹那《せつな》、確実に場内を圧した。その余熱は、目にみえない気流をつくって、絶えず舞台のどこかをゆっくりとさまよいながれた。そしてときどき、不意のめまいに似た、強烈な火照《ほて》りを、観客の肉体の上にまきおこした。

——アアいた、オオいた……。

腹に一物、下心のある絶間姫は、急なさしこみとみせて、にわかに胸をおさえて苦しみはじめる……。

——ドレ〳〵。

——アイ……アイ……。

鳴神は、看病とみせかけて、女の胸元へ手を入れる。

——アレ。

——よいか〳〵。

——いこう心ようござんす……。

と、絶間姫は、赧《は》じらいながらもしなだれかかり、二人はしばし揉みあう内に、とつぜん鳴神の手は女の乳房にふれる。はじめて味わう感触である。身をおる絶間姫。……鳴神の本能はせきをきる。やがて鳴神は大胆にも、再び女をグイと抱きよせ、ふところ深く手をさし入れる。

——アア。

——コレが乳で……その下がきゅう尾《び》、かの病の凝《こ》っている処じゃ……オオ、さっきよりよっぽどくつろいだわいのう……コレここのきゅう尾の下の……コレここを……。

と、本能にひきずられて鳴神は、太い手をしだいに女身の奥深くへさまよいこませ、

――それから下がしんけつ、ほぞとも臍《へそ》ともいうところじゃ……ココ、ほぞの左右が……天《てん》すう、ナントよい気持か……ほぞからちょっと間をおいて気海《きかい》、気海から丹田《たんでん》、その下が……。

――あれ、お師匠さま……お師匠さま、もうおゆるし下さりませ……。

――拝む〳〵。どうもならぬ……。

と、身をのけぞって、恥ずかしげにもだえる絶間姫を、火のような鳴神は猛然と抱きすくめる……。

坂田猛が、不意に席を立ちあがったのは、その時である。

立ちあがるはずみに、彼はサングラスを通路に落し、静まりかえった場内に甲《かん》高い音をひびかせた。あわててそれをひろいあげ、上着をかかえこみながら、後方の扉《ドア》にむかった。歩きながら二度ばかり、もみくしゃのハンカチで顔面の汗をぬぐう彼を、私はみた。いくぶん青ざめて、ひきつった……どこかひどい消耗と疲労のあとをみつけだせる顔であった。

彼が額《ひたい》にあぶら汗をうかせ、ときどきふかく生唾をのみ下すその太い咽《のど》のくびれは、早くから私も気がついていた。

芝居の前半で、絶間姫が、祭壇の岩場からころげおちて気を失った鳴神に、滝水を口にふくんで、口移しに飲ませる場面がある。

この場面で、私は、彼のこめかみににじみでた汗が、生きもののようにふるえて動くのをみた。その頃から、彼の様子は、普通ではなくなった。

強い緊張がみえたかと思うと、彼の軀はわたのように弛緩《しかん》していた。グッタリとしていながら、項《うなじ》のあたりに切迫した剛《かた》い筋肉がひしめきたっていた。息をひそめているようで、始終彼の軀は動きつめていた。

そして突然、彼が立ちあがった時、私は、一瞬、不気味な動転感を味わった。その動転の感覚は、立ちあがった彼自身の軀の上にもあったし、また、私の軀の中にもあった。顎《あご》のはったがっしりとした坂田の横顔に、その瞬間、舞台の上で袂《たもと》をひろげた蘭公のまっ赤な衣裳が、光の加減で乱反射し、火の手のような朱をまきちらした。

ロビーに出て、彼はいったん休憩椅子に腰をおろした。

煙草をくわえ、火をつけるでもなく、しばらくリノリウムの床をみつめていた。心の昂《たか》ぶりをおし鎮めている風にもみえたが、彼の歯はその間中、休みなく煙草のフィルターの部分を噛み砕きつづけていた。

やがて立ちあがると、ロビーを横切って、回廊の方へ歩いた。開演中で、あたりはガランとして人影は見当らなかった。花輪や祝儀暖簾《のれん》の並ぶ、ちょうど廊下の真ん中で、急に彼は立ちどまった。……彼は壁をみつめていた。一呼吸おいて、ゆっくりとその壁に近づき、壁面をはぎとるようにまるで無造作に、その色刷りのポスターをはぎおとした。そして、彼は、ビリビリと音をあげてそのポスターを引き裂いた。こまかく破り捨ててから、坂田は、何事もなかったように平然とロビーを出ていった。

等身大の、花櫛《ぐし》で髪を飾った、火のようにもえたつ絶間姫の舞台写真であった。

3

歌舞伎の世界には、〈赤姫〉とよばれる、特別な衣裳がある。

姫君役だけに限って使われる、文字通りまっ赤な地の舞台衣裳で、高貴な身分の気品と初々しさの象徴のような着衣である。

赤地の上に、金糸銀糸やさまざまの色糸で柄を織り出したり、花やかな文様《もんよう》を繡《ぬいとり》で浮きあがらせた、ひじょうに派手で豪華な模様振袖だ。

八重垣姫、時姫、小町姫……などと、姫と名のつく役柄は、たいていみなこの衣裳を着る。銀の花飾りを高く三段にも四段にも盛りあげて並べた花櫛を、冠のように髪にさして出るあの扮装だ。

〈赤姫〉は、つまり公家や武家のお姫様役だけが用いる、舞台衣裳の一つの俗称なのである。

その記事が新聞に出たのは、蘭公の『鳴神』公演が、千秋楽の打ちあげまでまだ後二、三日、日を残していた頃の、或る日であった。

見出しには、

『〝赤姫〟盗まる――時価・四十五万円の歌舞伎衣裳。蘭公さんのご難』

と、かなり大きな活字を使って、詳しく報道した新聞もあった。

東京S劇場で、現在公演中の評判の歌舞伎『鳴神』で、主役の蘭公丈が演じている〈雲の絶間姫〉の舞台衣裳が、昨日の午後、公演中の楽屋から紛失しているのを係の者が発見、盗難届が出された。盗まれた衣裳は、俗に〈赤姫〉とよばれる、赤地流水に花鳥と蝶の散らし模様を刺繍した、緋縮緬《ひぢりめん》の振袖で、時価四十五万円、この公演のためにわざわざ新調されたという豪華なもの。

昼の部の公演に使われるこの衣裳は、『鳴神』が終った後、衣裳係の手で所定の箱におさめられ、楽屋の衣裳部屋におかれていた。

普通、一日の公演が終るまでは、この箱には鍵がかかっていないことが多く、衣裳方の目がとどかなかったわずかの時間を狙っての、盗難とみられている。公演中の、人の出入りの絶えない楽屋での出来事だけに、劇場の裏の様子などを心得た者の犯行ではないかとみる向きもある。

なお、ご難にあった蘭公丈は、急遽、別衣裳の〈赤姫〉につくり替え、千秋楽までの残された舞台をつとめることになる——。

というようなことが、大体、どの新聞でもその主な内容であった。

或る新聞は、現在、〈赤姫〉の最も似あう役者として、蘭公の可憐で妖しい美しさに触れ、その美しさに魅せられたファンの異常心理をあげていた。

また或る週刊誌には、『衣裳をはぎとられた赤姫役者』などという見出しもみえ、現在彼が、人気と話題の焦点にいる役者だけに、嫉妬、怨恨、厭がらせ説を、もっともらしく書きたてた記事もあった。

そして、当の蘭公自身は、それらのどの記事の中でも、いくぶんひかえ目な、同じ内容の談話を発表していた。

私の手許《てもと》にあるスポーツ紙の芸能欄には、記事の末尾にこう載っている。

蘭公さんの話。

「なにしろ初めての経験なので、面喰っています。とても立派な衣裳ですし、今度の役のためにつくっていただいたものですので、大変残念に思っています。わたしも、初日から二十日間、毎日身につけ、肌にも役の心にも馴じんできた衣裳ですから、愛着もございますし、分身をもっていかれたような気もします。衣裳が替って、残りの舞台にアナがあくようなことのないよう、頑張ります。出来ればもう一度、千秋楽の舞台だけでも、あの衣裳でつとめられたらと思っています……」

最初、この記事をみた時、私はとっさに、S劇場の無人のロビーで、いきなり絶間姫の等身大のポスターを破りすてた、奇怪な坂田猛の行動を想いうかべた。

（しかし、まさか……）

と、すぐにその考えを打消した。

どんな理由があるにせよ、彼が窃盗行為をはたらくとは考えられなかった。いや、考えたくはなかった。

だが、その日一日、私はひどく不安定で、絶えず苛だち、締切の迫っている原稿にも手がつかず、いてもたってもおられない状態ですごした。

正直云って、私はそんなことがある筈はないと思いながら、心の内では坂田猛の精神状態に、かなり断定的な異常症候を感じとっていた。

「蘭公を、映画にしようと思うんだ」

という言葉も、単なる彼の見栄や虚勢や、また実現不可能な事柄だと知りながらお映画という幻を追う、いわば彼の捨てきれない夢が吐かせた言葉だとしたら、それはそれで納得も出来たのだが、どうもそんな生やさしいものではなさそうだった。

その言葉を口にした時の坂田猛には、なにか確信的な、本気でそれを信じきって云っている、異常感があった。

その異常感は、蘭公への不可解な執着のしざまをみるにつけ、ますます私の中で確固としたものになった。

日の当る映画の世界へ、帰りたくても帰れない現在の彼の境遇が、彼にとっては想像以上に苦しく、鬱屈したものであるかもしれず、そんな境遇の中にいて、正常で快適な精神状態が保てる筈はないとしても、やはり彼の場合、なにかどこかが深く冒され、変調をきたしているという感じは、私の中から消えなかった。

S劇場で坂田をみた日、一つはなにか目がはなせないという心配もあったのだが、とにかく現在の彼の生活ぶりを知っておく必要を感じたし、出来ればゆっくりと彼自身と話がしたくもあったりして、いくぶん気がとがめないでもなかったが、劇場を出た彼の後を尾行することにきめたのだ。

坂田はまっすぐ国電の駅に向かい、山の手線に乗り、新宿で中央線に乗りかえて、国分寺駅で下車した。途中、まったく変った様子もなく、終始彼は平然としていて、景色を眺め、新聞を読み、時には腕を組んだまま居眠りをはじめたりした。

劇場内の観客席で、あぶら汗をうかべて蘭公の舞台に見入っていた彼も、突然いたたまれないような、なにか切迫した様子で逃げるようにして場内を出た彼も、そしてはげしい力で蘭公のポスターを破りすてた彼も、まるで別人を見るように、みじんも影をおとしてはいなかった。しかし、想出してよく考えると、彼の平静と、彼の変調とは、なにか紙一重でいつも裏表に同居しているようなところがあった。

その奇妙な雰囲気が、とりもなおさず、私に彼の異常さを想いつかせ、不気味な不安定感を自覚させる原因でもあるのだった。

その日私が、途中何度か、余程歩み寄って声をかけようと思い立ち、結局、最後までそれが出来なかったのも、実はそのせいであった。

声をかければ、なにかまた更に一歩、具体的に私は深間《ふかま》に向けて踏み出すこととなり、そのことで確実にもう一つ、私の知らない私のわからない坂田猛が、目の前に新しく現れ出てきそうな気がして、それが、私には恐しかったのである。

坂田猛は、国分寺の南口をおりて商店街を抜け、国道をわたり、丘と櫟林《くぬぎ》に沿った下道を田圃のひらける方へくだった辺りの、古い木造アパートへ入って行った。三畳一間、十世帯がすむ建物で、坂田の部屋はその二階の一番奥にあった。

出てきたアパートの住人をつかまえて聞いた話では、三月前に越して来たばかりだと云う。

「女の赤ン坊がいたんだけどねえ、月足らずの未熟児やて云うてなさったから……まあ寿命みたいなもんだわねえ……つい先月、死になさったわ。そやから、今は奥さんと二人きりだわねえ」

と、その変な訛《なまり》のある、歯ぐきが紙のようにしろい中年の主婦は、買物かごをぶらさげて云った。

私は、彼の妻をよく知らなかった。彼が結婚したという話は聞いていたが、それはちょうど彼がピンク映画をたてつづけに撮りはじめた頃で、彼の方も、私も、なんとなく往き来がとだえていた時期であった。

「結局、よかったんだわねえ。奥さんも働きに出やすうなって……」

「共働きなんですか？」

「さあ、まだ日が浅いから、わたしらようわからんけどねえ……旦那の方は、ブラブラしてなさるんとちがうかしら。駅前のパチンコなんかで、ちょくちょくみるもんねえ……」

「奥さんの勤め先、ご存じないですか」

「なんでも、立川やて云うてなさったがねえ」

「立川？」

「水商売やと思いますけど……よそさまのことは、あんまりねえ……」

と、その主婦はやや胡散《うさん》くさげな目つきになって云った。

「じゃ、やっぱり人違いかな……」と、私はあわてて言葉を濁し、とにかく居所がわかっただけでも収穫だったと、また出直すつもりになった。

意外に東京に近い場所に彼がいたので、ホッとする半面、中央に近寄りたいという彼のあがきのような心情も逆にせまってきて、重くきりもなく、気が滅入った。三畳一間。ろくに家財道具もおけまい。女児の死。妻の水商売づとめ……。およその暮しぶりは想像がついた。

そしてそのことと、あの花やかな極彩色の、けんらんたる蘭公の世界とが、どう彼の中で重なりあうのか……またしても、その考えにぶつかるのだった。

「あれでしょうね……ここに引っ越してくる前はどこにいたか、ご存じないでしょうね」

「聞いてませんわねえ」

と、夕闇のなかで、しろい歯ぐきをむきだしにして、その中年の女は云った。

赤姫盗難の記事を私がみたのは、そんなことがあって、四、五日たった後である。

その日、夜に入って、遂に私は思い決し、外出の支度をはじめた。雨は、ちょうどその頃からふり出して、私の出鼻をくじいた。

暗い武蔵野の田地と樹木のあいだを、だらだらとくだる雨にぬれた泥みちが、目に浮かんだ。その、ぬれた闇かげの奥に建つ古ぼけた木造アパートの二階の窓も、びしょびしょの雨脚にたたかれていた。

明日の朝出掛けようと、私は思った。

(明日の朝、一番に起きて何をおいても行ってみよう……)

気の重い、出しぶる心の云いわけに、私は無理に自分を納得させて、そう思った。

だが結局、その翌日は、朝から雑誌社の仕事が入ったり、二、三急な来客でたてこんだりして、やっと手が空き、私が国分寺の坂田のアパートをたずねたのは、夕暮どきに近く、雨はその日もふりつづいていた。

坂田猛は、いなかった。

「昨夜遅くでしたよ」

と、アパートの持主は云った。

「急に引っ越していきましてねえ……」

そのとき、野づらのふりしきる雨の奥に、見える筈のない、はしるものを見た気がした。

ひるがえる、まっ赤な衣裳の片鱗のように、私にはみえた。

『鳴神』の千秋楽の日、私は、舞台がはねるまで、S劇場にいた。

だが、ついに坂田猛はあらわれなかった。

盗まれた赤姫の舞台衣裳も、その後、どこからもあらわれたという消息を聞かなかった。

4

今年に入って、私は、あるテレビの話にのって、思いがけず蘭公本人にあう機会をもつことになった。

ドキュメンタリーで、蘭公のすべてを追って、四十五分物のフィルムにしようという企画がもちこまれた時、私は、一も二もなく引受けることにした。

蘭公の舞台と、実生活の両面を追いながら、江戸歌舞伎の再来といわれるこの若い歌舞伎役者の、現代と古典の接触点にカメラの眼をおき、彼のヒミツと、「巨大で花やかな老いたる怪獣」歌舞伎そのもののヒミツとを、あわせて探りとろう——という謳《うた》い文句が、企画の狙いについていた。

私の仕事は、その構成への協力と、フィルムのコメント（説明文）を書くことだった。

会ってみると、蘭公は、いかにもさわやかな、頭のいい現代青年であった。

「絶間姫は出てきませんか？」

と、私は会うなり、それとなく聞いてみた。

「え？」と、彼は、切れ長のやさしい目をみはって私を見、すぐに呑みこんで、

「ええ」と、微笑をつくってうなずいた。

「あの後、風邪をひいたんですよ」

と、彼は云った。

「衣裳を替えて出ましたでしょ。僕は背が大っきいもんだから、衣裳方さんが苦労して間に合わせてくれたんです。衣裳自体は、ただ柄や模様が変っただけで、同じ赤姫なんですのにね、舞台に立ってて、寒くて寒くてしようがないんです……。変でしょ？　まるで着物を着ないで出てるみたいな感じなんですよ。おかげで、熱だしちゃいました」

「いい話ですね。それだけあなたが、役の性根《しようね》を、着ている着物に打ちこんでいらっしゃったということなんでしょうね。心が赤姫にのりうつるというか……、赤姫の方が、あなたの精気を吸いとって映すというか……」

「いえ、そんな大袈裟なものじゃありませんけど、……衣裳の怖さってのが、身にしみてわかりました」

「考えようによっては、凄いお話ですね」

「ええ、ほんとに衣裳は生き物だと感じました。僕なんか、まだ何もわからず、ただもう夢中でやってるだけなんですけど……衣裳のほうで、知らん間に軀になじんでくれているのですね……」

「あなたの軀に、いつの間にか入りこんできちまってる……」

「そうだと思います。僕はまったく無自覚でしたので、こんな話、ちっとも自慢にも何にもなりませんけど……役者にとって、衣裳を着こなすってことが、どんなに大変なことか、逆に思い知らされた気がしたんですよ」

蘭公は、まったくあどけなく、しかしキチンと骨格のある話を、素直な声で喋ってくれる青年であった。

「ところで、赤姫役者といわれるあなたご自身は、赤姫をお好きですか?」

「みなさんがイイと仰言《おつしや》って下さるのは、僕の柄だけだと思っています。僕には、まだ手も足も出せない赤姫が、たくさんあります。廿四孝《にじゆうしこう》の八重垣姫とか、鎌倉三代記の時姫とか……女形の最高位のかたがやられる役ですからね。それがつとまるようにならなきゃ、ほんとの赤姫役者じゃありませんでしょ? ですからね、僕は赤姫役者って云われるたびに、ほんとに死んでしまいたいくらい、身がすくむんですよ。恥ずかしくって」

ほんとですよ、と蘭公は真顔で云った。

化粧を落し、衣裳をぬいだ蘭公は、ハッカの香りでもしてきそうな、清楚な気品があった。その馥郁《ふくいく》とした味わいに、快く人をひきこむ上質の育ちのよさがある。『鳴神』の舞台にただよった、生々しい、息をのむ淫蕩の気配など、跡形もなかった。そしてその跡形もない、今は思いつくことさえできない妖しい淫蕩の気を、私は逆にその時、しきりに頭の中に追っている自分に気が付いた。

蘭公に会うことは、私にとって、坂田猛に会うことだった。蘭公の中に、坂田を探し出すことが、私の一つの目的であった。

しかしその、彼を探し出す手だては、まったくみつからないのであった。

執拗に蘭公を追ったドキュメンタリーは、梅雨明けの時期に完成した。コメントをつける仕事で一晩局にとじこめられ、徹夜して帰ってきた私を、その女は、門の前に立って待っていた。そして、

「坂田が……うかがってはおりませんでしょうか……」と、怯《おび》えるような声で云った。

「坂田？　坂田猛君のことですか？」

私は思わず、嚙みつくような大声を出した。

「は、はい……」

「坂田君がどうしました？　どこにいるんです！」

女は、殆ど泣き出さんばかりに居竦《いすく》み、青ざめきって、おどおどしていた。

それが、坂田の妻との初対面であった。

話を聞けば、新聞にのったこのたびの蘭公を追ったドキュメンタリーの記事をみて、坂田は途端に、庖丁をわし摑みにしてとび出して行ったという。

「ただじゃおかねえ！　畜生、オレの仕事を搔《か》っぱらいやがって！」

それが昨夜の事で、彼女は気になって、一晩中この門の前にいたのだという。

「しかし、よく僕の家がわかりましたね」

「ええ……以前から坂田は、自分に万一って事があれば、あなたをおたずねして……相談にのってもらえと、口癖のように申しておりましたから……」

「そうですか……」

「そのあなたにこんなことをっ……」と、坂田の妻は、両手で顔をおおって蹲《うずくま》った。骨ばって、あおい、痛々しい手であった。

「いいんですよ……」と私は、なにか胸のふさがる思いで、彼女をかかえおこした。

「実はね、僕はこの日が来るのを待っていたんですよ」

彼女はけげんな顔をあげて、私をみた。

「そうでもしなきゃ、坂田君は、僕をたずねちゃあくれませんからね」

「じゃ、あなたは……」

「ええ。偶然こんどの仕事が僕のところに持込まれた時、僕はそのつもりでとびついたんですよ。坂田君が……蘭公を映画にしたがっていることを承知の上でね」

それは、最後の賭けであった。私は内心、今日来るか明日来るかと、彼が私の狙いどおりに食いついてきてくれるのを、待っていたのだ。

「いいえ!」と、坂田の妻は、はげしく首を振って云った。「映画をつくるだなんてことは、みんな嘘です! そんなこと……今のあの人に出来よう筈がありません! あの人には、夢と現実のけじめがつかないんです!」

「いつ頃からそんなになったんですか?」

「え?」と、坂田の妻は一瞬きょとんとし、そしてすぐに、云うべきでない事柄を思わず口走ってしまった後のような、強いうろたえの表情をみせた。

「お力になります。隠さずに、何でも話してみて下さい。……最近、坂田君のことで、何かお困りになるような事があるんじゃないですか?」

「………」

「彼が、なぜ蘭公の映画をつくりたいと思うようになったのか……その辺の事情を、もしご存じでしたら、教えてくれませんか。僕にはどうも、彼と蘭公の結びつきで理解出来ないところがあるんですよ。……あれですか、彼は歌舞伎をよく観るほうでしたか？」

彼女は微《かす》かに首を振った。「いいえ」

「そうでしょうね。……じゃ、蘭公自身に、何か特別な興味を持ったんでしょうかねえ」

彼女は俯《うつむ》いて、少しばかり震えているようだった。

「率直にききますが……最近、特に変った素振りとか、普通でない様子をお感じになったことはありませんか？　例えば……具体的には……昨年の春あたりの頃から……」

坂田の妻は、一瞬ビクッと身を硬張《こわば》らせた。

「あるんですね？」と、私は念をおした。

突然、坂田の妻は、堰《せき》をきったように泣き声をあげた。「わたしのせいです」と、叫ぶように云った。「わたしが悪いんですっ……みんなこのわたしがっ……！」

そして彼女は、身をもむようにして、更に泣いた。

坂田の妻が、赤姫を発見したのは、かすかな香《こう》の匂いのためだった。

「胸苦しくて、わたしは一度目をさましたんですけど……夢の中だと思ったんです……夫がみおろすようにして立っていました……手にナイフを握ってました……夢だと思って、目をつぶったんです……うとうとしたと思います……なにかいい匂いがして、顔中をふわっと包まれているような……とても静かないい匂いなのに、嗅ぎなれない匂いのせいか、鼻について……それでまた目をさましたんです……夫はやっぱり立っていました……ちょうど電灯の笠の真下に、その顔がみえました……ぼんやりわたしは（殺される）と思いました……でも、逃げるつもりはありませんでした……」

「どうしてですか。異常だとは思わなかったんですか」

「……殺されてもいいと思ったんでしょう……そんな気がしたんだと思います」

「なぜ」と、私は悪酔いのようなものを感じながら云った。妙に苛立つ気分であった。

「夢だと思っていましたし……それに、もう面倒だったんです……」

「面倒？」

「なにか……もう、何もかも……生きてることが……これでおしまいになるんだったら、そうしてしまいたい……そんな気が……」

「奥さん！」

坂田の妻は、しばらく目をつぶってじっとしていた。そして、不意にぽつんと云った。

「殺されてもいいようなことを、わたしがした女だからです」

「え？」と、私は彼女の顔をみた。

その時はじめて、彼女の顔をどこかでみたという気が私にはした。そして、唐突に想出した。

坂田猛が、理由のわからないピンク映画をたてつづけに撮った時、娼婦のような役でフィルムに写っていた女の顔であった。強姦され、大ぜいの男達に輪姦され、虐待の限りを尽されながら、その暴行のさなかで喜悦の表情をうかべるという、見ていて実に醜悪な場面に登場する、白痴のような女であった……。

その不意の発見が、私をやりきれない気分に追い落した。

「坂田は……ほんとうにナイフでわたしを突き刺しました……」

と、坂田の妻は、二の腕の関節近くに食いこんだ深い肉の切れ込みを、私にみせた。

坂田の妻が赤姫をみたのは、その二の腕にふきだす血をおさえながら、起きあがると同時であった。

寝ていた蒲団の上に、それはうち掛けられてあった。赤姫は、華麗な長い振袖を大きくひろげ、坂田の妻をおさえこむ巨大な鳥の翼のように、まっ赤な羽をひらいていた。

「わたしを刺したのではないのです」と、彼女は云った。「夫は、あの赤い衣裳を刺したんです。あの……赤い衣裳を着ていた人を……刺したのです！」

化粧っ気のない、血の気のひいた彼女の顔を、その時、私は息をつめて凝視した。

「それは……」と云って、私は暫く言葉をのんだ。「それはつまり……あの蘭公のことを云っているわけですか？」

「いいえ」と、彼女は首をふった。

「姉です、私の」と、そして云った。

燻《くすぶ》るような、けわしい光が、その白眼の上にあった。

その後坂田は、彼女の寝巻きをはぎとり、むしゃぶりつくようにして赤姫に包んだ彼女を犯した。

「それからは……いつも夫はそうしました」

「わたしが十一の時でした。坂田も姉も、高校を卒業する年だったと思います……。わたし達は、同じ郷里の、近くに住んでおりました……坂田は、よくわたしに、姉への手紙をこっそりことづけたりしました。……正月の、あれはまだ松の内でした。田舎歌舞伎の旅廻りがやってきたんです。町の中に古い芝居小屋がありますの。日頃は廃屋同然の小屋ですが、たまに公民館代りに、町内の人が集会なんかを開いてました……。

その晩、芝居がはねてから、一度家に帰った姉が、こっそり出ていくんで……跡をつけたんです……姉は芝居小屋に入って行きました。裏手の楽屋口は、ふだん使わないので潰《つぶ》して板で張ってあるんで、入口は表口一つでした。中は真っ暗で、土間を通り、花道へあがって……ちょうど舞台の真裏が、三畳ばかりの畳敷の楽屋になってるんです。姉はそこで……旅廻りの若い役者に抱かれていました……。他の人達は、近くの旅館に泊っていたんです。……化粧道具や衣裳が、いっぱい散らかっていました……真冬の寒い日だったのに……姉も、その男も、ほとんど何も着ていませんでした……たった一枚の衣裳のほかは。……すその白い袘《ふき》がすりきれた、安っぽい赤い衣裳でした。裸電球の下で……それは私には、燃えるような火の色にみえました……恐しくて、震えがとまらなくて、わたしは、真っ暗な舞台の袖《そで》にすわりこんでしまいました。ちょうどその時です。わたしの位置からは反対側の舞台の奥から、楽屋を覗きこんでいる人影に気がついたのです……鼻のあたりに楽屋の灯りがあたって、それが坂田だとわかりました。……その後はもう、どうやって小屋を出たか覚えていません。

気がついた時には、小屋の鎧板《よろいいた》が火を噴いていました……。小屋の外にとび出してきた坂田は、暫くじっとその火の炎をみつめていました……。火のまわりが早くて、姉も男も……とうとう出ては来ませんでした……」

「でも」と、坂田の妻は云った。「でも……あの時、わたしが一声『火事だ』と叫べば、姉は助かっていたかもしれません……。そうです。わたしが姉を殺したんです。……炎をみた時、わたしが何を考えたとお思いですか? 姉がいなくなれば、坂田はあの手紙をわたし宛《あて》に書いてくれるかもしれない……そう思って、胸をときめかせたのです!」

坂田の妻は、一瞬、冷えたけわしい色を、再びその白眼の上で動かせた。

「姉達の焼死は、二人の火の不始末と、今でもみんな信じています。……わたし達がバッタリ浅草で会ったのは、その事件以来で、十五年ぶりのことです。浅草の馬肉屋でした。わたしはそこで働いてましたの……今から四年前になります……」

坂田は最初、呆然と彼女をみつめていたという。そして彼女を、姉の名前でよんだ。それほど彼女は、姉によく似ていたのだ。

坂田の妻に云わせれば、彼は、その日から少しずつ変になっていったという。映画監督としても、ちょうど長いブランクのどん底にいた時期だ。そして突然、気狂い沙汰のように醜悪なピンク映画を撮りはじめた時期でもあった。彼女に云わせれば、坂田猛は「姉の幻」と結婚したのだという。狂ったように彼女を抱き、犯し、責めさいなむ時、彼女は、坂田がほんとうに姉を愛していたのだと、思い知る。そして姉が、自分の体をかりて、その坂田にとりついていく実感を、はっきりと現実に感じるという。「わたしはどこにもいないんです……いつも坂田と、死んだ姉だけがいるのです」

そして坂田は、見境いもなく高利の金を借り、愚にもつかない映画をつくり、プロダクションを潰した。……常人では考えられない、無能な、莫迦げた話である。事実誰もが、その稚拙《ちせつ》でばかばかしい行動に唖然としたのである。「姉がそうさせたのです」と、彼女は云う……。

「坂田は、あなたが昔の事件を見ていたことを知ってるんですか?」

「いいえ。知らない筈です。わたしは誰にも話しませんし、坂田にも一言もそれを口にしたことはありません」

……私はその時、ふと、坂田の妻の言葉をほんとうに信じたくなる誘惑にかられたのだ。

（姉がそうさせたのです）

遠い昔の一つの放火殺人事件が、見えない手で、二人を確実に泥沼の地獄へひきずりよせているような、そんな幻覚に襲われたのである。


坂田猛が、蘭公の『鳴神』をみ、蘭公に執着したのは、多分、あの生々しく古典を現代にすり替えてしまう、蘭公の不思議な才能……あの淫蕩の気流のせいだったに違いない。あの気流が、彼に十五年前の過去を一気によみがえらせたのだ。

坂田猛にとって蘭公の絶間姫は、いわば地獄への最後の一引《ひとひき》、一手繰《ひとたぐ》りなのであった。

「……重い衣裳でした。身うごきができないんです……体中をこう……上から石のおもりでおさえつけられているような……ほんとに重い振袖でした……」と、坂田の妻は云った。

その声をききながら私は、舞台で風邪をひいたという蘭公の言葉を想出していた。

（寒くて寒くてしようがないんです……まるで着物を着ないで出てるみたいな感じなんですよ……）

そして、微《かす》かな戦慄を感じたのをおぼえている。

「あなたは、あの赤い振袖が、蘭公の着ていた衣裳だということをご存じですか？」

……その時の坂田の妻の、色を失った駭《おどろ》きの顔が、いまも眼の底に残っている。

彼女は、新聞の盗難記事を読んではいなかった。

「新聞は、いつも坂田が街から買ってきてました……そういえば、あの赤い衣裳をはじめてわたしに着せた日の翌日でした……急に引っ越すと云ってきかないんです……変だとは思ったんですけど……でも、引っ越しはしょっちゅうでしたし……いつも人目を気にして……逃げ出してばかりの生活でしたから……またかと思って気にもとめなかったんです……あの衣裳のことも何度も聞いてみたんです……でもまさか……まさかそんな……」

と坂田の妻は、再び泣き崩れたのである。

その日、とうとう坂田猛は、私の前には現れなかった。

5

彼の新しい引っ越し先は、私の家からは電車で二駅ばかり離れた、意外に近くの都内にあった。物置小屋を改造した、ぎしぎし鳴る即席の床に、薄い古畳を敷いただけの、ひどい住まいだった。

その夜は、坂田の妻と二人して、その部屋で彼の帰るのを待った。赤姫は、探したのだが、どこにも見当らなかった。

結局、三日目の午後遅くであった。

坂田の妻からの連絡で、私はやりかけの仕事を放り出して、雨の街へとび出した。

坂田猛は、確かにその住まいに帰ってきていた。私は「坂田！」と呼びかけてみた。だが、彼は、私の方を見なかった。

部屋の隅に、彼はうずくまるようにして、大きな軀をまるめていた。そして、少し首をもたげるようにして、真紅の振袖を頭から引っかぶっていた。

時々彼は、口の中で何かを呟き、うすく嗤《わら》った。私の完全に見知らぬ男が、そこにいた。

ちょうどその時分、ドキュメンタリー〈赤姫〉は、電波にのっている筈であった。

# サーカス花鎮《はなしずめ》

1

黒い花のようなつばびろの透けた帽子の下に、ときどきつよい光をうつす、山猫の眼に似た瞳があった。

下方からの反射光、つまりぎらつく海流のうねりのせいだったか、頭上に焼けた太陽がじっととどまっていたせいか、走っている船自体の震動や風切音やスクリュウの絶え間ない回転音に、神経を粗っぽくゆさぶりつづけられていたせいか……、ヒラヒラおどるその濃い帽子の影の下にある眼は、よくみるとただぼんやりと虚ろにみひらかれているにすぎないのに、妙に精悍で、ときどきかげろうのように獰猛《どうもう》な色あいさえたちのぼらせてみえた。

外見は、動かない、死んだような眼が、なぜ自分に敏捷な野生の猫を想いつかせたのか、そのことに、弦《げん》は逆に、ある神経のうわずりを自覚しないわけにはいかなかった。

黒い帽子に、まっ黒な裾の長い透けた服を着た、いわば黒衣のその女は、ちょうど船尾の、日曝《ざら》しのデッキに、白いペンキ塗りの手摺りにもたれかかるようにして、佇《た》っていた。ほかにこの甲板には、客の姿はみえなかった。

熱い風が、しきりにはげしく、帽子の下の濃い影をなぶっていた。女の顔の、そのひときわくっきりと日向《ひなた》と闇がもつれあって騒ぐ部分に、弦は、不吉なものの戯れあう気配を感じた。さえぎるもののないまぶしい光の中にいて、そのとき女は、確かに厚い闇の匂いをまとってい た。

連絡船は、時間通りに門司港を出て、下関に向うべく、燦然《さんぜん》たる潮流を円形に横切りながら、所定の水路に乗らんとして大回転をつづけていた。

(あの女だ)と、弦は思った。(あの女にちがいない)

だが、しばらく弦は、そのまま操舵室の横手に身を寄せ、ハッチの陰から歩み出ていこうとはしなかった。

約束の正午には、まだ四、五分の間があった。

快晴の関門海峡は、その日、炙《あぶ》りあげられるような暑熱をはらんで、重くぎらぎらと底の方からきらめきをふきあげてくる感じであった。

「八月十一日。正午。太陽がいちばん高い時刻に。関門海峡をわたる連絡船の船上で。そう、ぜひとも、あの海峡の真ん中で、あなたにお目にかかりたいの。あの船の上で、太陽がいちばん強くかがやき出す日盛りの光の下で、あなたに会って、お話したいことがあるの……」

受話器の奥で、いきなりその声はそう云った。ちょうど半年前のことだ。今でも耳の底に残っている。ひくい、カラカラに嗄《しわが》れた、うるおいのない声だった。

「あなたが結田弦《ゆいだげん》さんなら……つまり、結田嗃二《こうじ》の弟さんなら、きっといらして」

「兄貴……?」と、思わず弦は息をのみ、受話器をにぎりしめながら、聞きかえした。

「兄貴の消息をご存じなのですか!」

「そうなさるわね?」と、その嗄れた女の声は、弦の駭《おどろ》きなどまったく無視して、無感動に念をおした。「間違わないで。船には、門司港側から乗ってちょうだい」

「あなたは誰です!」

「お会いすればわかりますわ」

「いったいどういうことなんですか!」

「……とにかく、いらしていただければいいの。それが、あの人の申しつけなの」

「あの人?」

「ええ。結田嗃二。十年前、あなたを捨てた……あなたの、たった一人のお兄さん」

「兄貴の消息を知ってらっしゃるんですか?」

「………」

「もしもしっ……もしもしっ……」

その電話が、とつぜん舞いこんできた日、弦は、放課直後の学校の体育館にいた。

この夏の、全日本高校総合体育大会に出場する教え子の女子生徒に、平均台の演技で、特訓のハッパをかけている最中だった。その生徒は、昨年の大会で二位、国体では優勝し、外国遠征にも加わっていて、今年も有望なインタハイ優勝候補の一人と目されていた。世界の体操王国としては、女子選手層に薄い全日本女子体操界にも、いずれは将来オリンピック選手として躍り出すにちがいないと、期待の呼び声の高い、いわば弦の秘蔵っ子であった。それだけに、この選手に対する弦の打込みようは凄まじく、連日つきっきりのハードトレーニングをかさねていた。

その日もそうだった。炭酸マグネシウムの粉にまみれて、全身打身《うちみ》のあざだらけの選手にむかって、容赦のない罵声を浴びせ、毒づきちらしていたが、内心、このところ減量調整の加減で調子が出ず、右足の親指の爪に肉切れをおこしたりして、軸足の定まらない彼女の演技に、弦はいささか本気で参っていて、苛立《いらだ》ち気味の状態だった。

事務室の電話の前で受話器をにぎりしめたまま、弦は、思わず嗄鳴るような声になった。

「もしもしっ……もしもオレしっ！」

事務長や会計係の職員の眼が、いっせいに怪訝《けげん》な表情をむけて、弦をみた。

受話器の中からは、何の応答もなかった。微かに二、三度、ひくい咳《しわぶ》きの声がし、なにか物をのみ下すような、不意に咽のむせぶ気配とガラス容器のふれあうような小さな音が、一瞬聞こえた。

「……お間違いなくね」と、しばらくしてその声は、ひくくゆっくりと念をおすように云った。

「八月十一日。正午。太陽がいちばん高い時刻に。関門海峡の船の上で……」

気のせいか、急に声に精気がまじり、ふしぎな調子の艶が加わっていた。電話はそして、一方的に、そこで切れた。

そのとき弦は、肉眼に、はっきりと通り魔をみた。

高いつり輪の上で、とつぜん空中におどりあがって舞う、しなやかな兄の姿態であった。その兄の豪快な躰は、鉄棒の上でも、高々と美しい強靭な旋回跡をひいて躍動していた。平行棒やあん馬や跳馬や広い床のマットの上空でも、するどい花やかなつばさをひろげて風を切り、跳躍した。

久しく忘れて想い描くことのなかった、兄のあざやかな幻像だった。

(十年前、あなたを捨てた……あなたの、たった一人のお兄さん)

その言葉が、そして同時に、弦の肺腑をふかくえぐった。

名も知らぬ見知らぬ女の口から、無造作に、こともなげに吐きだされてよい言葉ではなかった。それが、弦を逆上させた。我慢がならなかった。許せないと思った。兄を嗝二と呼び捨てにした女の態度にも、兄との間柄のわからないもどかしさはあったが、それよりも先にまず、理由もなく心が昂ぶった。怒りの感情に近かった。そして弦を、もっと不快な腹立たしい気分に追いおとしたのは、その電話の失敬な腹にすえかねるかけっぷりであった。もってまわった、キザな芝居のセリフでも喋るように、用件だけを云ってしまうと、名乗りもあげず、素姓も理由もあかさずに電話を切った。どこかわけ知り顔な、昂然とした、傲慢《ごうまん》な感じがあった。

しかしやはり、なによりもいちばん弦が平静でおれなかったのは、『あなたを捨てた……』と云う女の一語である。しかも女が、この十年間、手をつくして捜しまわった兄の消息を、知っていそうだと思われることであった。

八月十一日、正午……。その日はちょうど、全日本高校総合、つまりインタハイの最終日にひっかかっている。体操競技の種目別および自由問題が行われる日だ。弦と弦の教え子の三年間の実績が問われる日だ。そんなことを説明するひまもなかった。全く一方的な電話だった。そのことでも、弦の怒りはおさまらなかった。しかし結局、自分はその日、おそらく何をおいても、関門海峡の真ん中に立つだろう。

そして女は、そう云う自分を、確実に心得て見透かしていた。

弦が女に、憎悪に似た不快感をおぼえるのは、そのためであった。

結田弦が体操教師として、生まれ故郷の下関に赴任してきたのは、四年前である。

彼に体操の道を選ばせた直接の動機は、兄である。兄の理由のわからない不意の失踪《しっそう》である。

当時、兄の嗃二《こうじ》は、T教育大学体育学部二年に在籍していて、その年、初出場のインタカレッジで一躍上位得点者の列におどり出し、関係者の注目を浴びていた。切れ味のするどい、ヒネリのきく新鮮な躰さばきと、ふんだんに野性味を発散させる、あらあらしい大胆な構成力とが高い評価をあつめ、嗃二は、この大会をきっかけに、一気に無名選手の群から抜け出し、日の当る体操界の有力な新人グループの一角に、すくいあげられた。全日本選手権、全日本選抜競技会など、初めて臨む大物の大会が、すぐ後に続々とひかえていた。

つまり嗃二の失踪は、体操選手としての第一の登竜門を突破して、今からが上り坂の、洋々たる前途にむかって走り出した、その矢先の出来事だったのである。

両親を早くなくし、親代りに自分の面倒をみながら独力でここまでこぎつけた兄の、とつぜんの失踪は、理由がわからないだけに、弦にとっては泣くにも泣けない衝撃であった。体操だけが生甲斐だった兄が、こんな大事な時期に失踪するなどということは、信じられなかった。考えられることは、死だ。それ以外にはなかった。事実、弦は、もう兄は生きてはいまいと、諦めていた。だが、そんな兄を想うとき、諦めきれぬ無念さや口惜しさがあった。

だから弦が体操の道を選んだのは、兄が果せなかった夢を追うと云うよりは、兄の諦めきれぬ無念さや口惜しさを追ったと云った方が適切である。だが、弦は、選手としての才能ははるかに兄に及ばなかった。いきおい、その執着は、自分の手で若い選手を創り出すという仕事に向けられた。

しかしいずれにしても、結田弦は、体操の道に生きることで、不可解な失踪をとげた兄を、追いつづけていたということは云える。

両親の死後、住んでいた家屋は借金のかたにとられ、嗃二と弦は父の知り合いに引きとられて、上京した。兄が中学一年、弦はまだ小学校に入る前だった。下関を離れるとき、兄は弦を後手にかばうようにして、どうしても汽車に乗ろうとはしなかった。「僕が働いて、この弟の面倒はみます」

引きとられた先は、人のいい初老の夫婦二人住まいで家も広かったが、頑固で云いだしたらきかないところのある嗃二は、庭の隅の道具小屋をかり受けて、自分でそこを改造して住むことにした。最初は呆れていた夫婦も、嗃二の気性を呑みこんでからは、するがままにまかせることにした。

嗃二は、夜間中学にきりかえ、朝は新聞配達、昼間は印刷工場や玩具工場の臨時雇いなどをさがして勤めた。高校も、昼働いて夜の定時制に通い、四年掛りで卒業するとすぐに、ある運動器具メーカーの制作部に就職した。ちょうど弦が、小学校を卒業する年だった。嗃二は、自分の食はきりつめても、弦にひもじい思いをさせたことは一度もなかった。「お前だけは人並みな学校に通わせてやるからな」それが、嗃二の口癖だった。そして、弦が中学を卒業する年の春、二人は取っ組みあいの大喧嘩をした。「何いっ」と嗃二は、血走った眼で云った。「お前を定時制にやるくらいだったら、俺は最初からこんな苦労はしてやしないぞ」「だから、その苦労を減らしてやろうって云うんじゃないか」「余計なお世話だ。お前はまともな高校へ行くんだ。お前を大学にやるくらいの金は、俺がこの手でつくってやる」「いやだ」と、弦は云った。「僕だって、もう自分のことは自分で出来るさ。僕のことはもういいんだ。十分なんだ。これからは、兄貴も自分のことを考えろよ。そうしてくれよ」

弦は、兄が就職先を運動器具メーカーに決めたときから、兄の体操への執着が、いい加減なものでないことに気づいていた。

兄弟が、はじめて「体操」に接したのは、東京での落着先の家が、ある体育大学のクラブ寮の近くにあって、きびしい強化選手の合宿練習を垣間《かいま》のぞきみたときからである。馴れない土地で、遊び友達もない二人は、時間さえあれば、練習風景をのぞきに通った。最初、もの珍しさと退屈しのぎで何となくそうしたことが、やがて習慣的な日課となり、いつの間にか病みつきになった。飛ぶことが、跳《は》ねることが、回転し旋回することが、どんなにはげしい肉体の酷使と、辛棒強さと、そしてそれらの際限もないくり返しとを、選手たちに強いていたか……二人が、知らず知らずに惹きこまれ、心奪われたのは、その黙々と肉体の酷使にはげむ選手たちの辛棒強さと、あきれるばかりの根気のせいであったかもしれぬ。一瞬ふかく歪む苦しげな顔、ときに激怒する眼、口惜しげに床にたたきつける白い粉末、頑丈な鋼のような肉体が、とつぜんみせる信じがたいためらい、弱気、青ざめる口、居竦《いすく》む手足……二人は、とりわけ選手たちのそうした瞬時の表情に酔った。

必死なものを、なにかとはげしく闘っている必死なものを、いやでも二人の軀は感じとった。頼るものは他にない、自分の肉体一つで、懸命になにかと争っている選手たちに、兄弟は、たまらない親しさとなつかしさを感じたのだ。……今から思えば、子供心にも、あのときすでに二人は、知らぬ間に「体操」を麻薬のように喫《の》みはじめていたのだ。

兄の嗃二が、定時制高校に通うようになるとすぐ、昼間部の体操部に頼みこんで、仕事の休みや軀のあいた時間を利用して、トレーニングコーチを受けはじめたのも、弦には至極当然のことに思われた。しかし、そんな生活は、嗃二にとって息のつげない重労働の毎日だった。ぐったりして、口もきかずに部屋の真ん中で大の字にぶっ倒れる兄を、しかし弦は好きであった。頼もしく、誇りに思った。兄はきっと、高校を出れば、どんなに無理をしても体育大学に入るに違いないと信じて疑わなかった。だが、兄はそうしなかった。「お前は自分の好きなことをやれ。もう大丈夫だ。どんな大学にだって行かしてやる」就職のきまった日、兄は折詰めの寿司を買って帰って、上機嫌でそう云った。

その日以来、弦の内に一つの焦燥感が生まれた。その焦燥感は結局、弦が中学を卒業する年まで、弦の中で燻《くすぶ》りつづけた。もう限度だった。就職してから三年、都合兄は、他人よりはもう五年近くも遅れているのだ。体操選手として世に出るには、ギリギリの限度に思われた。今兄を大学にやらなければ……と云うさし迫った想いが、日増しに弦をかりたてていたのである。

「兄貴だってそうしてきたんだ。僕が働くのは当り前じゃないか！」

「莫迦野郎！」と、嗃二はいきなり弦を横殴りにしながら、立ちあがった。

その夜の光景が、今でも弦の眼先にのこっている。月が出ていた。道具小屋の裏手のひくい闇のなかに、しろい梅が咲いていた。二人はもつれあって、戸外の庭へ転がり出た。気がついたとき、馬乗りになった兄の口が裂けていた。血をふくんだまっ赤な口で、兄は何かをわめいていた。目尻にも血しぶきは散っていた。弦は、上咽を圧しつぶす兄の大きな手を、右に左に逃がれながら身をもがいた。死に物狂いだった。そのたびに、頬骨のうえの肉が、庭の地面でジリッとやぶれた。「いいな……」と、兄は云った。「わかったな」「……いやだ」と、弦は答えた。息の落ちる前の咽《の》をふりしぼって、首をふった。血の気がいっせいにたち退いていく、火の転げるような苦痛の感覚が、そのとき弦には、なぜかひどく爽快だった。

そして、すべてが順調だったのだ。

二人の生活が、とつぜん希望と期待にふくらみあがり、いちばん充実した時期だったと、弦は思う。だから弦は、兄がいなくなった、高校二年のあの夏休暇を想出すたびに、魔を信じた。

実際、あの夏は、魔であった。

ちょうどその年の前年、日本の体操チームは、ローマのオリンピックに初優勝し、またその年の翌年には、プラハで開かれる第十五回世界選手権大会が待っていた。更に二年先には、東京オリンピックがつづいていて、当時、日本の体操界は急速に勢いづき、色めきたっていて、まさに上げ潮に乗った向うところ敵なしの観があった。

それだけに、第一線クラスの、いわゆるスタアプレイヤアに後続する新人群の鍔《つば》ぜりあいは、激烈をきわめてもいた。

今考えると、結田嗃二の欠点は、とりもなおさず、その最大の長所である、豪胆な思いもかけぬ荒技そのものの中にあった。

嗃二が動き出すと同時に、たちまち彼の軀全体をつつみこむ、きわどいある種のスリリングな破調の気分が、そうだ。彼はいつも、安全圏を黙殺した。絶えず危険と紙一重の一線をむしろ危険の外側へむかってとび出す方向をとりながら、大胆に、辛うじて、その危険の内わくにふみとどまってみせた。いうなれば、絶えず破調の予感をはらんだその危機感こそ、彼が狙う、彼の演技の重要なモチイフなのである。そして、ふしぎな野性を感じさせる、彼の演技の新鮮さの秘密もまた、まちがいなくそこにあった。

しかし、緻密な計算と、着実に正確な演技をつみかさねて、精巧な機械のように狂いのない人体の動きそのもので、美の造形を策《はか》らねばならぬ体操には、もともと〈野性〉とは相容《あいい》れない性質が、本質的にある。

体操は、洗練された、磨きに磨きあげられた、精密な動きの結晶である。つまり、〈野性〉とは逆の、むしろ正反対の極点にあるものだ。しかも、競技である以上、得点を争わねばならない。

結田嗃二の野放図な演技傾向は、そうした安全度の高さの点で、不利な条件を持っていた。殊《こと》にチーム戦で団体競技を争う場合に、それは大きな障碍となった。無論、成功すれば、予想外の高得点をあげ得るかわりに、失敗の際の減点は、殆ど致命的だった。微妙な精神のバランス上で、気力のかけひきが物をいう団体勝負では、他の選手にあたえる心理的な動揺は、極力さけねばならない。その意味で、いわば危険な爆発物を絶えず内にかかえているような嗃二の体操は、きわめて不向きと云わざるを得なかった。

嗃二自身の体操の壁もそこにあったが、それよりもまず、団体戦に不適だという性質が、何よりも大きな、彼の体操選手としての出世をはばむ壁であった。

嗃二の体操に、何か問題をみつけ出そうとすれば、このことより他にない。

しかし、今から思えば、弦には逆にそれが、嗃二自身、考えに考えた末の苦肉の作戦ではなかったか、と云うような気もするのである。

つまりそれは、嗃二の年齢だ。他人よりは五年近く遅れ、確実に齢をとっているという焦りである。鎬《しのぎ》をけずる、はげしい新人群の先陣争いの渦中にあって、めぼしい選手はすべて嗃二よりも年下だった。彼等と同じことをやっていたのでは、若さの分だけ明らかに彼等の方が有利である。といって、純粋に技術だけでこれを凌ぐことも、これは多分に才能の問題ではあったけれども、現状では殆ど互角で、大差をつけることは至難であった。となれば、あとはもう彼等がやらない、意表を衝いた危険技をめざすより他に手はない。無論、それは大きな一種の賭けである。同程度の技量で、彼等がやらない危険技をめざすと云うことは、無謀な賭けだ。体操選手としては、邪道で、むしろとるべきでない奇手である。

しかし、兄はそれをやったのだと、弦は考えてみることがあった。あの時点で、たまたまその作戦は成功し、兄は、他の選手にないめざましい野性を躰にまとうことが出来た。いわば野性は、兄を護る、兄の誇る、武器であった。しかし、その野性が、やがて将来、まちがいなく、当の兄自身を苦しめるおそろしい凶器と豹変する時期も、確実にまた来る筈であった。

兄が、そのことに気付かない筈はなかった。気付いたうえで、承知で打ったバクチであったにちがいない。

それだけに一層、弦は、そこに、想像以上に深刻な、兄の焦りの実態をのぞきみる想いがするのだった。弦は、兄が、自分のために棒にふった五年間が、兄にとってどんなに貴重な、とりかえせない時間だったかを、改めて思い知らされるのだった。

……しかし、それらはすべて、兄が行方不明になってから後で、あれこれと気付き、臆測し、考えてみることであった。

とにかくその夏、十年近くも無縁にすごした両親の墓参りに、兄がとつぜん帰郷を思いついたのも、当時、二人の生活に目にみえない心のゆとりが出来た証拠であった。墓といっても、墓石があるわけではなく、両親の骨は壺にいれたまま、菩提寺にあずけっぱなしの状態ではあったのだが……。

「とにかく、無沙汰をしたからな。おやじにもおふくろにも、顔をみせてやらなきゃな」

「そうだね。ついでに、兄貴のデビューのことも報告出来るしね」

「そのつもりだ。合宿に入ったら、また当分ヒマはつくれないしな。盆前だけど、行ってくるか」

「そうおしよ。これからは忙しくなる一方なんだから。全日本選手権のこと、よく頼んでくるといいよ」

「そういうことだな。よし、決めた」

……それっきり、兄は消息を絶ってしまった。

昭和三十六年八月十一日。結田嗃二は、確かに、下関市A町にある、海のみえる菩提寺G寺の霊安堂をたずねている。

弦が訪れたときにも、華と線香と、両親の好物だった桃と粒雲丹《つぶうに》の壜詰めが、まだ供《そな》えたままになっていた。その折、弦は、小さな骨壺の下に、なにか紙のきれはしのようなものを見つけて、引き出した。一枚の写真であった。

「気がつきませなんだなあ」

と、住職は云った。

「お供えになっていかれたんでしょうな……。早うお墓をたてて、落着かせてやりたい云うてなさったから、ぜひそうしてあげなされ云うて、話したんですがなあ……来年は、お命日に弟と一緒にお参りします云うて、明るい顔してなさったがなあ……」

写真は、手札形の小さなスナップだった。

暗黒の画面をバックに、高くえび反《ぞ》りに跳ねあがった躰を、華麗に下方からひねりあげようとする、嗃二独特の泳ぐような姿態がとらえられていた。難易度超C級の、つり輪一回ひねりのフィニッシュに入る瞬間の姿勢である。

つよく後方につり輪をふりはなした嗃二の顔は、猛然と空間をだきしめるようにまわした両腕の中間で、微かに笑っているようにみえた。

2

船は、銀箔《ぎんぱく》のうねりをまきこむような、明るく厚い潮流に乗り上げて、ローリングをつづけていた。

結田弦は、黒衣の女を見すえながら、光線のなかへ歩み出した。耳の上で、火の反転するような太陽の直射光の尖《さき》がうるさかった。

(十年前、あなたを捨てた……あなたの、たった一人のお兄さん)

耳殻《じかく》の底で、ふたたび嗄《しわが》れた不快な声がよみがえった。吐き気をもよおすような声であった。

そのとき、風がなぶっている帽子の黒い影の下で、一瞬、女が大きく息をのむのを弦はみた。

だが構わずに、デッキチェヤアの間をぬって、ピッチする甲板を、弦はゆっくりと女のそばへ近づいた。

「あなたですね、電話を下さったのは」

女は、うすく唇をあけ、弦の顔を凝視した。近づいてみる女の眼は、冷えたうつろな表情にもかかわらず、そこだけにふかいぬめりがあって、動物的な感じは一層つよかった。

「お話をうかがう前に、一つだけはっきりさせておきたいことがあるんです。僕はこう云う人間です」

弦は云いざま、無造作に手をあげて、女の頰を平手打ちにした。手の平と甲の部分で二度、女の頰は高く鳴った。

何が急に彼をそんな行動にかりたてたのか、弦自身にもよくわからなかった。少くとも、兄の消息を伝えてくれる相手にむかって、とるべき態度ではなかった。この日、重要なインタハイの最終日を、自分が棒にふらねばならなかったことへの、腹癒《はらい》せであったのか。確かにそれも、心のどこかに或る苛立ちとしてあった。監督不在の競技場で、並みいる強豪を相手にたたかっている健気な教え子の姿が、目に浮んだ。しかしとにかく、その瞬間、弦は理由もなくその女が憎く、腹立たしかったのだ。その攻撃的な感情は、理性ではおさえることが出来なかった。奇妙な衝動であった。

女は、だがたじろぎもしなかった。反射的に手摺りをつかみ、とっさに躰を支えなおした。敏捷《びんしょう》な動きだった。

「……気がすみました?」

と、そして平静な声で、弦を正視しながら云った。

云いながら、権藤釉子《ごんどうゆうこ》は、狂おしげに心の中で呟いた。

(もっと早く気づくべきだった。こんな策謀《たくらみ》が……こんな罠が仕掛けてあるなんて!)

権藤釉子は、そのとき、目にみえない心のなかの相手にむかって、叫びかけた。

(還ってこないで! 今度こそ、あなたはほんとうにそうしてくれると思った……二度と、わたしの前に現れることはないと信じていた……。八月十一日。正午。関門海峡の船の上で。そう……わたしは、約束どおり、あなたの云う通りにした。それが、わたしに出来る最後のつとめだったから。あなたにしてあげられる、最後のたった一つのことだったから。……これでもう、二度とあなたに会うことはない。会わずに済む。この役目さえ無事に果せば、なにもかも、全てがこれでおしまいに出来る……わたしとあなたの……わたし達二人のなにもかもが、全てきれいに、今日ここで終る筈だった。いえ、終らせるために、わたしはやってきた。ただそのことだけのために! だのにあなたは……!)

権藤釉子は、身じろぎもせずに、目の前の精悍な、日に焼けた若者の顔をみつめ返した。

時間が、急激に逆流するのを感じた。

十年前、確かに自分は、この若者を、こうしてここで、この手摺りにもたれながら、この日ざしの下で、みた。同じ八月十一日。同じ正午。太陽も同じ頭上にあり、海も風も同じようにかがやきたってもえていた。なにもかも、すべてがあの時とそっくりだった。ゆるみのない眉。

きれこみの深い一重の眼。けずりおとしたような鋭い鼻梁。浅黒い唇……ひきしまった咽《のど》から項《うなじ》にうつるあたりの、なめらかなうぶ毛を攪拌《かくはん》する肉のかがやきが、殆ど釉子の自制心をうばい、狂おしい混乱にさそいこんでうわずらせた。

あれはちょうど、九州巡業をおえ、釉子のいるサーカス団が、次の盆にフタをあける広島興行までの、わずかな小閑期に入っていたときだった。一座が移動するこの狭間《はざま》期が、サーカスの芸人たちにとっては、わずかに息の抜ける自由な時間だ。無論、劇場仮設の建築部の連中や一部の先発隊は、もうすでに広島に入っていた。釉子は、福岡を打ちあげた後、わがままを云って座と別れ、一人で別府から阿蘇の方をまわり、国民宿舎などを利用して、久し振りに夏のバカンスを楽しんでの帰途だった。あとはこのまま広島に入ればいいと、門司港から連絡船に乗ったのだ。釉子が二十歳の夏であった。

風に帽子をさらわれて釉子が振り返ったとき、反対側のデッキの手摺りをこえて、彼の躰はすでに海の外へとび出すところだった。右手に高く白い帽子をつかんでいた。そして彼の躰はそのまま船の外へ消え、釉子が走り寄ったとき、左手一本で手摺りの基部へ宙づりにぶらさがっていた。彼は釉子をみてにこっと笑い、間もなく船の反動を利用して躰をひねりあげると、難なくデッキに上ってきた。

それが、結田嗃二をみた最初であった。

権藤釉子は、思わず視線をはずし、うろたえながら、弦のまえに背をむけた。東洋最長のつり橋といわれる関門大橋の巨大な橋塔が、前方に姿を現わすところだった。だが、釉子の眼は、それをみてはいなかった。

二度と、振り返るのが恐しかった。振り返れば、そこに、十年前の、若々しい新鮮なみずみずしさにあふれた結田嗃二が立っていた。

——でも、おどろいたわ。と、あの後で、胸をはずませながら交《かわ》した嗃二との会話が、今にも現実によみがえって、進行しはじめそうな気がした。

——だって、まるで飛びこむみたいに、海の上にとび出していくんですもの。

——いや、僕だっておどろいたんだ。だって、キャッチ出来たと思ったら下は海だもの。おりるにおりられないじゃない。

——まあのんきなことを云って。ここは潮が逆流してて、危いんですってよ。でも、凄いジャンプだったわ。あんなの、ウチの連中がみたら、ほっとかないわ。

——ウチって？

——あら厭だ。つい地金《じがね》を出しちゃった。いいわ。云わないどこうと思ったんだけど、ばらしちゃおう。同業者みたいなもんだもの。

——同業者？

——そう。あなたは気が付かなかったかもしれないけど、先刻《さつき》その手摺りをつかむとき、あなたは海の上で空中を蹴って軀を半回転させたでしょ、船をみながら。あれは素人さんには出来ないわ。それにその掌。甲の厚さと、そのマメだこ。当ててみましょうか。あなた……、体操の選手でしょ。

——おどろいたな。

——ほら、これがわたしの手。他人《ひと》にはみせないことにしてるんだけど……。

——ほう……こいつはショックだ。じゃ、君も……。

——そうじゃないの。残念でした。わたしの方は、サーカスなの。

——サーカス？

——そう。サーカスのぶらんこ乗り。

権藤釉子は、ふかく身震いして、その会話を追払おうとした。こんな筈ではなかった。こんなことが起る筈はなかった……。彼女は、必死で狼狽をねじりふせ、落着こうとした。始まるのではなく、終るのだ！　そして、自分にそう云いきかせた。

太陽のせいではなく、そのとき釉子の頭のすみに、火のように熱したあつい渇いた一点がうまれ、しきりに骨や肉を焼いていた。焼きながらそれは、今にも頭頂からまっすぐに軀のなかを下降してきそうな、気配がした。脳を焼き、眼を焼き、鼻を焼き、口を、咽を、食道を、肺を、胃を……内臓のすべての襞《ひだ》を、するどく垂直に焼き貫いて、足の先まで一気にかけおりてきそうな、狂おしい落着かない気分であった。

（そうなのね）と、心の中で釉子は叫んだ。

（あなたは……なにもかも知っていたのね！　この人が……こんなにあなたに似ているなんて！　こんなに……あなたに生写しだなんて！　これは、あなたの罠なのね？　あなたはまた……還ってきたのね！　やっぱりまた！　わたしの前に、今、目の前に！）

権藤釉子は、そしてとつぜん、そのとき大きく躰を硬直させた。小さな唸り声をあげた。頭頂にとまっていた火の感覚が、急速に落下しはじめるのを感じた。その火のきっ尖《さき》は、すでに眼球の奥に達していた。彼女の手は、いきなり手摺りの太い支柱をわしづかみにして、その衝撃にたえようとした。頭蓋が爆《はじ》けてとびちる感覚が、眼窠《がんか》をおそった。すでに、視神経を寸断する無数の火の条線が、鼻から口腔を焼ききって咽のあたりにまでおりてきていた。そのときはもう、釉子の上体は、かなりひどい痙攣をはじめていた。

「どうしました……！」

弦は、ただごとでない彼女の様子に、呆っ気にとられ、思わず手をさしのべようとした。

「いいの……」と、彼女は、その手を払って喘ぐように云い、「いいんです……」と、嗄れた苦悶の声で、胸を折って手摺りにおしつけるようにしながら、絶え絶えに云いなおした。

ぎりぎりと歯を嚙みしだく音がした。醜悪な、寒気をもよおす音であった。彼女は一、二度、がくんと上体をひきつけるような格好で足をふんばり、骨ばった長い指で、せわしなくハンドバッグの口金を押しあけようとしていた。手もとが完全に定まらなかった。

そのあと彼女がとった行動は、最初とっさには、弦には了解しがたかった。弦は、ただ呆然とそれを眺めているだけだった。

彼女は、乱暴にバッグのなかをかきまわし、小さな金属製の水筒をつかみ出した。何度も失敗しながら、もどかしげに上蓋をはずすと、むしゃぶりつくようにして、その飲み口にとびついたのだ。いっとき、のけぞった咽と、白金色に反射する水筒状の小さな容器が、性急に動きつめている間、弦は、絶え間のない咽の小さな咆哮《ほうこう》をきいた。……やがて、どちらの動きもゆるやかになり、それにつれて、彼女の態度も急に平静をとり戻した。一息つくと、しばらく彼女はぐったりと目をつぶって、深い呼吸をくり返していた。次第に顔に血の気がのぼり、それと同時に、彼女は以前の完全に平静な、むしろ一層冷えた無表情な女の顔にたちかえった。

そのとき、弦は、不意に吹きとおる潮風のなかに、強いアルコールの匂いを嗅《か》いだのだ。

「まさか、……」

「そう……」と、彼女はひくく云って、眼の線を海流の粗いひかりのひしめきにあずけようとした。心の動きのつかみとれない、排撃的な横顔であった。

「ごらんになったわね……」と、そして独り言のように彼女は云った。「わたしは、つまりこんな女。つまらない、莫迦げた……どうしようもない、クズの女」

その声のひびきのなかに、ふと甘く濁った艶《つや》のようなものがながれている気がした。弦は、いつかの電話の折にも、これと同じような経験をしたと、思い当った。

アルコール中毒の禁断症状に、まちがいなかった。

「いつも気まぐれにやってくるの……」と、他人事《ひとごと》のように彼女は云った。「軀中が、焼けて、焦《こ》げて……しまいには、ボロボロにくずれ出すの。……でも、もう馴れたわ。だから、平気。……ごめんなさい、のっけから正体を暴露しちまって」

「正体はまだ、うかがってない筈ですがね」

「そうかしら」と、彼女は、そんなことはどうでもいいのだといった風な、抑揚のない声で応えた。「あなたはもう、知っているわ。わたしがどんな女だか。だから、あなたは苛立っているの。わたしにはよくわかるの。……あなたは先刻、わたしを殴りとばしたでしょ」

「………」

「いいの」と、彼女は、弦が口を開く前にさえぎるように云った。「あなたにどんなつもりがあったか、そんなことは聞かなくていいの。あれは、決して間違いじゃないわ。わたしは、あなたに殴りとばされていい人間なの。そう、あなたは、ごく当り前のことをしたの。そんなことで気が済むんだったら、わたしはいくらでも、ほんとにいくらでも殴られていてあげてよ……」

「よしてくれ！」と、弦は吐き出すように、云った。「もう沢山だ。君のその芝居がかった、もってまわった云いまわしを聞いていると、僕は虫酸《むしず》が走るんだ！　そうだ。僕は結田弦。まちがいなく結田嗃二の弟だ。さあ、君の用件とか云う奴を聞かせてくれたまえ！」

その瞬間、権藤釉子は、ほんのわずか目をつぶった。そして、手に持った水筒の残りを、一息に、あおるように咽の奥にながしこんだ。

「いいわ」と、彼女は静かに云った。

云いながら、ハンドバッグのなかから、小さな紙包みをとり出した。

掌の上で、その紙包みは一瞬、日ざしにはえてカッと白光をあげた。彼女は、ゆっくりとその紙包みをひらいた。まっしろい貝の破片を想わせる小さな塊《かたまり》が、数個紙の上にころがり出た。それは、強い日ざしを吸って、今にも炎えたち消滅していきそうな、たよりない軽さをもっていた。彼女は、その一つにゆっくりと指の腹をあて、紙の上でカサリとつぶした。貝殻のような白い破片は、更にこまかく無惨に崩れた。彼女の指は、また一つ、貝殻をつぶした。貝殻とみえるその白いはかないものは、つぶすはしから海風に舞い、たちのぼり……こなごなにくだけた掌の上の白い粉は、たちまち海峡の空の上へ、目にみえなくなって吹きながれて行った。熱い風は、最後になにもなくなった一枚の白い紙きれを、同じようにサッと掌の上からすくいとり、光る海流の彼方へもちはこんで行った。

「骨なの」

と、彼女は云った。

「わたしが殺してしまった人の、骨なのよ」

……結田弦は、そのとき、足もとのデッキが、確実に消えてなくなる浮游感をおぼえた。足下の虚空で、海流を嚙むスクリュウのするどい羽が、にわかに浮上し、獣じみたうなりをあげて自分をまきこむ幻想につつまれた。

(還ってこないで！　もう二度と！)

権藤釉子は、心のなかではげしく叫んだ。

(今度こそ、ほんとうにわたしにはそれが云えると思った……そして、あなたも今度こそ、ほんとうにそれを聞いてくれると思った……わたしは、そのためにやって来たのよ、そのために！『八月十一日。正午。関門海峡の船の上で。アイツを呼んで。アイツと二人で』……それが、あなたの希望だった。最後の言葉だった。希望どおり、骨は海に流したわ。あなたが生まれた故郷の海に。そして、彼もやって来たわ。わたしの傍に立っているわ。彼と二人で、お葬式も済ませたわ。さあ、何とか云ってちょうだい。なんてあなたは、ひどい人なの……恐しい人なの！　この上わたしに、どうしろと云うの……どんなにすれば気が済むの！）

権藤釉子は、死の間際に、何度もくり返して男が云った言葉の意味が、今ほんとうに理解出来たと、気づくのだった。

サーカス小屋の、雑然と道具箱を積みあげた、だだっぴろい板敷きの楽屋だった。嗃二は、担架の上にのっていた。表の舞台では、急遽つなぎに出た道化《クラウン》が、ハレムノクターンの曲に乗って、客席を沸かせていた。雨がふっていた。テントの布を、その音が叩いていた。

「いいな……」と嗃二は云った。「……わかったな」と、また云った。

釉子の手をにぎりしめ、たった一人の肉親と自分とに、風変りな野辺の送りを、しかしくどいほど熱心に頼みつめた彼に、釉子はそのときわけもなく感動したのだった。その日を選び、その場所を選んだ彼の心が、とりわけ、釉子には叫び出したいほどに嬉しかった。

「お前と会った……あの時間がいい……港のサイレンが鳴っていた……あの時間に……」

嗃二は、息を引きとってからも、太い、まだプロテクターをはめたままの頑丈な手で、しっかりと釉子をつかんで離さなかった。久し振りににぎる白い粉にまみれた手であった。もう何年も、こんな力で、この手につかまれることはなかったと、釉子は目の眩《くら》む想いでその感動を味わったのだ。柔かいプロテクターの鹿皮の感触が、身震いするほどなつかしかった。高いテントの上空で、ためらわずにこの手一本に全身をあずけた頃の自分が、急速にたちかえってくる実感があった。釉子は信じた。その手の力を。死んでからも、彼が消さなかった手のなかの強い力を。やっぱりこの人は、自分のものだった。自分を愛してくれていたのだと、きりもなく涙がわいた。

「もう還ってこないでよ……こんなところに、こんな世界に……間違っても、還ってきたりはしないでちょうだい。あなたが住む世界じゃないわ。二度と。きっとよ」

釉子ははじめて、しんから優しい気持になって、その言葉を口にしたのだった。

いつもその言葉を口にするとき、二人ははげしく毒づきあい、罵倒《ばとう》しあい、お互いをさんざんに傷つけあった。「還ってこないで!」「ああ、誰が!」「二度とこないで!」「誰が還る!」……この十年間、何度二人は、その言葉を投げつけあったか。想出すだけでも身の竦《すく》む、辛い厭な言葉だった。彼は出て行き、彼女はその後姿にはげしくそれを浴びせかけ、そしていつも、きまって彼はまた戻ってきた。長い間、際限もなく、二人はそれをくり返した。ときには、そんな毎日が、或いは二人が離れられない、ふかく愛しあっていることの、何よりの証拠ではないかと……釉子は、ほんの一瞬考えてみることもあった。そしていつも、すぐにその莫迦莫迦しさに、涙をこぼして大声をあげて独りで笑った。

だから、嗃二が死んだとき、正直云って、釉子はほっとしたのだった。これでもう、この人も苦しまなくて済む。この人の苦しみが、わたしを狂気にかりたてなくて済む。そして……自分の人生もこれで終ったと、釉子はむしろ、悲しみよりはもっとふかい、安堵の気持にとらわれたのだった。

それは一口に云ってしまえば、悪夢のような生活だったが、釉子にとっては、やはりかけがえのない生活だった。その生活が、はじめて始まったあの場所に、自分はやすらいだ気持で立つことが出来る……そんな想いに、釉子はむしろ、甘酸っぱい心の浮きたちをさえ感じていたのだ。

もう一度見たい、もう一度立ちたい場所であった。あの日、あの船の上でみた彼は、息の根のとまるほど、素敵だった。もう、あの彼を憎むことはない。あの彼を、疑わなくて済む。あの彼に、絶望しなくていい。すべてがその日、終るのだ。終って、わたしの心のなかでだけ、始まるのだ。

……だが、その彼は、やっぱり生きて、今、釉子の前に還ってきているのだった。

実際、そのとき、権藤釉子には、結田嗃二が、弟の躰をかりて生き返ったとしか思えなかったのだ。

そう叫んだ。瞳の芯がすわっていた。

「また始めようっていうわけね！」

釉子は、そして、いきなり獰猛な眼で弦を振り返って、そう叫んだ。瞳の芯がすわっていた。

「まだ虐《いじ》め足りないのね！　わたしが苦しむのを、また眺めて暮そうってのね！　赦してくれたんじゃなかったのね……どうしても……わたしを赦してはくれないのね……そうなのね！」

権藤釉子が、連絡船の手摺りをのり越えたのは、その直後である。

空中に、黒い帽子が舞いあがった。

3

Rサーカス団は、日本でもトップクラスの有名サーカスで、収容人員百四十名、象五頭、ライオン五頭、虎三頭、豹一頭、他にアシカや猿、カンガルー、犬、鸚鵡《おうむ》など、かなりの数の動物をかかえた、どちらかと云えば曲芸につよいサーカス団である。呼び物は、猛獣使いと空中サーカスであった。

サーカスは、いつも流れている。その所在は、なかなかつかまらない。弦に、警察から連絡が入ったのは、もう八月も終りに近い日であった。

釉子の遺留品となったハンドバッグの中のメモ手帳から、彼女がぶらんこ乗りであるらしいこと、釉子という名の女であることはわかったのだが、肝心のサーカス団の名が不明であった。日本仮設興行協同組合の手を通して照会方《しょうかいかた》を依頼していたのだが、現在組合に登録されている団体は、規模の大小はあるが、いわゆるサーカスと呼ばれる体裁を備えているものでも二十数団体、これに見世物までの数を加えると、八、九十にも及ぶ。それがてんでに出払っていて、なかには最近この種の興行が目にみえてさびれ、経営不振で事実上興行を停止し、座員もばらばらに分散しているところもあった。しかも、釉子の手帳が、かなり具体的な手掛かりにみえて、実は案外そうでない事情も手伝って、この探索は意外に手間どるかもしれないと、弦は覚悟していたのである。

数字や意味不詳の覚え書きや買物メモらしきものなどの間にまじって、雑然と書きこまれている個人的な記述の部分にも、幾つか人の名などが出てくるが、それもすべて呼び名のカナ書きが使ってある。巡業先と思われる地名も方々にみえるが、日付や年数がはっきりしない。事実、手帳自体がかなり古びた、手垢《てあか》にまみれた感じがあった。

結局、唯一のきめ手になりそうなのは、二箇所ほどに出てくる『闇渡り』という言葉だけであった。前後の記述の具合から、それは空中ぶらんこの、曲名ではないかと思われた。

だから弦は、警察からの電話があったとき、その思ったよりも早い結果に、かえって虚を衝《つ》かれた緊張感をおぼえた。

「……『闇渡り』って出し物を看板にしてた男は、確かにいたらしいですよ。組合の事務所の者が覚えてましてねえ……Rサーカスって云うんですがね。この世界じゃ、優秀なぶらんこ乗りだったらしいですよ。ただね……事務所の者の記憶では、その男、五、六年前にRをやめて、他へ移った筈だって云うんですよ。今、問い合せてくれてますがね、ちょうどサーカスの移動期らしくてねえ、連絡がとれないらしいんですよ……もっとも、明日あたりから、名古屋に入るだろうとは云ってますがね……」

「名古屋の、どこですか?」と、弦は、はやる気を必死でおさえながら問い返した。

「ええっと……待って下さいよ……ああ、E区のね、E公園。一週間だそうです。その後、すぐハワイ巡業に発つらしいですよ……どうしますか。行ってみますか?」

「はい!」

「そうですね。じかにあなたの口から様子をきかれた方が、納得いくでしょうからね」

「それから、あのう……まだなんでしょうか、屍体のほうは」

「ええ。あがりません。あそこは、潮が複雑だからねえ……スピードも速いし」

「そうですか……いや、どうも有難うございました」

弦は受話器をおきながら、一瞬、もえるような眼で猛然と自分を振り返った、死の直前の女の顔を思いうかべた。

憎悪の滾《たぎ》った眼であった。だが確実に、他人の識別もきかぬ、錯乱の眼であった。狂ってい
た。最初から、あの女には、どこか正常でないところがあった。狂った人間の考えることや、
行動に、ふかい意味などある筈はない。あの日、あの船の上で起ったことは、すべて異常な女
の、異常な精神がつくりだした妄想の所産なのだ。現実ではない。自分はまんまとそいつにひ
っかかったのだ……。弦は、何度自分にそう云いきかせたかしれない。
だが一方で、その異常さの陰の奥に、否応《いやおう》なく、自分の知ることの出来ない兄を感じた。女
がみつめたのが、自分ではなく兄だったにちがいないという想いが、消せなかった。しかし、
一人の女を、あのような凄まじい眼で振り返らせる男と、その兄とが、どうしても弦のなかで
はうまく同一人物には重なりあわなかった。
『闇渡り。闇の中をわたってくる悪魔。あなたは悪魔』
『素敵なジョー。ジョーは、スウーっととんでくる。正確に。狂いなく。わたしを狙って。わ
たしだけをめがけて。命をかけて。
わたしには何もみえないのに、彼にはいつもわたしがみえる。不思議なジョー。わたしをみ
つけて、一直線にとんでくる。わたしをつかむ。乱暴に。そして云う。待ッテナ、今晩可愛ガ
ッテヤルカラナ。あの闇が好き！　死ぬほど好き！　死ねるなら、あの瞬間に死んでしまいた
い。あの闇渡りの……あの瞬間に！』

女のメモの一節である。

「闇渡りのジョー」と、弦は口に出して呟いてみる。目にみえない恐怖がのぼってくる。兄である筈がない、と思う。「悪魔」と、口に出してみる。可笑しくなるほど、それは非現実的な言葉にきこえた。

そして、いずれにしても明日……と、弦は思った。死んでいようと生きていようと、自分は、その『闇渡りの悪魔のジョー』に、めぐりあうのだと。

戦慄が、きりもなく全身の奥にあった。

E公園は、名古屋市東部の、樹木の多い郊外地にあった。

弦が着いたとき、サーカスは、その日三度目の、つまり最終回のプログラムを半ばは進行させていた。間口五十メートル近い巨大なテント張りの劇場の輪郭にそって、山形に明滅する赤や青のイルミネーションが、うす闇のたちはじめた夜空にかがやいていて、呼び込みの拡声器が、断続的に猛獣の咆哮をながしながら、しきりに時代がかった蛮声をはりあげていた。時々、鋭い鞭の音がそれにまじった。

木戸口を抜け、おもい垂れ幕を割ると、にわかにけものの匂いがした。丸太材と板で組みあげられた擂鉢《すりばち》状の客席のまん中に、リングとよばれる円形の砂場のような広場があり、その奥が厚い板張りの本舞台になっている。舞台の左手奥は、幕で囲って金モオルをさげたバンドの演奏ボックス。右手に、巨大な鉄の地球儀をおもわせる網張りの球体が、どっかとそびえるように空間を占領していた。オートバイの曲乗りに使うアイアンホールだ。客席は五分に充たない不入りで、強い照明のとどかない外郭の部分には、殺伐とした夜気が巣喰っていた。

弦が入って行ったとき、中央のリングではちょうど猛獣芸がはじまっていた。円筒形の鉄の檻のなかに六頭の虎とライオンがひしめきあい、その内の一頭が口を裂いて、火焰の輪の中央をおどり抜けるところだった。弦は、瞬間、ひきこまれるような小さな目まいを覚えて立ち竦《すく》んだ。むきだした牙と、赤く獰猛に裂けた暗い獣の口のなかに、自分がたずねてきた世界の全貌が、そのときとつぜんチラッと姿を現わしたような錯覚であった。残忍な顎《あご》をもたげて小唸りする獣たちを軽々とあつかっている猛獣使いは、赤い長靴をはいた女だった。彼女の一鞭で、さらに次の一頭が身を起し、やがて、輪数のふやされた炎の輪の中心へむかって走りだした。ちょうどそのライオンは、弦を真正面の位置から襲うように、咆えながら急激に土を蹴った。

終演後、楽屋で、板張りの上にゴザを敷いた団長の部屋にすわってからも、弦には、あの赤いぬれたライオンの咽と、牙のまわりにみた、奇妙な昂ぶりの感覚は消せなかった。十年間、兄がこの世界に住んだかもしれないという、悪い酔いのようなうろたえであった。

プログラムの最終演目に、息を殺して待っていた空中ぶらんこは出た。楽屋からの登場口に、ぼつぼつフィナーレに出場する着飾った芸人たちや動物の顔などが集まりはじめ、彼等も見あげるちょうどリングの真上の空中で、それは男二人、女二人のメンバーで演じられた。しかしさして、目新しいものではなかった。ぶらんこは三梃使って、飛移り、交叉飛び、身体交換など、一応バランスよく盛りこまれていたが、二梃椅子や道化などを組み入れて手数がこんでいる割に、ありきたりな、迫力に欠けたものだった。

『闇渡りのジョー』の不在は、アナウンスの芸人紹介をきくまでもなく、明らかだった。『闇渡りのジョー』……。それは、兄であって欲しいような、また絶対に人違いだと信じたいような、妙な昂奮にせまられながら、弦はその空中サーカスをみた。

「このたびは、えろうご迷惑をかけたそうで……」と、浴衣がけの団長は、プロレスラーのような腕で扇風機の首を弦の方に向けながら、座についた。赭《あか》ら顔の、五十年輩の男であった。

「なにしろ、あの子、少しここがおかしなっとったもんやからねえ」

「それじゃやっぱり、こちらの芸人さんだったんですね？」

「いや、芸人て云うたかて、それはもう四、五年前のことやけど……」

「と云いますと？」

「ま、早う云うたら、雑役やね」

「雑役？」

「そんな話、あんさんに、しまへなんだか？」

「いいえ」

「そうだっか……。ま、ちょっと事情がおましてな。使いもんにならんようなってもうたんだすわ。芸の出けん芸人はほんま云うたら、サーカスでは厄介もんや。ま、あの子は、親の代からウチの芸人やし、実の兄も今ウチのぶらんこ飛んでるしな、ウチで生まれて、ウチで大きなった……云うたら、家族も同じこっちゃ。そやから、面倒だけはみるつもりやったんやけどねえ……ご覧のように、サーカスにはあんた、遊んどるもんは猫の子一匹おまへんねん。芸人が芸を捨てたら、一日でも大きな顔をしてられへんとこや。走り使いでも、便所掃除でも、何でもしてもらわな。それがサーカスだ。あの子にも、それはようわかっとった筈やのになあ。聡《さと》い子やったし……生まれた時から、サーカスの水で育って、芸のない人間のみじめさちゅうのは、山ほど見て知っとったと思うたんやが……まあ、不びんな子オだ。ええ腕持ってたんやけどねえ……」

「………」

弦はなぜか、いたたまれない感情に襲われた。

（まだ虐め足りないのね！　わたしが苦しむのを、また眺めて暮そうってのね！　赦してくれたんじゃなかったのね……どうしても……わたしを赦してはくれないのね……）

不意に、釉子の言葉が耳許を打った。そして、やたら弦には、兄のことをきり出すのが恐しかった。

「ま、おぶでもひとつ」と、そのとき団長は云った。小学生くらいの女の子が、盆をかかえて急いで部屋の幕仕切りの外へ消えた。

「そやけど、けったいな子オやな……何でまた、関門くんだりまで出かけてって、海にとびこまなあかんのじゃ」

と、団長は音をたてて湯呑みをすすりながら、独り言のように云った。

「それは……」と弦は、意外に冷静な声が出るのに自分でもおどろきながら、生唾を呑みこむようにして、云った。「僕にも……それはわかりません。いえ、それをうかがうために、僕はここへやってきたんです。実は僕は……十年来、行方のしれない兄を探しています。たまたま、あの人から電話があって、それで僕は出掛けたんです。でも、結局は何一つきかない内に、あの人は……」

と、弦は、連絡船上でのいきさつをかいつまんで、団長に話した。

「そうか……骨をなあ……」と、団長は、再び独り言のように云った。

「いや、それでようわかった。なんや、警察の話はごたごたしとって、よう呑みこめなんだのや。いや、わてらもな、警察の連絡きくまでは、あのジョーに弟さんがあるやなんて、誰もしらへなんだのや」

「待って下さいっ！」と、弦は、思わず叫ぶように云って腰をうかした。「そいじゃ、ジョーってのは……闇渡りのジョーってのは……やっぱり僕の、兄なんですか！」

「なんや、あんさん、それ知ってきなさったんとちゃうのかいな」

「そいじゃ……そいじゃあ……」

弦は、へたへたとその場に両手をつきながら全身の力が抜けて、声も出なかった。

（そんなことが……そんなことがある筈はない！）

そして、心のなかでやみくもにそう叫んだ。

団長は、「おーい」と云って、手を鳴らして、若い座員に一枚のポスターを持ってこさせた。

障子一枚分はある、看板用の大判の色刷りだった。その画面の中央に、純白のショートパンツに白いシューズの、たくましい裸体を、えび反りにそらせて空中を飛ぶ、まぎれもない兄の姿が躍っていた。つり輪のかわりに、兄の手は、まさにぶらんこをふり離さんとした一瞬だった。

〝空中サーカス‼〟

〝闇渡り‼〟

〝ジョー・友田‼〟

でかでかと、極彩色の宣伝文字が、その上でおどっていた。

「ええぶらんこ乗りやった。度胸もあったが、それ以上のものを持っとった。創造力というのか、表現力いうのか……とにかく、ぶらんこで何かを創り出そういう、新しい才能を持っとったわな。この世界の人間は、誰でも『ぶらんこは度胸や』と云う。ハデな芸はやさしいんや、度胸一つありさえすりゃ出けるんやと云う。それは大きな間違いや。それは度胸しか持ち合わしとらん、能無しの云うこっちゃ。自分らにその才能がないから、その上の世界が見えんのや。早う云うたら、今迄のサーカスには、そんなぶらんこ乗りしかおらんやったというこっちゃ。それで一っぱし、ぶらんこの玄人やと思いこんどる。あかん。もうそんな時代やない。度胸があって、練習さえ積んだら、誰でも飛べるようになるいう時代は、過ぎてもうてる。これからのぶらんこは、努力したかて追っつかん才能や。創造力や。ジョーには、そいつがあった。新しいぶらんこ乗りやった。惜しいぶらんこ乗りやった……」

「……死んだんですね?」と、弦は云った。

黙って団長はうなずいた。

「何で……」と、思わず弦の声に力が入った。「どんなふうにして！　いつのことです！」

「……半年前や。墜《お》ちたのや、ぶらんこから」

「墜ちた?　なぜ……網は張ってあったんでしょ?　補助網は張らなかったんですか?」

団長は、黙ったまま首をふった。そして、そのことについては、二度と口は開かなかった。

「そう云うたら、あんさん、ほんまにジョーによう似とる……あれだっか、あんさんも体操、やらはりまっか？　そうだっしゃろ。ほんまや。あの時のジョーと、そっくりの軀つきしてなはる……」

「教えて下さい！」と、弦は、にじりよるようにして、団長の手をはげしくつかんだ。

「兄は……兄はどうして、ここに住むようになったんですか！　サーカスの人間になったんですか！　どうして……どうして！」

4

そのあと、結田弦が、団長の部屋を出たのは、十一時を過ぎていた。近くで、猛獣の吠える声がした。何かの禽《とり》の羽搏《はばた》きや、金網をかきむしる怯《おび》えた小動物の爪の音が、一瞬起り、すぐに絶えた。……夜全体が、そのとき、まるで小さな痙攣《ひきつけ》を起したような印象があった。

サーカス小屋は、静かであった。

「十年前……そう、夏の広島興行の初日やった」と、団長は云った。「東京へ帰る学生さんや云うて、あの子がジョーを連れてきよった……。途中で意気投合して、サーカスがぜひ見たい云わはるから云うて。もの凄うぶらんこに興味を持ったようやった。ちょうどその日な、地元のヤクザが殴り込みをかけよって……楽屋中をメチャクチャに暴れまわっていきよったのや。なに、原因はウチの若いもんがちょっとイザコザ起したのがきっかけや。ウチにも気性の荒いのが揃うてるしな、血の雨も降ったちょっとした騒動やった。それにジョーは巻きこまれたんや。二日ばかり、意識不明やった。怪我はたいしたことなかったんやが、打身がひどうて躯がよう動かへん。何や強化合宿がある云うて、あいつは気狂いみたいにそればっかり云うとったけど……。そやけどあんさん、そんな躯で合宿に出たかて、何にもならへんやろ？　そうだっしゃろ？　そうやな……一週間目ぐらいやったかな。あいつはふっつり、それを云わんようになってもうた……それからや。あいつが、ぶらんこに乗るようになったんは」

「でも、……僕にくらいは連絡してくれたっていいじゃないですか！」

弦は、身を顫《ふる》わせて叫ぶように云った。

「わしも今、それを考えとったところや。なんであいつ、あの時、家族も身寄りもないなんて云うたんかいな……」

「そんなことを……云ったんですか、兄は！」

弦は絶望的な気分になった。

不運で、不可避な出来事だったとは云え、それで強化合宿に参加できない不仕末をおかしたとは云え、体操選手としての前途を棒にふる理由になるだろうか。何かの意味で、兄は自分の体操に限界を感じていたのではあるまいか。(それは弦にも考えられないことではなかった)それとも、潔癖で頑固な兄だ。女のことで騒動に巻きこまれた迂濶《うかつ》な自分を、許すことが出来なかったとでもいうのだろうか……。それにしても、と弦は思った。

(なぜ僕に、一言声がかけられなかったんだ!)

そして弦は、やはりそのとき、魔を信じた。

一つの人生を捨て、一つの人生を選んだ、その瞬間の、不可解な兄の心の中の裂《さ》け目に、弦は、魔の時刻があったのだと思うよりほかに、考えるすべを知らなかった。

魔……。

それは兄にとって、もしかして、女ではなかったかという気が、弦にはしてならないのであった。

楽屋内の、丸太と幕仕切りで、迷路のようになった通路を抜ける途中で、弦は、はげしい水の噴射音を聴いた。行手のくらい闇の通路に、代赭《たいしゃ》色の光線がもれていた。板囲いの簡易シャワー場であるらしかった。その前を通るとき、一瞬、弦は立ち竦んだ。光線の加減で、そこに黒光りのする猛々しい動物の肉体をみたと思ったのだ。その男は全裸で水しぶきのなかに立ち、片足を前の壁板につけて高く掲げた格好で、たくましい股間を泡だらけにしながら、昂然《こうぜん》と弦の方を振り返った。眼光に、勁《つよ》いぬめりがあった。

そのすぐ後であった。弦は、とつぜん楽屋口の闇陰につよい力でひきずりこまれた。「シイッ」と、その声は耳許で云った。「お話があるの。ここじゃ駄目。ついてきて」女の声であった。

女は、始終無言のまま、高張りの舞台の床下を抜け、やがて曲芸場のリングの砂の上に出た。開演中にみた猛獣使いの女であった。

「ここにいちゃ駄目!」と、そして彼女は云った。「すぐにお帰りなさい。名古屋を発つのよ。そして、もう二度とサーカスに近づいちゃ駄目!」「なぜです」「なぜでもいいわ」「よくないね」「話してるヒマなんかないの。とにかく、すぐにここを出るのよ」彼女は、ちょっと聞き耳をたてる風をして、その間もしきりにあたりをうかがった。砂に獣の匂いがあった。「いいわ」と、彼女は短く云った。「こうしましょ。あの天井にのぼりましょう」「天井?」「そう。あのぶらんこ台。あそこなら、ちょっとの間は大丈夫だわ。のぼれるでしょ?」

無人のサーカス劇場は、そのとき物音一つなく、息をひそめているようだった。ロープを伝ってのぼりつめたぶらんこ台は、殆どテントの頂上に近く、揺れているロープの先は闇に没してみえなかった。「大丈夫、すぐに馴れるわ。コツは下をみないこと、いつも目の高さの前方をみてればいいの」二人は並んで腰をおろした。十年間、兄はこの台に立ったのかと、弦は胸がふさがる昂奮をおぼえた。「わたしは釉子の友達なの」と、彼女は云った。

「だから、彼女に代ってあなたに云うの」「?」「団長はあなたに目をつけたわ」「目?」「そう。二代目ジョー・友田」「なんだって?」「そりゃ……悪い人じゃないわ。根はやさしい、いいオヤジなの。でも、サーカスのことは別。鬼になるわ。殊にジョーの抜けた今はなおさら。いいぶらんこ乗りが、咽から手が出るほど欲しいの、今」「そんな莫迦な……」「ジョーの時がそうだったの」「え?」「オヤジさん、何て云ったか知らないけど、あのヤクザの騒動だって、今から考えれば少し調子よく出来すぎてるわ。それにあの後、ジョーは注射もうたれてるわ」「注射?」「中身が睡眠薬だったらどうかしら?」「まさか……」「信じなくてもいいわ。でもとにかく、あの時、東京に帰らなければっていう思いつめたジョーの気持の、出鼻だけはくじけたわね」「………」「それから、釉子」「釉子?」「ジョーは……釉子に首ったけだったからね。そうじゃないの? あの人、女の経験なんてまるでなかったんでしょ?」

弦は、そのとき、炎のような感覚につつまれた。「わたしにはよくわかるの」と、彼女は云った。「一途で、頑固で、思いつめたらとことんやり通す男……ジョーは、そういう人よ。団長が、そんなジョーを見逃がす筈はないわ」「それじゃ君は団長が……」「いいえ、誤解しないでちょうだい。釉子もほんとうにあの人を愛してたのよ。だから自分の意志で、そうなったのよ。そう、ちょうど、あの人がここに来て一週間目の夜だったわ。……その翌日から、ジョーはプッツリと東京のことを口にしなくなったわ」「やめろっ!」と弦は叫んだ。「……やめるわ」と女も云った。「とてももう……この先のことは、わたしには話せないわ。でも、これだけは覚えててちょうだい。結局、団長は何もしなかったかもしれない。でも、結果は……現実は……団長の思い通りになったんですからね。ジョーは、十年……このサーカスの、このぶらんこを握ることになった。このことだけはね」

弦はとつぜん、ぶらんこ台の上にたちあがった。胸のおくが、粗暴に波立った。ぶらんこ台が大きくきしんだ。足下に、黒々と巨大なアイアンホールの鉄の檻《おり》が、せまってみえた。

「その兄が……なぜ彼女に悪魔だなんて云われなきゃならないんだっ！」

女は一瞬、沈黙した。「……釉子が、そう云ったの？」と、そして云った。「そう……釉子にしてみれば、地獄だったでしょうからね」「だからなぜ！」「あなた、自分の奥さんが……実の兄と通じていたと知ったら、どうなさる？」瞬間、ぶらんこ台はふたたび大きくきしみをあげた。「……何だって！」と云う嗄れた声が、弦の咽《のど》の奥の方でした。「……釉子のためでなけりゃ、わたしだってこんな話……」と女の声も咽でとぎれた。すぐ頭上のテントの上を、風が吹き通っていた。「……昔、一度、釉子にはそんな間違いがあったの……でも、ジョーを知ってから、釉子は生きかえったわ。しあわせだったの。あの……『闇渡り』のぶらんこを、ジョーが考え出すまではね」

女は云った。「ごらんなさい。あなたに向こうのぶらんこ台が見えて？　わたしには見えないわ。この闇のまん中に、大きなつり輪がおりてくるの。周囲に十二本の生身の両刃の剣を、内側に向けてさしこんであるつり輪がね。人間一人がやっと通れるくらいの空間が、輪のまん中には残してあるわ。そして、その剣の輪の両側に、もう一枚、黒い紙の幕をおろすの。つまり、照明がまっかについていても、向こうとこっちのぶらんこ乗りには、お互いの姿は見えないの。そして、そのうえで、ライトを消すの。ちょうど今の、こんな状態ね。スポットだけが、ジョーをキャッチするわ。ジョーは飛んで行くの、向こう側の闇の中で待っている釉子のぶらんこまで。黒い紙を破り、剣の輪をくぐり抜け、また黒い紙を破って……。スポットは、正確にそのジョーの軀を闇の中で追っていくわ。飛ぶだけでも、普通人の二倍は空中にいなくちゃならないの。でも、それをジョーはやったわ。無論、凄い評判たったわ。

でも……その頃なの。釉子が、また兄に犯されたのは。……ジョーがくるまで、釉子は兄妹でぶらんこに乗っていたの。実際、ジョーがきてから、釉子の兄のカゲは薄かったわ。決して下手なぶらんこ乗りじゃないのにね。……五、六年前の、……暑い晩だったわ。釉子が兄に組みしかれているところを、ジョーは見たの。とび出したわ、このサーカスを。そう、半年くらいはいなかったかしら。それを、団長が探し出して連れ戻ったの。それからだった……ジョーがとび出し、また連れ戻され……際限もなく、そんなことがくり返されるようになったのは。釉子の兄は、ジョーの前でも公然と釉子を抱いたわ。その釉子を、またジョーも抱いたの。わたしにはよくわかるの。ジョーが、いつも団長に見つけ出されて、連れ戻されてくるわけが。ジョーは、釉子の傍《そば》を離れられなかったの。そのくせ、ジョーはもう、決して釉子とぶらんこを飛ぼうとはしなかったわ。ただ……狂ったみたいに釉子を抱くの。兄と一緒に。同じ寝床で。……釉子は、ほんとうに飛べなくなったわ。アルコール中毒で。お酒なんか……匂いを嗅ぐことさえ出来なかった人なのよ！」女は、しばらく言葉を切った。そして、云った。

「どうしてあの日……あの出し物を、急に二人が出そうって気になったのか……わたしにはわからないの。いえ、このサーカスの誰にだってわからないわ。ジョーと、釉子の兄の二人の他は。……半年前の、鹿児島の初日だった。とつぜん、男同士二人で、オクラになってた『闇渡り』を出すって云いだしたの……。しかも、補助網なしで」

「どうしてなんだっ！」と、もう声にもならない声で弦は叫んだ。「どうしてそんなことが許されるんだっ！」

「とめたわ！」と女も云った。「必死になってみんなでとめたわ！　……でも、結局、サーカスはサーカスなのね。『闇渡り』の魅力には勝てなかったのよ。客寄せの魔力には勝てなかったのよ。……そして、その興行の初日の日に、ジョーは死んだわ。確かに、釉子の兄の手まで飛んだのに……そして、その手を握ったのに……」

「殺されたんだっ！」と、うめくように、弦は云った。「その男に……殺されたんだっ！」

弦はやにわに、ロープをつかんだ。

「どこへ行くの！」

「その男のところへ行くんだ！」

「あなたは、もう会っているわ」

女はそう云って、闇の中で重心を失いかけた弦の手を、意外につよい力で支えとめた。

「さっき、シャワー小屋の前で見た筈よ」


それは弦が、口を開く寸前だった。

いきなり、ぶらんこ台上の二人を、強烈なライトが照射した。と、同時に、唸りをあげて耳許をかすめるものがあった。光源は、向い側の天井の梁《はり》の上にあるらしかった。が、光に曝《さら》された弦には眩しくてみえなかった。その目のくらむ光の中心から、さらに続けて投げだされたものが、風を切ってぶらんこ台に突き刺さった。鋭利な刃渡り三、四十センチはある両刃の中剣であった。にぶくウウウンと、その中剣は弦の足許で台板にくいこみながら、不気味に唸った。

「やめてっ！」、猛獣使いの女は叫んだ。

光源のうしろにいる筈の人物は、二人には全くみえなかった。「この人はジョーとは違うわ！

ぶらんこ乗りなんかになりゃしないわ！　あんたの邪魔なんかしやあしないわ！」

　だが、三本目がとんできた。弦は、右頬に火のような激痛を感じた。「ケンっ！」と女は、その弦をかばうようにして光源を直視した。狂暴な感情が、弦の全身にわきあがった。

「駄目ッ」と女が叫んだときには、もう弦の躰は、ロープにそって一、二米《メートル》降下していた。

「降りては駄目ッ。わたしのそばを離れないで！」女は云うが早いか、しゃにむにロープにとびつきながら、するすると弦の躰の上まで降りてきた。そして、ピタっと蝙蝠《こうもり》のように弦の背中にはりついて、両腕で弦を囲うようにしてロープにぶらさがった。

　二人の重みで、ロープを吊るした天井の梁は、大きくしなった。そのたびに、信じられないくらい、二人の躰はふかくロープごと宙を沈んだ。

「動かないで！」と、女は弦の耳許で低く云った。「このまま、もう一度あのぶらんこ台にもどるのよ」「駄目だ。あそこにいちゃ、狙い打ちだ。手も足も出せやしない」「いいえ。あそこが一番安全なのよ。このロープを降りたら最後、何が起るかしれやしないわ」「何って、何が」「あなたは気がついていないでしょうけど……下の暗闇のなかで息をひそめている人達は、あの男よりも、もっと恐しいことを考えてるのよ」

　弦は、思わず首をよじって足下を覗いた。二人を照らす強烈な光線の輪の下は、物音一つない闇であった。「あの人は、あなたに敵意をむきだしにするだけ、まだ正直だわ。あなたに、ここを出ていって欲しいだけなの。でも、下の連中はそうじゃないわ。何とかして、あなたをここに引きとめたいと思ってるのよ」「そんなことは出来はしない！」「お兄さんを想出して！出来ないことが起るのよ、サーカスでは。信じられないようなことが。今、この商売はとってもひどいの。底をついてるの。新しいスターが要るの。二代目のジョーが要るの」

ギラリとした閃きが、再び目の前を擦過《さつか》した。「離れろっ」と弦は云った。「奴は狂ってる」「そう、あの人は狂ってるわ。あの人だけじゃないわ。このサーカス中が狂っているの。ジョーも、釉子も、そして……わたしも！」「君は違う……」弦がそう云いかけたとき、次の刃物が、彼女の手の甲を裂いて走った。「離れるんだ、さあ早くっ。奴の狙いは僕だけだ」「いいえ」と、彼女は、自分の背を出来るだけ光源の方へ向け、弦の躰を楯のようにしっかりとかばった。「止せっ」「大丈夫。あの人は、わたしを殺しゃしないわ」「止さないかっ。相手は気狂いだぞ」「そう。そして、わたしの夫なの」

弦は、その瞬間、握りしめたロープの感覚が、一時に手のなかで遠のいて行くのを感じた。刃唸りが、適確に二人の両脇をつづけさまに襲って過ぎた。「ケンっ！」と女は、はげしい声をふりしぼった。「わかってるのっ！　そんなことをしたら、あんたはほんとうに人殺しよっ！この人だって信じるわ、ジョーを殺したのはあんただって！　だからやめてっ！　やめて……あの時のことを、この人に話してあげて！　さあ、あの悲鳴のことを話してあげて！」

「悲鳴？」弦は抜けて行く手の力を、両足で辛うじて持ちこたえながら、聞き返した。

「そう、悲鳴なの」と、彼女は云った。

「わたしも聞いたの。あれは、ジョーの手がケンの手に触れる前だった。長い……鋭い悲鳴だったわ。客席の闇の中であがったの。その時には、まだジョーはケンにとびついてはいなかったの。つまり、まだ墜ちてはいなかったの。それどころか、素晴しい線を描いて完全に飛行してたわ。だのにどうして悲鳴があがるの？　墜ちもしない人をみて、なぜ悲鳴をあげたりする人がいるの？　そうよ、ジョーは殺されたの。あの悲鳴に！　たった一声、ジョーの手がケンの手を摑む寸前を狙ってあがった、あの悲鳴によ！　あれは、ジョーの墜ちるのを見てあげたんじゃない、ジョーを墜とすための悲鳴だったのよ！」

いきなり弦に、甦る一つの声があった。

(わたしが殺してしまった人の、骨なのよ)

関門海峡の、連絡船の上であった。

「まさか……」と弦は、喘ぐように云った。

「他に誰がいて？　そんな微妙な……ぶらんこ乗りの一瞬の気の動揺をつくなんて芸当の出来る人が。あの『闇渡り』を……いえ、あの『闇渡り』のジョーの呼吸を、知りつくしてる人間だけに出来ることじゃないかしら。そう、あなたの云う通り、ジョーは殺されたの。あの時、客席のどこかであがった……闇の中の……たった一声のあの悲鳴に！」

「そうだったわね、ケンっ」と、女は必死でよびかけた。「そうだったでしょっ、団長さん！」

と、かさねて闇にむかって叫んだ。

答えはなかった。サーカス小屋は、静かだった。不意に、強烈なライトの裏で、低い動物の呻吟《しんぎん》に似たすすり泣きがきこえた気がしたことのほかは……。

「あの人も……」と、女は云った。「愛していたの……妹の釉子を」

重い一本のロープだけが、ゆっくりと揺れていた。

もう、次の中剣はとんでこなかった。


誰も気にもとめなかったが、権藤釉子の遺《のこ》した手帳のなかに、『花鎮《はなしずめ》』という二つの文字がみえる。釉子が、それをどんなつもりで書いたのか、無論しるすべはないのだが、文字自体の意味だけはわかる。

『花鎮』とは、昔、花の散る頃に蔓延《まんえん》するといわれる忌《いま》わしい疫病をしずめるために、神にいのりをかける祭儀の謂《いい》である。

# 『罪喰い』解説

## 妖しい魔界の再臨

東　雅夫

二〇一二年六月八日、関門海峡を間近に望む自邸で、赤江瀑が独り、卒然と虚空へ旅立ってから、早いもので丸四年が過ぎた。

不意打ちめく逝去の直前、震災の影響などもあって進行が滞っていたアンソロジー（日本の怪奇小説を英訳した『KAIKI』という三巻本のアンソロジーに「八雲が殺した」を収録。一巻目の巻頭に小泉八雲の「茶碗の中」を、三巻目の巻末に赤江作品を配することで、日（原話）→英（八雲）→日（赤江）→英（英訳）と連なる怪異の変奏を、英語圏の読者にお目にかける企みだった）について、心配されて特徴ある手書きのＦＡＸを頂戴していただけに、痛恨の思い一入《ひとしお》であったことを、今もほろ苦く想い出す。

二〇〇〇年二月発行の『幻想文学』第五十七号で赤江瀑特集（「伝綺燦爛——赤江瀑の世界」）を組んだ前後から、求められて赤江氏の作品集に拙文を寄稿したり、みずからも大部のアンソロジー（学研M文庫版『赤江瀑名作選』）を編んだり、当時、世話役を務めていた「ムー伝奇ノベル大賞」の選考委員をお願いするなど、晩年の赤江氏の謦咳に、いささかなりと接しえたことは、かけがえのない僥倖であった。

このほどP+D BOOKSより刊行されることになった本書は、一九七四年三月に上梓された第二短篇集『罪喰い』の収録作五篇に、最初期の逸品「獣林寺妖変」を加えた構成で、一九七〇年のデビュー直後から具眼の読書家たちを魅了してやまなかった赤江美学の本領を窺うに足る一巻となっている。

タイトルロールであり、第六十九回（一九七三年上半期）直木賞候補作となった「罪喰い」からして、赤江作品の並外れた異形ぶりは明らかだろう。

死者の罪業を我が身に引き受けるという西洋の死者儀礼〈罪喰い〉——いかにも造り物めい

ているが実在する習俗（たとえば十九世紀スコットランドの幻想作家フィオナ・マクラウドに「罪を喰う人」という作品がある）に関する古怪なペダントリーが、週刊誌の著名人告知板（「週刊新潮」がモデルだろう）という俗な舞台設定のもと、いきなり開陳される冒頭からして、読者は赤江作品特有のアンバランス・ゾーンへ問答無用で誘い込まれることとなる。

そう、赤江瀑の世界にあっては、新聞の三面記事に載るような俗世の事件と、はるか時空を超え（「罪喰い」では洋の東西であり、天平の昔と現代である）、ときには現実と非現実のボーダーラインすら超越した世界の消息が、なんともアンバランスに、そしてアクロバティックに、意表を突く形で結び合わされてしまうのだった。

この点については作者自身も「小説づくりのアクロバットは好きだったんでしょうね、きっと。結びつかないような世界を結びつけてしまうというような、そういうアクロバットは意識的にやっていましたよね、うまく結びついたかどうかは知りませんけれども（笑）」（「幻想文学」第五十七号掲載の赤江瀑インタビューより）と、後に認めるところであった。

そこから先の展開も二転三転……作者が矢継ぎ早にくりだす奇想と奇計のつるべ打ちに翻弄されるがまま、気がつけば読者は、伝奇とも怪奇幻想ともミステリーとも判別のつかない、というよりもむしろ、そうした文芸エンターテインメントの諸ジャンルが、あたかも渾然一体となったかのような、まさに異形とでも呼ぶほかはない、絢爛豪華にして官能的な物語世界のただなかに、陶然と没入している自分を見いだすことになるだろう。

講談社文庫版『罪喰い』（一九七七）に寄せられた瀬戸内晴美（寂聴）の解説から引用する。

「罪喰い」赤江瀑という題名と作者名の文字は、もうそれだけで異様なこの世ならぬ物語りの世界を語りかけてきた。読む前に、私はその本の表紙に刷られたこの未知の作家から、かぐわしいエメラルド色の毒酒の沈んだギヤマンの杯を手渡されたような気がした。（略）私の予感は的中し、私は「罪喰い」という摩訶不思議な秘密の宴の席に迷いこんで、たちまち、そこにみちみちていた妖気と瘴気にあてられてしまったのである。それは何というきらびやかな酔い心地であっただろう。

私はそこに泉鏡花、永井荷風、谷崎潤一郎、岡本かの子、三島由紀夫といった系列の文学の系譜のつづきを見たと思った。中井英夫についで、この系譜に書きこまれるのはまさしく赤江瀑であらねばならぬ。

引用箇所の最後で、いみじくも瀬戸内が列挙している文学的系譜の正系に、まぎれもなく赤江瀑が列することを証し立てるのが、その艶麗にして怪美な文体の魔力であった。たとえば、デビュー二作目にして早くも独自のスタイルを完成させた感もある傑作「獣林寺妖変」の、こんなくだり——。

外は霙《みぞれ》だった。山にふる霙は、ときに、無数の虫が山肌を這い下りる足音に似た、微《かす》かな騒乱をともなって、身辺にふる。底冷えのする闇の高みで、突然、その部分だけがしずかに青白い異常な光を発し始めた時、その夜居合わせた調査員達は、思わず息を呑んだ。

眼。それも、巨大な獣の眼。

……最初、彼等は一様にみなそう感じた。

何か得体のしれない、大きな生き物がその闇の高みにおり、二、三頭、首《こうべ》を寄せて凝《じ》っと眼下をうかがっている。そう信じた。その闇のなかの眼は、いまにも無数にひろがり出し、寺内の至る所の冥《くら》みの奥で跳梁《ちょうりょう》し、跋扈《ばっこ》し、光りはじめるのではないかとさえ思われた。目をはなせば、瞬間、猛然と動き出し、とびかかってきそうな気配さえ、確かにあった。

或る者は、一瞬ほんとうにそう思った。血天井の奥深くにひそみ棲む獰猛《どうもう》な何かの魔が、不意にいま目の前に甦《よみがえ》り、両眼をみひらいて、その姿を現わしたのだと。

ちなみに、末尾の一節は、赤江文学の核心に明滅する〈魔〉という言葉の初出でもあったはずだ。

たまさか手に取った「獣林寺妖変」の、まさに右に引いたくだりの文体に惹きつけられて以来、熱烈な赤江ファンになったと語る篠田節子は、その魅力を次のように解説している（「幻想文学」第五十七号掲載の皆川博子、森真沙子との鼎談「赤江瀑の呪縛」より）。

普通の地の文章の中に、華麗きわまる文章が入っているところがすごいんですよ。文章を読ませるために書いているわけじゃなくて、あくまでもストーリーを進ませるために書いている。そうした実用的な文章の中に鮮やかな表現がいっぱい出てくる。確かに華麗な文章を書く人はほかにもいるんだけれども、そういう部分で話の流れがいったん止まるんですよ。ところが赤江さんの場合は、こういう事実があったということで話を進めていく中で、印象的な文章が出てくる。

みずからも創作の現場で、理想と現実の乖離に悩みながら修練を重ねてきた人ならではの鋭い着眼といえよう。

三島由紀夫が壮絶な割腹自決を遂げて文壇から退場した一九七〇年、まるで入れ替わるように、小説現代新人賞受賞作「ニジンスキーの手」という血刀（「花夜叉殺し」冒頭部を参照）を引っさげて颯爽と登場した赤江瀑は、伝統芸能や工芸の〈魔〉に憑かれて破滅への一筋途《ひとすじみち》を恍惚と駆け抜ける壮漢たち（その姿はどこかしら晩年の三島をも髣髴せしめるのだが）の妖美な物語を、堰《せき》を切ったように生み出していった。

「『ニジンスキーの手』という題、赤江瀑という作者名を見ただけで、心はふいにゆらいだ。それは、これまでにない何かの登場を、ある確固とした妖かしの世界を伝えてい」（中井英夫）、「風俗小説、社会派小説、日常の土に足をすりつけて歩む小説が大半であった当時の小説界に、『ニジンスキーの手』は、そうして、赤江瀑という、蒼穹を飛翔する迦陵頻伽の出現は、衝撃的であった」（皆川博子）等々、当時、勃興しつつあった幻想文学ジャンルの新たな旗手としての、けざやかな活躍ぶりに鼓舞された人々も、また数多い。

本書に収められた六篇は、まさにそうした渦中、昇龍の勢いで書き継がれた作品群であり、いま読みかえしても、いささかも古びていないどころか、現代の文芸作品からはともすると喪われがちな、言葉の綺羅と物語の昂ぶりを、存分に味わわせてくれることに驚かされる。

願わくは本書の刊行が、電子出版の新時代における赤江瀑リバイバルの魁《さきがけ》たらんことを！刀剣伝奇のはるかな先蹤たる『オイディプスの刃』、泉鏡花文学賞受賞の名品『海峡』と『八雲が殺した』、オカルト趣味に彩られた『野ざらし百鬼行』、秋成や八雲と肩を並べる怪談文芸の極み『春喪祭』、赤江魔界の奥の院たる『海贄考』……再臨の時を待つ名作佳品は、数えあげればきりがないのだから。

（文藝評論家）

二〇一六年六月

P+D BOOKS ラインアップ

| | | |
|---|---|---|
| 居酒屋兆治 | 山口 瞳 | ●高倉健主演作原作、居酒屋に集う人間愛憎劇 |
| 血族 | 山口 瞳 | ●亡き母が隠し続けた秘密を探る私 |
| 家族 | 山口 瞳 | ●父の実像を凝視する『血族』の続編的長編 |
| 江戸散歩（上） | 三遊亭圓生 | ●落語家の〝心のふるさと〟東京を圓生が語る |
| 江戸散歩（下） | 三遊亭圓生 | ●〝意気と芸〟を重んじる町・江戸を圓生が散歩 |
| 浮世に言い忘れたこと | 三遊亭圓生 | ●昭和の名人が語る、落語版「花伝書」 |

P+D BOOKS ラインアップ

| | | |
|---|---|---|
| 噺のまくら | 三遊亭圓生 | ●「まくら（短い話）」の名手圓生が送る65篇 |
| 山中鹿之助 | 松本清張 | ●松本清張、幻の作品が初単行本化！ |
| 白と黒の革命 | 松本清張 | ●ホメイニ革命直後 緊迫のテヘランを描く |
| 詩城の旅びと | 松本清張 | ●南仏を舞台に愛と復讐の交錯を描く |
| 風の息（上） | 松本清張 | ●日航機「もく星号」墜落の謎を追う問題作 |
| 風の息（中） | 松本清張 | ●〝特ダネ〟カメラマンが語る墜落事故の惨状 |

P+D BOOKS ラインアップ

風の息（下） 松本清張 ●「もく星」号事故解明のキーマンに迫る！

廻廊にて 辻 邦生 ●女流画家の生涯を通じ〝魂の内奥〟の旅を描く

夏の砦 辻 邦生 ●北欧で消息を絶った日本人女性の過去とは…

海市 福永武彦 ●長男・池澤夏樹の解説で甦る福永武彦の世界

風土 福永武彦 ●芸術家の苦悩を描いた著者の処女長編作

夜の三部作 福永武彦 ●人間の〝暗黒意識〟を主題に描かれた三部作

P+D BOOKS ラインアップ

|  |  |  |
|---|---|---|
| 遠い旅・川のある下町の話 | 川端康成 | 川端康成 甦る珠玉の「青春小説」二編 |
| 親友 | 川端康成 | 川端文学「幻の少女小説」60年ぶりに復刊! |
| 罪喰い | 赤江 瀑 | 〝夢幻が彷徨い時空を超える〟初期代表短編集 |
| 悲しみの港(上) | 小川国夫 | 現実と幻想の間を彷徨する若き文学者を描く |
| 悲しみの港(下) | 小川国夫 | 静枝の送別会の夜結ばれた晃一だったが |
| おバカさん | 遠藤周作 | 純なナポレオンの末裔が珍事を巻き起こす |

P+D BOOKS ラインアップ

| | | |
|---|---|---|
| 宿敵 上巻 | 遠藤周作 | ● 加藤清正と小西行長　相容れない同士の死闘 |
| 宿敵 下巻 | 遠藤周作 | ● 無益な戦。秀吉に面従腹背で臨む行長 |
| 銃と十字架 | 遠藤周作 | ● 初めて司祭となった日本人の生涯を描く |
| ヘチマくん | 遠藤周作 | ● 太閤秀吉の末裔が巻き込まれた事件とは？ |
| 剣ケ崎・白い罌粟 | 立原正秋 | ● 直木賞受賞作含む、立原正秋の代表的短編集 |
| 残りの雪（上） | 立原正秋 | ● 古都鎌倉に美しく燃え上がる宿命的な愛 |

P+D BOOKS ラインアップ

| | | |
|---|---|---|
| 残りの雪（下） | 立原正秋 | 里子と坂西の愛欲の日々が終焉に近づく |
| サド復活 | 澁澤龍彥 | 澁澤龍彥、渾身の処女エッセイ集 |
| マルジナリア | 澁澤龍彥 | 欄外の余白（マルジナリア）鏤刻の小宇宙 |
| 玩物草紙 | 澁澤龍彥 | 物と観念が交錯するアラベスクの世界 |
| 魔界水滸伝 1 | 栗本 薫 | 壮大なスケールで描く超伝奇シリーズ第一弾 |
| 魔界水滸伝 2 | 栗本 薫 | 〝先住者〟〝古き者たち〟の戦いに挑む人間界 |

P+D BOOKS ラインアップ

魔界水滸伝3
栗本薫
● 葛城山に突如現れた〝古き者たち〟

魔界水滸伝4
栗本薫
● 中東の砂漠で暴れまくる〝古き者たち〟

魔界水滸伝5
栗本薫
● 中国西域の遺跡に現れた〝古き者たち〟

魔界水滸伝6
栗本薫
● 地球を破滅へ導く難病・ランド症候群の猛威

魔界水滸伝7
栗本薫
● 地球の支配者の地位を滑り落ちた人類

魔界水滸伝8
栗本薫
● 人類滅亡の危機に立ち上がる安西雄介の軍団

# P+D BOOKS ラインアップ

魔界水滸伝9　栗本　薫　● 雄介の弟分・耕平が守った〝人間の心〟

魔界水滸伝10　栗本　薫　● 魔界と化した日本、そして伊吹涼の運命は…

魔界水滸伝11　栗本　薫　● 第一部「魔界誕生篇」感動の完結！

魔界水滸伝12　栗本　薫　● 新たな展開へ、第二部「地球聖戦編」開幕！

魔界水滸伝13　栗本　薫　● 〝敵は月面にあり！〟「地球軍」は宇宙へ

魔界水滸伝14　栗本　薫　● アークが、多一郎が…地球防衛軍に迫る危機

（お断り）

本書に収録された「罪喰い」「花夜叉殺し」「獣林寺妖変」は2007年に
光文社より発刊された文庫『花夜叉殺し幻想編』を底本に、
また「ライオンの中庭」「赤姫」「サーカスの花鎮」は1977年に
講談社より発刊された文庫『罪喰い』を底本としております。
あきらかに間違いと思われるものについては訂正いたしましたが、
基本的には底本にしたがっております。
また、底本にある人種・身分・職業・身体等に関する表現で、現在からみれば、
不当、不適切と思われる箇所がありますが、著者に差別的意図のないこと、
時代背景と作品価値とを鑑み、著者が故人でもあるため、原文のままにしております。

赤江 瀑（あかえ ばく）
1933年（昭和８年）４月22日―2012年（平成24年）６月８日、享年79。本名は長谷川敬。山口県出身。1983年『海峡』『八雲が殺した』で第12回泉鏡花文学賞を受賞。代表作に『ニジンスキーの手』『オイディプスの刃』など。

P+D BOOKS

ピー プラス ディー ブックス

P+Dとはペーパーバックとデジタルの略称です。
後世に受け継がれるべき名作でありながら、現在入手困難となっている作品を、
B6判ペーパーバック書籍と電子書籍で、同時かつ同価格にて発売・配信する、
小学館のまったく新しいスタイルのブックレーベルです。

# 罪喰い

2016年8月13日　初版第1刷発行
2024年11月6日　第8刷発行

著者　赤江　瀑

発行人　石川和男
発行所　株式会社　小学館
〒101-8001
東京都千代田区一ツ橋2-3-1
電話　編集　03-3230-9355
販売　03-5281-3555
印刷所　大日本印刷株式会社
製本所　大日本印刷株式会社
装丁　おおうちおさむ（ナノナノグラフィックス）

造本には十分注意しておりますが、印刷、製本など製造上の不備がございましたら「制作局コールセンター」（フリーダイヤル0120-336-340）にご連絡ください。（電話受付は、土·日·祝休日を除く9:30〜17:30）
本書の無断での複写（コピー）、上演、放送等の二次利用、翻案等は、著作権法上の例外を除き禁じられています。
本書の電子データ化などの無断複製は著作権法上の例外を除き禁じられています。
代行業者等の第三者による本書の電子的複製も認められておりません。
©Baku Akae　2016 Printed in Japan
ISBN978-4-09-352277-9

P+D BOOKS